Rita Juon

Tod in Andeer

Kriminalroman

orte Verlag

Umschlaggestaltung: Brigitte Knöpfel
Umschlagbild: Carmen Wueest
Gesetzt in Times New Roman
Herstellung: Verlagshaus Schwellbrunn
ISBN: 978-3-85830-290-8
www.orteverlag.ch

Rita Juon

Tod in Andeer

1

September 2019

Die beiden Buben schrien sich schon den ganzen Nachmittag an. Nicht etwa, weil sie im Streit lagen. Auch nicht, weil keiner dem anderen zuhören wollte. Erst recht nicht, weil ihre Ohren wieder einmal geputzt werden sollten. Sie mussten schreien, um das Rauschen des Hinterrheins zu übertönen.

«Wieder nichts», rief der eine. «Ob wir wohl überhaupt jemals Gold finden?»

«Das muss man üben!», brüllte der andere. «Parker Schnabel hatte auch nicht auf Anhieb Erfolg.»

«Wer?»

«Parker Schnabel! Der Goldsucher aus Alaska, der im Fernseher kommt. Papa und ich schauen uns die Sendung immer an.»

Ursin schaufelte erneut Sand und Kies aus dem Fluss in das Kunststoffbecken. «Ein richtiges Goldwaschbecken wäre zehnmal praktischer als diese Teigschüssel meiner Mutter», maulte er.

«In einem Monat habe ich Geburtstag, dann wünsche ich mir eines.» Frederik rüttelte an der selbst gebauten Goldwaschrinne, um sie besser zu platzieren. «Für eine richtige Goldwaschrinne wird es nicht reichen, aber diese hier ist gar nicht schlecht.»

«Und wenn es im Hinterrhein gar kein Gold gibt?», wandte Ursin ein.

«Gibt es!», beharrte sein Freund. «Ich habe es selbst gehört, als zwei Männer darüber redeten. Ich erzählte meinem

Papa davon, und der hat im Internet nachgeschaut. Es gibt Gold im Hinterrhein.»

«Da!», brüllte Ursin aufgeregt, während er die Teigschüssel im Kreis drehte. «Schau hier, am Rand, das, was so glitzert!»

So schnell er mit den hohen Gummistiefeln konnte, eilte Frederik zu ihm. Andächtig betrachteten sie das winzige glitzernde Teilchen im Sand auf dem Boden der Schüssel. Fast gleichzeitig liessen sie ein enttäuschtes Brummen vernehmen.

«Glimmer», stellte Ursin fest. «Wieder nur Glimmer.»

Frederiks Gesicht hellte sich auf. «Aber wir werden immer besser», meinte er. «Letztes Mal haben wir überhaupt nichts gefunden und heute schon zum zweiten Mal Glimmer!»

Ursin leerte die Schüssel aus und klemmte sie sich zwischen die Knie, um sich die klammen Finger warm zu reiben. Als er den Reissverschluss seiner Jacke bis zum Kinn hochzog, blieb sein Blick an einem dunklen Fleck flussaufwärts haften. «Schau, dort liegt etwas im Wasser», sagte er. «Was kann das sein?»

Trotz der unförmigen Stiefel bewegten sich die Buben gewandt über Kies und Steine am Ufer flussaufwärts.

«Ein Rucksack!», rief Ursin. «Hilf mir», wies er seinen Freund an und begann, Trittsteine zwischen dem Ufer und dem Fundstück ins Flussbett zu werfen. Frederik schleppte einen angeschwemmten Holzprügel heran, an dem sich Ursin festhalten konnte, als er sich zum Fundstück hinüberhangelte. Seine Jacke wurde nass bis zu den Ellbogen, als er die Hände ins eiskalte Wasser tauchen musste, um den Rucksack, der sich im Geschiebe verfangen hatte, zu lösen. Endlich erreichte er mit ein paar Sätzen das Ufer, wo er zitternd vor Kälte auf einen Stein sank.

Frederik nahm ihm die Beute aus der Hand. «Vielleicht ist ein Ausweis drin, dann können wir ihn zurückgeben.» Er schickte sich an, die Schnalle zu lösen. «Ein richtiger Rucksack ist das nicht, er sieht eher aus wie eine grosse Damenhandtasche.»

Tatsächlich enthielt der Beutel die üblichen Utensilien, die Damen nach den Kenntnissen der Buben mit sich führten: Taschentücher, ein Brillenetui, Kaugummi, Lippenstift, ein Röhrchen mit Kopfwehtabletten, die Reste einer Illustrierten, ein kleines Portemonnaie und einen durchnässten Briefumschlag aus Karton.

Frederik griff nach dem Portemonnaie. «Kein Ausweis», berichtete er, als er es untersucht hatte, «und auf dem Couvert steht keine Adresse.» Er drehte es in der Hand. «Es ist verschlossen. Der Inhalt wird wohl völlig aufgeweicht sein.»

«Wie finden wir denn heraus, wem der Rucksack gehört?», fragte Ursin.

Der Freund dachte nach. Erneut untersuchte er das Portemonnaie und entdeckte ein Notenfach mit Reissverschluss, den er jetzt öffnete. «Keine Adresse», stellte er fest, «aber hundertfünfzig Franken.»

Ursin blickte sehnsüchtig auf die Noten. «So viel wie eine Goldwaschrinne und eine Waschpfanne kosten.»

«Stimmt.» Frederik blickte ihn aufmerksam an. «Wir wissen nicht, wem der Rucksack gehört. Darum können wir ihn auch nicht zurückgeben. Also dürfen wir ihn behalten.»

«Bist du verrückt?», fragte Ursin entsetzt. «Er gehört uns doch nicht. Wir müssen ihn abgeben.»

«Wo denn?»

«Das weiss ich nicht. Vielleicht auf dem Fundbüro?»

«So etwas gibt es hier nicht», gab Frederik zurück.

«Dann müssen wir ihn auf der Gemeinde abgeben», sagte Ursin.

«Auf welcher denn?» Frederik wurde ungeduldig. «Andeer? Bestimmt nicht, wir haben ihn ja vor dem Dorf aus dem Rhein gefischt. Er muss von irgendwo oberhalb kommen. Aber wir können doch nicht bis nach Splügen gehen, nur um ihn dort abzugeben!»

Ursin schüttelte den Kopf. «Von dort kann er nicht kommen, er muss nah beim Dorf ins Wasser gefallen sein, unterhalb der Staumauer von Bärenburg.»

«Jetzt sei nicht so ein Besserwisser», raunzte Frederik. «Hat der Stausee etwa keinen Abfluss? Klar hat er! Also kann der Rucksack auch von weiter oben kommen.» Er runzelte die Stirn und überlegte. «Wenn er aber aus dem Rheinwald kommt und schon einen oder sogar zwei Staudämme hinter sich hat, ist er schon länger unterwegs. Dann hat es die Besitzerin längst aufgegeben, ihn zu suchen. Ausser diesen hundertfünfzig Franken ist ja auch nichts Besonderes drin.»

«Was meinst du damit?»

«Ich meine, dass niemand den Rucksack vermisst. Wir brauchen ihn nirgends abzugeben.»

Ursin war empört. «Aber das Geld!»

«So viel ist es nicht. Wenn Mama in Thusis einkaufen geht, braucht sie mehr als das.»

«Schon, ja, aber die Frau, der der Rucksack gehört, wollte doch etwas kaufen damit!»

«Dann hätte sie besser aufpassen müssen», sagte Frederik ungehalten. «Wahrscheinlich war es sowieso eine Touristin, somit ist sie unmöglich zu finden. Vermutlich ist sie längst wieder abgereist.»

«Möglich. Ich kenne jedenfalls niemanden im Dorf mit einem solchen Rucksack.» Ursin betrachtete das Gepäckstück nachdenklich.

«Du hast gesagt, es würde reichen für eine Goldwaschrinne und eine Waschpfanne.»

«Ja.» Abwesend liess Ursin den Blick zur Teigschüssel schweifen. «Es würde genau reichen ...»

Eine Zeit lang hing jeder seinen Gedanken nach, die sich unweigerlich in die gleiche Richtung bewegten.

«Sind wir uns einig, dass wir die Besitzerin des Rucksacks niemals finden werden?», fragte Frederik schliesslich.

«Ja.»

«Wozu sollen wir ihn also irgendwo abgeben?»

«Weil ...»

«Wenn er niemandem gehört, können wir ihn genauso gut behalten.»

«Aber ...»

«Aber, aber, aber!» Frederik rang die Hände. «Mach nicht so ein Theater! Für die Besitzerin ist der Rucksack verloren. Wer soll ihn dann am ehesten bekommen? Die Gemeinde?» Er schüttelte den Kopf. «Sicher nicht! Die auf der Kanzlei wissen doch nichts damit anzufangen, und Geld hat die Gemeinde genug.»

«Schon, aber ...»

«Aber wir können uns damit eine Goldwaschrinne und eine Waschpfanne kaufen!»

Nach einigen Minuten war Ursin endlich von der Idee überzeugt, das Fundstück zu behalten. Dass sowohl seine als auch Frederiks Eltern das anders sehen würden, war allerdings beiden klar. Deshalb durften sie nichts davon erfahren, was bedeutete, dass sie jemand anderen brauchten, der ihnen beim Einkauf im Internet half und das grosse Paket zu sich nach Hause liefern lassen konnte. Ein Mittelsmann musste her, oder in ihrem Fall ein Mittelsmädchen. Ein solches kannten sie nämlich im Dorf; es war einige Jahre älter und gewitzt genug, um ihr Vorhaben zu unterstützen.

Sie besiegelten ihren Plan mit einem feierlichen Schwur und machten sich auf den Weg nach Hause, wo sie den Rucksack auf einer Ablage unter dem Dach im Stall von Ursins Familie verstecken wollten.

Am folgenden Morgen drehte sich Massimiliano träge im Bett um. Das Tageslicht drang durch seine geschlossenen Lider. Er lauschte auf die Atemzüge seiner Partnerin, hörte aber nichts. Offenbar war Marlene bereits aufgestanden, um nach den Pferden zu sehen. Er streckte sich ausgiebig, bevor er endlich die Augen öffnete. Halb neun Uhr und kein Sonnenschein. Das waren zwei gute Gründe, an diesem Donnerstag noch eine Weile liegen zu bleiben. Er griff nach dem dicken Buch auf seinem Nachttisch und vertiefte sich in die Schilderung des ausschweifenden Lebenswandels von Amedeo Modigliani.

Eine Stunde später stieg er aus dem Bett und in eine ausgeleierte Trainingshose und einen dicken Pullover. Das stattliche Haus der Familie Rosales war zwar ein Schmuckstück und ein historisch faszinierendes Gebäude, aber die dicken Mauern und die Steinböden liessen sich kaum wärmen. Mochte die Kühle während ein paar Wochen im Sommer angenehm sein, sorgte sie während zehn Monaten im Jahr für permanentes Frösteln und immense Heizkostenrechnungen. Er zog dicke Socken über und machte sich auf den Weg ins Esszimmer.

Der Tisch war zum Frühstück gedeckt, beide Teller waren unberührt. Bevor er sich Gedanken über den Verbleib seiner Partnerin machen konnte, trat Blanka aus der Küche und begrüsste ihn wie üblich ohne den Anflug eines Lächelns.

«Wartest du auf deine Frau oder wünschst du zu essen?», fragte sie.

Massimiliano hatte es längst aufgegeben, ihr zu erklären, dass Marlene und er nicht verheiratet waren. Blanka nannte sie konsequent seine Frau, und eigentlich, hatte er irgendwann eingesehen, stimmte das abgesehen vom Zivilstand auch.

«Marlene ist längst aufgestanden», erklärte er. «Hat sie nichts gegessen?»

«Nein», antwortete Blanka, ohne ihn darauf aufmerksam zu machen, dass die Frage nicht besonders gescheit war.

«Wo ist sie denn?», wollte Massimiliano wissen.

«Ich habe sie heute Morgen noch nicht gesehen», antwortete Blanka.

Er runzelte die Stirn und warf einen Blick aus dem Fenster. Es hatte zu nieseln begonnen. Keine zehn Pferde würden ihn bei diesem Wetter aus dem Haus bringen, aber Marlene scherte sich nicht darum. Für sie reichten zwei Pferde. Für ihre Haflinger würde sie barfuss durchs Feuer gehen, während die beiden für ihn bloss ein Pärchen hellbrauner Huftiere waren. Er seufzte und machte sich auf den Weg nach draussen, um Marlenes Frühstückswünsche zu erfragen.

Daraus wurde nichts. Vier Pferdeaugen beobachteten ihn sanftmütig, während er Stallungen und Weide erfolglos nach seiner Partnerin absuchte. Zurück im Haus schälte er sich aus der Regenjacke und kehrte in die Küche zurück, wo er sein Mobiltelefon einschaltete. Keine neuen Nachrichten. Er schickte Marlene einen Guten-Morgen-Gruss und setzte sich an den Tisch, wo Blanka sogleich mit einer dampfenden Tasse Kaffee aufwartete.

Bis er in aller Ruhe sein Frühstück fertig gegessen hatte, war keine Antwort eingetroffen. Er wählte Marlenes Nummer, doch ihr Smartphone war ausgeschaltet. Stirnrunzelnd hob er den Kopf. Sein Blick kreuzte sich mit Blankas; in ihren Augen las er dieselbe Besorgnis.

«Sie wird wohl joggen gegangen sein», versuchte er, sich und Blanka zu beruhigen.

«Ihre Joggingschuhe stehen beim Eingang», erwiderte Blanka.

«Vielleicht ist sie nach Thusis oder Chur gefahren.»

Blanka schüttelte den Kopf. «Beide Autos stehen in der Garage.»

Mit aller Kraft versuchte er, sich daran festzuhalten, dass alles in Ordnung war. Marlene war nur kurz weg. Jeden Moment würde sie über die Schwelle treten und ihn auslachen, weil er sich Sorgen gemacht hatte.

Als ein Klingelton den Eingang einer neuen Meldung anzeigte, griff er aufgeregt nach dem Gerät. «Die von Ihnen bestellten Werkzeuge sind eingetroffen und in unserem Geschäft zum Abholen bereit», las er. Die banale Mitteilung des Händlers liess die Schutzmauern einstürzen. «Mein Gott, Blanka, was ist passiert? Wo kann sie sein? Wir müssen sie suchen! Aber wo?» Er raufte sich die Haare.

«Wir könnten zuerst nachschauen, welche Jacke und welche Schuhe fehlen. Dann wissen wir vielleicht mehr», riet Blanka.

«Ja, ja, ja, mach das!»

Da er nicht untätig abwarten konnte, eilte Massimiliano selbst die Treppe hinauf, zwei Stufen auf einmal nehmend. In Marlenes Ankleidezimmer sah er sich ratlos um. Wie sollte er wissen, was in der Unmenge von Kleidern, Foulards und Taschen fehlte? Er ging weiter zum angrenzenden Arbeitszimmer. Marlene hatte es fast nie benutzt, der imposante antike Schreibtisch war aufgeräumt wie immer.

Als er Blankas Schritte auf der Treppe hörte, trat er hinaus auf den Flur, aber die Haushälterin wich seinem Blick aus. Sie betrat Marlenes Ankleidezimmer und durchsuchte systematisch die Regale und Kleiderstangen. Als sie damit durch war, blieb sie reglos stehen. Endlich gab sie sich einen Ruck und wandte sich zu ihm um.

«Es fehlen ihre Bergschuhe und ihre leichten Freizeitschuhe. Die Regenjacke, eine Wolljacke und ein Blazer. Zwei Paar Jeans, eine schwarze Hose, eine Bluse, einige T-Shirts, drei Pullover.»

Massimiliano rannte an ihr vorbei die Treppe hinunter und stürzte hinaus ins Freie. «Marlene!», schrie er. «Marlene!» Wie von Sinnen lief er durch den weitläufigen Garten. «Marlene!» Verzweifelt rüttelte er am Gitter, das sein Anwesen vom Gelände trennte, wo der Andeerer Granit aus dem nahe gelegenen Steinbruch verarbeitet wurde. «Marlene!»

Kraftlos sank er am Zaun nieder. Wie ein zauberhaftes Wesen von einem anderen Stern war Marlene vor fünfzehn Jahren in sein Leben getreten. Überirdisch schön. Ein Engel, der seinem Leben Sinn gab. Sie hatte ihn bei der Hand genommen und aus dem Trübsinn hinausgeführt ans Licht. Sie hatte ihn ermutigt, sich dem Druck seiner Familie zu widersetzen und seinen eigenen Weg zu gehen. Seinem standesgemässen Leben den Rücken zu kehren und seine Träume zu verwirklichen. Sie hatte ihn dabei unterstützt, seine Skulpturen der Öffentlichkeit zu zeigen. Ihr verdankte er den Mut, unter sein bisheriges Leben einen Schlussstrich zu ziehen und sich fortan mit Leib und Seele der Kunst zu widmen. Zusammen hatten sie das Anwesen neben dem Steinbruch in Andeer entdeckt, als sie auf den Spuren des grünen Andeerer Granits, der eigentlich ein Gneis war, durch die Täler gereist waren. Gemeinsam hatten sie sich in das geschichtsträchtige Haus

Rosales verliebt, das zur Tarnung als Wohnhaus rund um einen Blashochofen zur Eisengewinnung errichtet worden war. Es war ihre Insel geworden, ihr Paradies, die Erfüllung ihrer sehnlichsten Wünsche. Zusammen mit ihrer Haushälterin, ihrem Stallknecht, Marlenes Pferden und Massimilianos Steinblöcken lebten sie in ihrer eigenen Welt ohne nennenswerten Kontakt zur Umgebung.

Fragen nach ihrer Herkunft liess Marlene nicht zu. Wie die Fee im Märchen hatte sie ihm gleich zu Beginn ihrer Beziehung die Spielregeln klargemacht: Keine Fragen zur Vergangenheit. «Vielleicht bin ich als Elfe aus einer Rose geschlüpft? Ich lebte dreihundert Jahre lang, bevor ich dich sah. Dann war ich verloren. Ich wurde ein Mensch, um dich lieben zu können.» Keine Fragen, woher ihr Vermögen stammte. «Vielleicht war ich Meerjungfrau im Pazifik? Ein reicher Mann verzweifelte, weil ich ihn nicht lieben konnte. Er stürzte sich mit seinem ganzen Vermögen ins Meer. Dadurch wurde der Fluch gebannt, ich wurde erlöst und stieg an Land. Ich erblickte dich und entdeckte den Sinn meines Lebens.» Keine Fragen zu ihrer Familie. «Vielleicht lebte ich auf der Strasse und verzauberte als junges Mädchen einen Prinzen aus Saudi-Arabien? Er nahm mich in seinen Harem auf und schmückte mich mit Gold und Edelsteinen. Als er alt war, schenkte er mir die Freiheit und gab mir die Aufgabe, den besten Mann, der neben ihm auf der Erde wandelt, glücklich zu machen. Das ist mir gelungen.»

Marlene war nicht von dieser Welt. Immer hatte er die leise Furcht verspürt, sie könnte so plötzlich verschwinden, wie sie vor fünfzehn Jahren aufgetaucht war. Er wurde überwältigt von der Angst, Marlene sei als zauberhafter Vogel weitergezogen in ein neues Dasein.

Erst als ihm Wasser aus den Haaren über die Stirn lief, bemerkte er, dass der Regen zugenommen hatte und er bis auf die Haut durchnässt am Boden sass. Mühselig rappelte er sich auf und schleppte sich ins Haus zurück. Blanka empfing ihn mit ernstem Blick. In der einen Hand hielt sie ein Frottiertuch für ihn bereit, in der anderen einen grossen lilafarbenen Umschlag. In Marlenes schwungvoller Handschrift stand sein Name darauf.

Im Frühling davor

Marlene übte sich in Gelassenheit. Nicht aufregen, nicht kontern, nicht die Beherrschung verlieren. Am besten wäre es, nicht zuzuhören, aber das war nicht so einfach. Von Zeit zu Zeit warf die andere eine Frage ein. Sollte sie darauf keine Antwort wissen, ging das Gejammer mit erhöhter Frequenz von vorne los.

«Du hast es gut», sagte Roos zum gefühlten hundertsten Mal. «Du hast ein tolles Haus, einen Mann, der dich anbetet, zwei schöne Pferde. Was möchtest du mehr?»

Zum Beispiel meine Ruhe, dachte Marlene. Dass du aus meinem Leben verschwindest. Nie wieder etwas von dir zu hören, das wünsche ich mir sehnlichst. Sie hatten einen Spaziergang gemacht und sassen nun auf einer Bank. Der Schnee hatte sich bis zu den Bergspitzen zurückgezogen, das Grün setzte sich auf den Wiesen allmählich durch, rundum wuchs und blühte alles. Sie hatte im Schams ihr Paradies gefunden, sie fühlte sich im von hohen Bergen umgebenen Talkessel geborgen wie ein kleiner Schwan unter dem Flügel seiner Mutter. Ihr Glück wäre vollkommen, dachte Marlene frustriert, wenn Roos von einem

Traktor überfahren, in der Rofflaschlucht den Wasserfall hinunterstürzen, im nahen Steinbruch von einem Granitbrocken erschlagen, auf welche Art auch immer vom Teufel geholt würde. «Was ist mit …» Wie hiess er doch gleich?

«Alex?», kam ihr Roos zu Hilfe. «Alex hielt nicht, was er versprach. Ich habe alles für ihn getan. Alles. Er hat es nicht gewürdigt. Ich kann nicht mit einem Mann zusammenleben, der nicht schätzt, was er an mir hat. Er …»

Marlene kannte die Fortsetzung, sie brauchte nicht weiter zuzuhören. Der Text war nach dem Abgang von Alex derselbe wie zuvor bei Hans, Gabriel, Mike und wie sie alle geheissen hatten. Ohnehin zweifelte sie daran, dass auch nur ein einziger von ihnen je existiert hatte.

«… über den Sommer wieder nach Kroatien …»

Marlene horchte auf.

«Das Klima tut mir gut. Natürlich wäre die Côte d'Azur die bessere Wahl, die Leute in Frankreich sind so nett, und die französische Küche bekommt mir besser. Aber Frankreich ist teuer. Bescheidenheit ist eine Tugend, sagt man. Ich werde häufig selbst kochen in Kroatien, ich kann es mir nicht leisten, immer auswärts zu essen.»

Vielleicht wird sie in Kroatien von einem Hai gefressen, dachte Marlene.

«Eigentlich kann ich mir den Aufenthalt in Kroatien trotzdem kaum leisten.»

Oder von einem Geldtransporter platt gedrückt.

«Das Leben ist so teuer geworden, ich komme kaum über die Runden.»

Oder von einer Fähre gerammt.

«Für das Billett nach Andeer habe ich das Geld nehmen müssen, das ich für Sandalen beiseitegelegt hatte.»

Oder von einem Tintenfisch in die Tiefe gezogen.

«Es fällt mir so unsagbar schwer, dich darum bitten zu müssen», seufzte Roos.

«Komm, gehen wir zurück.» Marlene erhob sich von der Bank. Keine Minute länger würde sie es aushalten, neben der anderen zu sitzen. Jetzt, da das Thema angeschnitten war, bestand die Hoffnung, dass sich der Besuch seinem Ende näherte.

«Bitte geh nicht so schnell!» Roos keuchte.

Marlene verlangsamte ihre Schritte. In spätestens zwei Stunden musste Roos das Postauto zum Tal hinausnehmen. Sie begann, die Minuten zu zählen.

2

September 2019

Ursin und Frederik gingen morgens bei leichtem Nieselregen, der rasch stärker wurde, zur Schule. Da die Tagundnachtgleiche nicht mehr weit war, brachte der Regen eine empfindliche Abkühlung mit sich. Das unfreundliche Wetter hielt sie davon ab, nach der Schule erneut nach Gold zu suchen. Es hinderte sie sogar daran, ans andere Ende des Dorfs zu laufen und dem Mittelsmädchen ihr Anliegen zu schildern. Sie schoben die Bestellung der Goldwaschrinne und der Waschpfanne auf und rührten den gefundenen Rucksack nicht an, der immer noch unter dem Dach im Stall lag.

Nicht nur die Buben zogen sich in die angenehme Wärme ihres Zuhauses zurück. Kaum jemand ging bei diesem Wetter freiwillig nach draussen. Auch die Hundehalterinnen und -halter verzichteten auf ausgedehnte Runden. Stattdessen zogen sie die Kapuzen tief in die Stirn, trieben ihre Vierbeiner zur Eile an und stemmten sich so kurz wie möglich gegen den Wind.

Ein einziger einsamer Fussgänger benutzte an diesem Donnerstag die schmucklose Hängebrücke, die einige hundert Meter vor dem südlichen Dorfeingang den Hinterrhein überquerte. Er war so beschäftigt mit der Frage, wie er seiner Frau erklären sollte, wo das Geld geblieben war, das sie für den Kauf neuer Vorhänge beiseitegelegt hatte, dass er weder nach rechts noch nach links schaute. Auch nicht hinunter ins Flussbett des Hinterrheins.

Massimiliano hatte den Brief im lila Umschlag zunächst nicht geöffnet. Er hatte sich auf das Sofa in der Eingangshalle sinken lassen und sich nicht wieder daraus erhoben. Blanka hatte ihm trockene Kleider und eine Suppe gebracht, die inzwischen erkaltet auf dem kleinen Tischchen neben der Armlehne stand. Er befand sich im freien Fall in die tiefste Schwärze, die er je empfunden hatte. Marlenes Worte im Brief bestätigten seine schlimmsten Ahnungen. «Mein Geliebter», stand da. Der Schmerz war durch seinen Körper gefahren, die Worte vor seinen Augen verschwommen. «Vielleicht bin ich eine verirrte Seele, für die der Zeitpunkt gekommen ist, weiterzugehen. Die an einen anderen Ort getrieben wird und in einer anderen Gestalt einen neuen Anfang machen muss.» Erst viel später hatte er die Kraft gefunden, den Brief zu Ende zu lesen. «Die Erde ist rund, damit alle Wege wieder zum Anfang führen», lautete der letzte Satz. Massimiliano verstand ihn so, dass sie ihn verliess, um zu ihren Wurzeln zurückzukehren. Ihm erschloss sich nicht, dass der rätselhafte Text genauso gut die Möglichkeit eines Wiedersehens andeuten könnte. Zu tief unten befand er sich bereits in seiner Verzweiflung.

Als es dunkel wurde, brachte ihm Blanka eine Tasse Tee und einige belegte Brote. Auch diese rührte er nicht an.

Im schwachen Licht einer kleinen Wandlampe verbrachte er die Nacht auf dem Sofa. Nur kurz döste er von Zeit zu Zeit, stundenlang hielt ihn der Schmerz über Marlenes Verlust wach. Er schaffte es nicht, in ihr gemeinsames Schlafzimmer hinaufzugehen, wo ihm Marlenes Kleider, ihr Duft, das Buch auf ihrem Nachttisch ihr Verschwinden ins Gesicht schreien würden. Zuerst wurde ihm klar, dass er die Kraft dazu für lange Zeit nicht aufbringen würde. Später beschloss er, sich dieser Herausforderung nicht zu stellen, weder jetzt noch irgendwann.

Sobald es am Freitagmorgen hell wurde, rief er seinen Treuhänder an, erreichte aber nur den Telefonbeantworter. Geistesabwesend wählte er immer und immer wieder die Nummer, bis der Mann endlich abnahm und versprach, sich sofort auf den Weg nach Andeer zu machen.

Blanka brachte ihm einen Kaffee, den er in einem Zug leerte. Sie erschrak bei seinem Anblick, Massimiliano war über Nacht um Jahre gealtert.

«Sie ist fort», sagte er und deutete mit dem Kinn auf den Brief. «Für immer», fügte er stockend hinzu. Die Worte laut auszusprechen, zerstörten den letzten Funken Hoffnung, sie liessen den Verlust real werden. «Die Pferde», fügte er hinzu.

Blanka verstand. Sie machte sich auf den Weg zu den Haflingern, wo der Stallknecht bereits an der Arbeit war, und überbrachte ihm die traurige Nachricht. Auf dem Rückweg zum Haus stellte sie fest, dass der Treuhänder inzwischen eingetroffen war. Er hatte neben Massimiliano auf dem Sofa in der Eingangshalle Platz genommen, offenbar war dieser nach wie vor nicht in der Lage, sich in einen anderen Raum zu begeben.

Die Männer besprachen sich kurz miteinander, dann zog sich der Treuhänder ins Esszimmer zurück, wo er diverse Telefongespräche führte. Geraume Zeit später setzte er sich wieder zu Massimiliano und erklärte ihm, dass alles nach seinen Wünschen machbar sei.

Der Hausherr wies ihn an, Blanka und den Stallknecht zu holen. Blanka brachte zwei Stühle aus dem Esszimmer mit, die sie vor das Sofa stellte.

«Marlene ist fortgegangen», begann Massimiliano. «Ohne sie bleibe ich nicht hier.» Er warf dem Treuhänder einen auffordernden Blick zu.

«Herr Ferrero wird sofort nach Italien umziehen. Seine Familie besitzt ein Haus auf dem Land, ein ehemaliges Bauerngut in der Nähe von Assisi. Herr Ferrero wird sich vorläufig dort niederlassen. Unsere Firma hat den Auftrag erhalten, das Haus hier zu räumen und das gesamte Mobiliar zu veräussern. Der Mietvertrag mit der Familie Ordogno de Rosales wird aufgelöst. Sie kümmern sich vorderhand um die beiden Pferde», wandte er sich an den Stallknecht. «Wir werden den Züchter anweisen, einen neuen Platz für sie zu finden. Sie, Blanka, sind bitte hier, bis das Haus leer ist.»

Massimiliano hörte nicht mehr zu. Eine Stimme in seinem Kopf rief unaufhörlich: «Marlene ist weg, Marlene ist weg!» und übertönte damit alles, was um ihn herum gesagt wurde.

Das schlechte Wetter hielt sich auch am Samstag hartnäckig. Ursin und Frederik waren es leid, im Haus herumzusitzen. Die unangenehme Temperatur hielt sie zwar davon ab, die Goldsuche im Hinterrhein fortzusetzen, nicht aber davon, das Mittelsmädchen am anderen Ende des Dorfs aufzusuchen. Enttäuscht stellten sie fest, dass dort niemand zu Hause war. Eingehüllt in ihre Regenjacken schlenderten sie zurück. Sie hatten es nicht eilig, nach Hause zu gehen. Hier streichelten sie eine Katze, dort lauschten sie Gitarrenklängen, weiter vorne drückten sie die Nase an der Fensterfront des Mineralbads platt. Im Dorfladen deckten sie sich mit Süssigkeiten ein, die sie unter dem Vordach verzehrten. Irgendwann hatten sie alle Möglichkeiten ausgeschöpft, die Zeit totzuschlagen. Sie trotteten wohl oder übel heimwärts.

Daria, das Mittelsmädchen, bekam von alldem nichts mit. Sie wäre glücklich gewesen, hätte sie den Buben bei der Durchführung ihres Vorhabens helfen können. Stattdessen war sie in Chur und langweilte sich zu Tode. Ihre Mutter hatte sie mitgeschleppt, um ihr Winterschuhe zu kaufen, was in zehn Minuten erledigt gewesen war. Aber seit über zwei Stunden zog die Mutter sie von einem Laden zum anderen hinter sich her, weil sie für sich noch dies und das brauchte.

Immerhin stand sie im Trockenen, während eine ihrer Freundinnen in Andeer schlotternd im Freien unterwegs war. Deren Mutter hatte es nicht mehr ausgehalten mit der Halbwüchsigen, die zu Hause herumlungerte. Sie hatte sie vor die Tür geschickt und ihr befohlen, mit dem Hund die grosse Runde zu drehen. Wenn sie weniger als eine Dreiviertelstunde draussen sei, werde sie ihr blaues Wunder erleben, hatte sie gedroht. Die Tochter war schimpfend aufgebrochen, aus Trotz ohne die biedere rote Windjacke. Das Smartphone hatte sie hingegen eingesteckt, und mit diesem erzählte sie einer anderen Freundin seit zehn Minuten, ihre Mutter sei ja so doof. Sie lamentierte immer aufgebrachter und war so vertieft in das Gespräch, dass sie weder nach links noch nach rechts schaute. Auch nicht von der Brücke, auf der sie vor dem Dorf den Rhein überquerte, hinunter ins Wasser.

Blanka gesellte sich zum Stallknecht, der in der Remise rauchte.

«Kommen heute schon die ersten Händler wegen der Möbel?», fragte er. Sie stammten zwar beide aus Osteuropa, aber aus verschiedenen Ländern, weshalb sie sich auf Deutsch unterhielten.

«Nein», antwortete Blanka. «Heute ist Samstag, die treffen frühestens am Montag ein.»

Er nickte und nahm einen tiefen Zug.

«Soweit ich weiss, hat der Treuhänder mehrere Firmen angefragt, italienische und schweizerische», fuhr sie fort. «Antikschreiner und Antiquitätenhändler.»

«Ich wüsste nichts anzufangen mit dem alten Zeug.»

«Du hättest für Jahre ausgesorgt, wenn du es verkaufen würdest. Manche der Möbelstücke sind Zehntausende wert.»

«Zehntausende?», fragte er ungläubig.

«Bestimmt. Ganz zu schweigen von den Bildern. Wegen diesen war heute Morgen bereits der Treuhänder mit einem Kunsthändler hier.»

Alarmiert schaute er sie an. «Der Chef wird doch nicht das Porträt seiner Frau verkaufen, das er gemalt hat?»

«Nein, nein», beruhigte ihn Blanka. «Der Händler hat zwei der abstrakten Bilder von einem berühmten Künstler mitgenommen.»

«Schade, dass die Pferde verkauft werden», seufzte er. «Sie haben es schön hier und fühlen sich wohl. Die Chefin hat sich jeden Tag stundenlang um sie gekümmert. Ich hoffe, sie kommen wieder an einen guten Platz.»

«Was wirst du machen?»

«Ich weiss es nicht. Lange werde ich nicht hier bleiben können ohne Arbeit, das Leben ist teuer in der Schweiz. Und du?» Er drückte seine Zigarette in einem eigens dafür aufgestellten Blumentopf aus. In der Erde steckte ein Stein, auf den Marlene das Gesicht eines Rauchers gemalt hatte.

«Ich weiss es auch nicht.» Blanka zuckte die Achseln. «Es wird eine Weile dauern, bis das Haus leer ist. So lange bleibe ich hier.»

Der Stallknecht beobachtete aus dem Augenwinkel, wie sich ihr Gesicht verschloss. Kämpfte sie mit den Tränen? Sie hatte nie etwas über ihre Vergangenheit verraten. Er wusste nur, dass sie die Chefin schon sehr lange kannte. Weit länger als deren Mann. Woher die beiden gekommen und wo sie zuvor gewesen waren, entzog sich seiner Kenntnis. «Ich begreife immer noch nicht, was eigentlich passiert ist», meinte er stirnrunzelnd. «Plötzlich war sie weg.»

«Sie wird ihre Gründe haben.»

«Ich glaube, der Chef weiss auch nicht, warum sie gegangen ist.»

«Wahrscheinlich nicht. Immerhin hat sie ihm einen Brief hinterlassen. So weiss er wenigstens, dass sie weggegangen und nicht verunglückt ist.»

«Ein Unglück ist es auch so», stellte er richtig. «Er war am Boden zerstört. Wahrscheinlich ist er es immer noch.»

«Ja, es geht ihm furchtbar schlecht. Jetzt ist er in dem grossen Haus in Italien. Weiss der Himmel, was er dort macht, allein.»

«Er wird arbeiten, denke ich», mutmasste der Knecht. «Steine behauen, bis er zusammenbricht.» Nachdenklich strich er sich übers Kinn. «Gehst du zu ihm, wenn das hier fertig ist?» Mit einer Handbewegung deutete er auf Haus und Hof.

«Er hat nicht nach mir verlangt.»

«So weit konnte er bestimmt nicht denken», meinte er ungeduldig. «Schreib ihm! Biete ihm deine Dienste an. Oder geh einfach zu ihm, bring ihm die letzten Sachen persönlich vorbei. Er wird dich nicht wegschicken.»

«Er gibt alles weg, das ihn an seine Frau erinnert. Er wird auch mich nicht mehr sehen wollen», gab Blanka traurig zu bedenken.

«Das soll er selbst entscheiden.» Er wandte sich Blanka zu und musterte sie eindringlich. «Aber um entscheiden zu können, muss er überhaupt erst darüber nachdenken. Fahr zu ihm, wenn du hier fertig bist, und frag ihn. Bis dann wird einige Zeit vergangen sein. Ich bin sicher, er wird froh sein, dich zu sehen. Er wird dankbar sein, dass du bei ihm bleiben willst.»

Sie betrachtete ihn zweifelnd.

«Gib nicht auf», sagte er nachdrücklich. «Kämpfe!»

Im Frühling davor

Massimiliano legte seiner Frau die schmutzige Hand auf die Hüfte. «Ist deine Freundin gegangen?», fragte er.

Sie wandte sich ihm lächelnd zu und fuhr mit der Hand durch seine Locken. Vom Steinstaub waren sie mehr grau als schwarz, er kam direkt aus der Werkstatt. «Ja, sie ist weg.»

«Hat sie wie immer einen Umweg gemacht zur Postautohaltestelle?»

«Ja, sicher», bestätigte Marlene. «Sie hat solche Angst vor Hunden! Ihre Begegnung mit dem Hund vom herrschaftlichen Gut bei der Holzbrücke wird sie wohl nie vergessen.»

«Kein Wunder, das ist wirklich ein unangenehmes Tier», meinte Massimiliano.

«Ich weiss, aber mehr als kläffen kann er eigentlich nicht. Ausser den Leuten einen zünftigen Schrecken einzujagen. Bei Roos hatte er ein leichtes Spiel, sie fürchtet sich vor allem, was vier Beine hat.» Sie zuckte die Achseln. «Jedenfalls meidet sie diesen Weg, als würde er direkt ins Verderben führen. Lieber geht sie über die südliche Hängebrücke und dann zurück ins Dorf, oder sie steigt in Bärenburg ins Postauto ein.»

«Ich begreife nicht, dass ihr Freundinnen seid. Sie ist so anders als du.»

«Klein, dick, hässlich?», fragte sie schalkhaft.

«Das nicht gerade. Weniger gross, weniger schlank, viel, viel weniger schön.» Er betrachtete sie nachdenklich. «Du bist Leben, Freude, Tatkraft. Sie ist nichts davon.»

«Stimmt», bestätigte sie leichthin. «Immerhin geht es ihr jeweils besser, wenn sie geht, als bei ihrer Ankunft. Und allzu oft kommt sie ja nicht.»

«Du hast ein grosses Herz.»

«Es gehört dir!» Sie legte seine Hand auf ihre Brust.

Er zog sie an sich. «Was hast du heute noch vor?»

«Rate mal.»

«Reiten?», fragte er lächelnd.

«Ja, reiten», bestätigte sie und löste sich aus seiner Umarmung. «Geh zurück in deine Werkstatt. Ich spüre, dass es dich in den Fingern juckt.»

«Das tut es wirklich», stimmte er zu. «Das Licht fällt gerade richtig, in einer Stunde steht die Sonne zu tief. Jetzt ist der Farbton warm, kraftvoll wie der Herbst. Der grüne Granit scheint zu schmelzen in den Strahlen. Er will, dass ich ihn bearbeite.»

«Geh schon», sagte sie lachend. «Folge den Wünschen deines Steins. Ich folge den Wünschen meiner Pferde.»

Sie sattelte das Kleinere der beiden und machte sich auf den Weg bergauf. Roos' Besuch hatte sie stärker aufgewühlt, als sie sich anmerken liess. Marlene hatte es gründlich satt, ihr immer wieder finanziell unter die Arme zu greifen. Nicht, weil sie es sich nicht leisten könnte. Die Beträge waren nie so gross, dass es ihr wehtat, sie herzugeben. Roos war schlau genug, diese Grenze zu kennen. Sie vermied es, mit einer zu hohen Forderung einen Konflikt zu provozieren. Solange die Geldsumme kein ernsthaftes Problem für Marlene darstellte, würde sie bezahlen, das war Roos klar.

Ohne zu überlegen, war sie zur Burgruine Cagliatscha geritten, in deren Nähe Tom hauste. Der junge Mann lebte hier allein in einem ausgebauten Maiensäss. Seinen Lebensunterhalt verdiente er als Fahrer mit unregelmässigem Pensum bei einem Transportbetrieb im Tal, seine Leidenschaft gehörte seinen beiden Schäferhunden, mit denen er jeden Tag trainierte. Da seine Ansprüche bescheiden waren, fielen die Kosten für seinen Lebensunterhalt gering aus. Umso weniger Zeit er zum Arbeiten brauchte, umso mehr hatte er für seine Hunde. Und für seine wenigen Freunde, mit denen er ab und an durch die Lokale zog. Marlene kannte ihn, weil er an einer ihrer bevorzugten Reitrouten wohnte. Sie mochte ihn und seine Hunde, er mochte sie und ihre Pferde.

Tom lächelte sie an, als sie den Haflinger zum Stehen brachte. Allzu nah kam sie nicht, denn neben Tom stand einer seiner Hunde, aufmerksam und mit jeder Faser seines Körpers bereit, den nächsten Befehl auszuführen. Tom rief ihm die Anweisung zu. Der Hund rannte los und verschwand im Haus.

Marlene beobachtete das Geschehen neugierig. Sie wusste, dass Toms Tiere allerlei Tricks beherrschten. Überrascht lachte sie auf, als der Hund mit einem Paar Cervelats in der Schnauze aus der Tür schoss. Vor Tom blieb er stehen und hob den Kopf, sodass sich dieser kaum bücken musste. Er nahm die Beute in Empfang und prüfte, ob sie Bissspuren aufwies. Es gab keine, der Hund war behutsam genug vorgegangen. Tom lobte ihn und fischte eine Belohnung aus seiner Hosentasche.

«Ist das das neuste Kunststück?», fragte sie.

«Nein, das kennt er schon lange», antwortete er. «Wir müssen es immer wieder üben, damit er nicht verlernt, wie sanft er mit den Würsten umgehen muss. Schliesslich sind sie mein Abendessen, nicht seines.» Er schüttelte eine Zigarette aus dem zerknitterten Päckchen und fragte sie nach dem Befinden ihres Pferdes.

Die kurze Unterhaltung mit Tom liess ihren Ärger verrauchen. Als sie zurückritt, war Roos fast vergessen.

Die Sonne war hinter den Bergen verschwunden, es wurde kühl. Massimiliano sass vor dem Haus auf der Bank und schien nicht zu bemerken, dass er fröstelte. Sie überliess das Pferd der Obhut des Stallknechts und stellte sich vor Massimiliano. «Ist die Skulptur vollendet?», fragte sie.

Er schüttelte den Kopf. «Ohne Sonnenlicht ist der Stein nur noch Stein. Kühl und abweisend. Er will sich nicht auf mich einlassen. Ganz anders, als wenn er vom warmen Licht beschienen wird. Dann ist er bereit und willig. Aber die Sonne ging unter, ich musste aufhören.»

«Komm mit ins Haus», forderte sie ihn auf. «Hier holst du dir eine Erkältung.»

Verwundert stellte er fest, dass er erbärmlich fror, und erhob sich von der kalten Steinbank.

Marlene kannte die Anzeichen. In dieser Phase hörte die reale Welt für Massimiliano auf zu existieren. Seine Gedanken drehten sich unablässig um sein Schaffen, Entspannung gab es kaum. In ein paar Tagen würde sein Werk vollendet sein. Sofern es zu seiner Zufriedenheit gelang, würde er für kurze Zeit glückselig sein. Danach kam die Erschöpfung und mit ihr die grosse Leere. Er würde sie an seiner Seite brauchen, um nicht in die Dunkelheit abzustürzen. Sollte die Skulptur hingegen nicht befriedigend ausfallen, würden ihn zunächst Wut und Verzweiflung heimsuchen. Auch das nicht für lange, und auch in diesem Fall würde er sie nötig haben, um sich gegen die Dämonen zu wehren, die ihn in die Tiefe ziehen wollten.

3

September 2019

Am Sonntag kündigte sich endlich eine leichte Wetterbesserung an. Die Buben verabredeten sich direkt nach dem Frühstück. Zuerst wollten sie ihre geschäftlichen Angelegenheiten regeln und danach sofort zum Fluss. Zwar mit unzureichender Ausrüstung, aber voller Elan.

Daria, das Mittelsmädchen, nahm sich der Sache sofort an. Feierlich überreichten ihr die Buben ein paar inzwischen getrocknete Banknoten aus dem gefundenen Portemonnaie. Im Gegenzug bestellte sie die gewünschte Goldwaschausrüstung auf ihren Namen. Als Provision verlangte sie zehn Prozent des Warenwerts, was die Buben unerhört fanden. Nach zähen Verhandlungen einigten sie sich auf fünf Prozent und zwei Comics aus Frederiks Sammlung. Niemand von den sechs betroffenen Elternteilen und den insgesamt vier Geschwistern bekam etwas von dem Handel mit. Das Paket abzufangen, bevor ihre Eltern es zu Gesicht bekamen, würde für Daria ein Leichtes sein. Sie plante, am Tag des Liefertermins rasch in der Morgenpause nach Hause zu rennen, um es zu verstecken. Am Vormittag war niemand daheim, und der Briefträger stellte die Lieferungen normalerweise in den Hausgang.

Annetta Baselgia freute sich ebenfalls über die Erholung an der Wetterfront. Ihren täglichen Spaziergang hatte sie während der garstigen Verhältnisse auf ein Minimum beschränkt. Genau genommen konnte der kurze Weg von ihrem Haus im Andeerer Dorfkern zum Café oder zu einem der Restaurants selbst mit viel gutem Willen nicht als Spaziergang bezeichnet werden, und weiter als bis zu einem der Lokale war sie nicht gegangen. Dazu kam, dass sie körperlich fit war und es selbst kaum glauben konnte, ihren siebzigsten Geburtstag seit Kurzem hinter sich zu haben. Selbst wenn sie gemächlich unterwegs war, brauchte sie zu keiner der Gaststätten mehr als ein paar Minuten.

Ihr Haus zählte ein Vielfaches ihrer Lebensjahre. Es war ein stattliches Gebäude mit dicken sgraffitigeschmückten Mauern. Die Lage direkt an der Durchgangsstrasse erlaubte es seinen Besitzerinnen und Besitzern seit Jahrhunderten, genau Bescheid zu wissen, wer auf der Transitroute verkehrte. Seit dem Bau der Umfahrungsstrasse entzog sich der Einwohnerschaft im Dorfzentrum dieses Wissen, was aber den Blick aus dem Fenster keineswegs weniger attraktiv machte. Das Ziel der Beobachtungen waren jetzt Einheimische und Fremde, Schulkinder, Badegäste und Handwerksleute, die zu Fuss, auf dem Velo oder mit dem Auto unterwegs waren. Annetta war demzufolge bestens informiert über das Kommen und Gehen im Dorf. Was sie nicht selbst sah, erfuhr sie im Café, im Restaurant, beim Einkaufen oder beim Schwatz während eines Spaziergangs.

Sie streifte ihre Jacke über und trat vor die Haustür. Kein Mensch war unterwegs, vermutlich hatten manche die Wetterbesserung noch nicht einmal bemerkt. Sie entschied sich für die Brückenrunde, wie sie diesen Weg für sich nannte. Zuerst über die schöne gedeckte Holzbrücke am westlichen Dorfrand, dann gegen Süden, dort über die zweckmässige Hängebrücke zum Granitverarbeitungsbetrieb und dem Wasserlauf folgend zurück ins Dorf. Und dort in eines der Restaurants zum Kaffee.

Der Hinterrhein führte nach dem Unwetter viel Wasser. Beim Gang über die erste Brücke hörte sie ihn unter ihren

Füssen toben. Auf der anderen Flussseite kam der Hund vom grossen Herrschaftshaus wie üblich in weiten Sätzen auf sie zu. Sie liess sich von seinem Bellen und Knurren nicht beirren. Sie wusste genau, dass er sie in Ruhe liess, solange sie auf dem Weg blieb. Allerdings wusste sie auch, dass sich manche Leute von dem Tier einschüchtern liessen und diesen Weg aus dem Dorf hinaus mieden. Wahrscheinlich hatten dessen Besitzer ihre Freude daran, die Passanten zu erschrecken.

Bald kam sie zum kleinen katholischen Friedhof, der sich etwas ausserhalb des traditionell protestantischen Dorfs befand. Wie erwartet war niemand zu sehen, für die Pflege der Blumen war es nach wie vor zu nass. Sie wusste, dass einige der Gräber fast täglich besucht wurden, aber offenbar zu späterer Stunde. Auch hier würde sie keinen Schwatz halten können.

Der Weg führte ein Stück durch die Wiesen, dann erreichte sie das Anwesen der Familie Rosales. Sie nannte es immer noch so, auch wenn zurzeit niemand der Familie dort wohnte. Das Haus mit dem eingebauten Hochofen war seit Jahren vermietet. Zu den Mietern hatte sie kaum Kontakt, niemand im Dorf schien sie näher zu kennen. Nicht einmal einkaufen gingen sie, das erledigte ihre Angestellte. Eine sehr reservierte Frau, die kaum grüsste, nie für einen Schwatz stehenblieb und allem Anschein nach nicht lächeln konnte. Auch beim Haus Rosales war niemand zu sehen. Nur die beiden Pferde waren schon auf der Wiese. Sie wusste, dass der Mann Künstler war und wie besessen Blöcke aus Andeerer Granit bearbeitete. Gesprochen hatte sie ihn nie, wahrscheinlich konnte er nicht einmal Deutsch. Dem Vernehmen nach stammte er aus einer reichen, eher schwerreichen Familie aus Italien. Vielleicht Gucci oder Versace. Agnelli oder Lancia. Cardinale oder Celentano. Die Gattin war öfter zu sehen, allerdings meistens auf dem Rücken eines Pferdes, was ein Gespräch unmöglich machte. Manchmal hatten sie Besuch, wahrscheinlich andere reiche Leute aus dem Ausland. Manchmal verreisten sie für ein paar Tage oder Wochen, wahrscheinlich dorthin, wo andere reiche Leute aus dem Ausland ihre Zeit verbrachten.

Am Steinbruch vorbei gelangte sie südlich des Dorfes wieder zum Rhein. Sie blieb mitten auf der zweckmässigen Hängebrücke stehen und schaute flussaufwärts, wie das braune Wasser auf sie zukam. Es würde ein paar Tage dauern, bis der Hinterrhein wieder klar und leise dahinplätscherte. Sie wandte sich um und schaute in die andere Richtung. Die Wolken hingen tief, es wurde trotz der leichten Wetterbesserung nur dann richtig hell, wenn unvermittelt ein Sonnenstrahl hervorbrach. Dann leuchtete die Welt für einen Augenblick, aber die meiste Zeit schien sie in gedämpften Tönen gemalt worden zu sein.

Sie betrachtete das schmutzigbraune Wasser, das unter der Brücke hervorquoll. Unvermittelt blieb ihr Blick an einem grasgrünen Fleck im Bachbett hängen. Sie runzelte verärgert die Stirn. Es war himmeltraurig, was alles an Abfall angeschwemmt wurde. Wer kam bloss auf die Idee, so viel Kehricht im Fluss zu entsorgen? Und was war das überhaupt? Als sie die Ursache ihres Ärgers genauer in Augenschein nahm, wurde sie blass. Entsorgung war das falsche Wort, wurde ihr allmählich klar. Hier ging es nicht um Kehricht. Weder um Plastik noch um Baumaterial. Was sich dort unten am Rande des Flussbetts in den Steinen verfangen hatte, war ein Mensch. Eine Frau in einer grasgrünen Jacke. Und sie war zweifellos tot.

Im Sommer davor

Marlene betrat vorsichtig Massimilianos Atelier. In seinem Kopf und unter seinen Händen entwickelte sich eine neue Idee. Diese Zeitspanne war heikel, das wusste sie. Dann und wann war er so absorbiert von seinen Gedanken, dass eine Störung unabsehbare Folgen haben konnte. Ein einziges Mal, vor vielen Jahren, hatte sie in einer solchen Phase ahnungslos sein Reich betreten. Sie hätte es grün und blau verlassen, wenn Massimilianos Hemmschwelle, Gewalt anzuwenden, nicht so hoch wäre. Das war ihr eine Lehre gewesen.

Mit dem Raum konnte sie sich nicht anfreunden, auch wenn sie um seine ausserordentliche Geschichte wusste. Der Marchese Rosales hatte den gewaltigen, mehrere Stockwerke hohen Blashochofen Mitte des neunzehnten Jahrhunderts erbauen lassen, um die italienischen Freiheitskämpfer mit Eisen für die Waffenherstellung zu versorgen. Dass es gescheiter war, dieses Vorhaben nicht an die grosse Glocke zu hängen, lag auf der Hand. Deshalb errichtete er zur Tarnung ein stattliches Haus um den Ofen herum. Spätere Umbauten machten aus dieser Tarnung ein bewohnbares Objekt. Der Hochofen befand sich nach wie vor gut versteckt im Inneren. Das hatte ihn davor bewahrt, von den Einheimischen in seine schönen, exakt behauenen Quader zerlegt und als Baumaterial verwendet zu werden.

Vor dessen riesigem Schlund mit dem gemauerten Rundbogen sass Massimiliano. Marlene erkannte Anzeichen von Entspannung, möglicherweise hatte er den fiebrigen Arbeitsdrang überwunden, weil sich seine Energie nun auf ein Ziel richten konnte. Sie wagte es, einige Schritte auf ihn zuzugehen, und sah erleichtert, dass er sie anlächelte und sich erhob. Sie reichte ihm eines der beiden Gläser mit sizilianischem Weisswein.

«Es ist alles eine Frage der Relation.» Er deutete ein Zuprosten an.

Sie musterte ihn fragend.

«Das Weltall sei unendlich, die Entfernungen unvorstellbar. *Per l'amor di Dio*, das ist doch völliger Blödsinn!»

«Warum?», fragte Marlene.

Er rang die Hände, sodass der Wein überschwappte. «Siehst du diese Fliege?» Massimiliano deutete auf eine Stubenfliege, die durch den Raum surrte. «Ich frage dich: Was bedeutet für sie der Begriff Unendlichkeit? Ihre Welt ist dieses Haus, ihr Universum das Tal. Sie weiss, dass es hinter den Bergen ringsherum vielleicht weitergeht, aber sie hat keine Vorstellung von anderen Tälern, sie weiss nichts vom Meer oder davon, dass die Erde rund ist.»

Marlene lächelte. «Du meinst, sie macht sich dieselben Gedanken über die Unendlichkeit wie wir?»

«Ja!» Massimiliano verweigerte sich dem leicht ironischen Tonfall. «Und wenn sie es tut, geht sie von anderen Grössenverhältnissen aus.» Er blickte in Marlenes Gesicht und erkannte, dass sie seinen Gedankengängen nicht folgen konnte. Er trank einen Schluck und dachte nach, bevor er neu begann. «Stell dir vor, du wärst eine Darmbakterie.»

«Eine Darmbakterie!», rief Marlene verblüfft. «Ich versuche es. Ich bin eine Darmbakterie.»

«Wo fängt deine Welt an, wo hört sie auf?»

«Im Bauch eines Menschen?»

«Nein!» Massimiliano schüttelte den Kopf, dass der Steinstaub aus seinen Locken flog. «Du hast doch keine Ahnung, dass du dich in einem Bauch befindest. Von einem Menschen hast du noch nie etwas gehört. Also, wo fängt deine Welt an, wo hört sie auf?»

«Hm …», überlegte Marlene. «Im Vergleich zur Nahrung,

die durch den Darm befördert wird, bin ich winzig. Ich denke, ich bin in einem bestimmten Abschnitt des Darms zu Hause und verarbeite immer wieder neue Nahrung, die an mir vorbeizieht.»

«Ja, ja, ja!», rief Massimiliano begeistert. «Vielleicht hast du gehört, dass es irgendwo ein Tor gibt, durch welches die Nahrung kommt. Das erzählt man sich über die paar Meter Darm oberhalb von dir, es ist eine Legende. Noch nie ist irgendjemand durch das Tor getreten.»

Marlene liess sich von seiner Leidenschaft anstecken. «Genauso wissen die Darmbakterien unterhalb, dass es irgendwo ein Tor gibt, durch das die verarbeitete Nahrung das Universum verlässt. Man erzählt es sich seit Generationen, aber niemand hat es je gesehen.»

«Niemand, der es je gesehen hat, ist zurückgekehrt», korrigierte er, «deshalb kann niemand erzählen, wie es hinter dem Tor aussieht.»

«Du meinst, das Universum der Darmbakterie ist der Darm?», fragte Marlene. «Der Urknall ist der Anfang beim Magenausgang?»

«Genau!» Massimiliano lachte. «Und der Schliessmuskel ist das Jüngste Gericht.»

Marlene stimmte ein. «Was bedeutet es für die Darmbakterien, wenn jemand Durchfall hat?»

«Dann ist das eine Naturkatastrophe», folgerte er. «Eine Überschwemmung, ein Murgang, ein Ereignis, das viele Opfer fordert.»

«Eine Antibiotikakur?»

«Oh, daran gehen noch viel mehr Darmbakterien zugrunde. Fast alle! Antibiotika sind wie die Pest.»

«Einige überleben immer», merkte Marlene an, «das war bei der Pest auch so.»

«Richtig», stimmte Massimiliano zu. «Sie wissen nicht, was passiert ist und weshalb sie verschont wurden, während ihnen ihre Liebsten genommen wurden. Was machen sie also?»

Marlene hob fragend die Augenbrauen.

«Was machen die Menschen, wenn sie sich etwas nicht erklären können?», drängte er. «Wenn sie dankbar sind, dass sie von etwas nicht heimgesucht wurden, das ausserhalb ihrer Macht steht?»

«Sie vermuten, dass Gott dahintersteckt», begriff Marlene.

Massimiliano nickte eifrig. «Ja, ja, ja! Sie beten!»

Sie nippte am Glas und grinste. «Und wie, du göttliches Wesen, willst du die Darmbakterien in Stein meisseln?»

Er blieb ernst, sein Blick ging in die Weite. «Jedes noch so kleine Teilchen ist ein Universum. Jedes dieser Universen ist Bestandteil eines grösseren Universums. Jede Unendlichkeit ist für das grössere System endlich. Es gibt immer ein grösseres System.»

«Vielleicht.»

«Sicher! Alles, was irgendwo fertig ist, geht jenseits dieses Punkts auf eine andere Art weiter. Es gibt kein Ende.»

«So, wie man zu jeder Zahl noch eins dazuzählen kann?», fragte sie.

Er nickte. «Ich habe eine Idee. Nein», korrigierte er sich, «ich habe eine Ahnung einer Idee. Ich habe einen Funken in meinen Gedanken, der noch nicht greifbar ist. Er muss sich erst festigen, er muss sich Platz verschaffen.» Er nahm ihr das Glas aus der Hand und stellte es zu seinem auf den Boden vor dem Ofenloch. «Komm!», sagte er und fasste sie bei der Hand. «Ich brauche Luft, Raum, Weite.»

Marlene lächelte ihn an und liess sich bereitwillig mitziehen.

4

September 2019

Walter Buess und Meta Schäfer sassen im Polizeiauto und freuten sich darüber, dass zum ersten Mal seit Tagen die Intervallschaltung der Scheibenwischer ausreichte. Sie waren zusammen auf Patrouillenfahrt und rechneten mit einem ruhigen Sonntag. Buess war wie immer sorgfältig rasiert, und zwar nur, weil er sich ärgerte, dass seine Barthaare seit einigen Jahren in Grau sprossen. Seiner Ansicht nach passte das nicht zu seinem nach wie vor roten Haarschopf. Meta Schäfer, die wie er noch rund fünfzehn Jahre bis zur Pensionierung vor sich hatte, zog ihn immer wieder gerne mit seiner Eitelkeit auf.

Als sie in Thusis ihren Dienst angetreten hatten, waren sie sich rasch einig gewesen, ins Schams zu fahren. Die Viamalaschlucht, die das Tal von Thusis trennte, bot nach Regenfällen in der Regel einen beeindruckenden Anblick, den sie sich nicht entgehen lassen wollten. Ausserdem brauchte Meta Schäfer ein Geschenk für die Bekannten, bei denen sie und ihr Mann zum Abendessen eingeladen waren, und das wollte sie in der Konditorei in Andeer besorgen. Die Cagliatschatürmli, die hier seit bald siebzig Jahren hergestellt wurden, schienen ihr geeignet. Im Übrigen gefiel ihr der Name, er war eine Herausforderung für alle Auswärtigen.

Dazu kam es allerdings nicht. Als sich die beiden in der Viamala befanden, erreichte sie die Meldung von der Auffindung einer Toten in der Nähe von Andeer. Meta antwortete sofort, sie seien fast schon vor Ort und würden sich um den Fall kümmern. Eilig stiegen sie die Treppen aus der Schlucht hoch zum Parkplatz und in ihr Auto. Meta diktierte Buess, der auf dem Beifahrersitz sass, die Nachricht an ihren Mann, er müsse sich selbst um ein Geschenk bemühen, und steuerte Andeer an. Dass ihr Gatte ungehalten auf die Anweisung reagieren würde, konnte sie sich unschwer ausmalen, aber sie verdrängte den Gedanken lieber. Deshalb ahnte sie nicht, dass er wütend dachte, ein wenig Provokation könne nicht schaden, und trotzig in den kurdischen Laden ging, wo er als Gastgeschenk eine Schachtel der klebrigen Süssigkeiten kaufte, die sie verabscheute.

Zwei rote Flecken zierten die faltigen Wangen der älteren Dame, die die Entdeckung gemacht hatte. Aufgeregt unterhielt sie sich mit der Ärztin, die von der Einsatzzentrale der Polizei nach dem Eingang der Meldung aufgeboten worden und die noch vor Buess und Schäfer vor Ort angekommen war.

Die Ärztin hatte die Hände in die Jackentaschen gesteckt und fror erbärmlich. Sie hatte weder einen Schirm noch eine Kapuze, ihre Haare kräuselten sich bereits im leichten Regen. Bis wir hier fertig sind, wird sie aussehen wie ein Pudel, dachte Meta Schäfer.

«Ich konnte nicht ganz bis zu ihr gelangen», berichtete die Ärztin. «Sie ist wahrscheinlich seit mehr als einem Tag tot, so, wie sie aussieht. Offenbar verfing sich einer der Füsse in den Steinen am Ufer, und der Baumstamm, den das Unwetter heranführte, klemmte ihr Bein so ein, dass sie nicht abgetrieben wurde, sondern hier stecken blieb.»

«Ob sie wohl hier ins Wasser gefallen ist?», fragte sich Buess.

«Keine Ahnung.» Die Ärztin zuckte die Achseln. «Die sichtbaren Verletzungen können vom Sturz in den Fluss stammen oder aber vom Geröll oder den Stämmen, die das Wasser in diesen Tagen mit sich führt. Sie kann von dieser Brücke gefallen oder irgendwo weiter oben in den Rhein gelangt sein, das kann ich nicht beurteilen.»

Mit Blaulicht und Sirene näherten sich weitere Einsatzfahrzeuge. Während die Bergungsarbeiten ihren Lauf nahmen, setzte sich Meta Schäfer mit den beiden Frauen in ihr Polizeiauto. Der Pudel brauchte sich nicht auch noch eine Erkältung zu holen, fand sie, und die ältere Dame machte zwar einen robusten Eindruck, sollte aber besser nicht unnötig strapaziert werden.

Die Nachricht, bei der Brücke zum Granitwerk sei etwas passiert und die Polizei sei zahlreich vor Ort, verbreitete sich wie ein Lauffeuer im Dorf. Ursin und Frederik erschienen als Nummer fünf und sechs am Fundort, zusammen mit ein paar anderen Kindern. Sie versuchten verzweifelt, etwas zu sehen, wurden aber von den Polizisten angeschnauzt. Wie eine Hundemeute schlugen sie einen Bogen, um sich von der anderen Seite zu nähern. Sie kletterten auf die Granitblöcke vor dem Steinverarbeitungsbetrieb, um bessere Sicht zu haben, aber es nützte alles nichts. Sie erkannten die Ärztin und Annetta Baselgia, die ältere Frau aus dem Dorf. Auch den einen oder anderen Polizisten hatten sie schon gesehen. Hören konnten sie indessen nichts, und da ihnen niemand berichtete, was vor sich ging, liessen sie ihrer Fantasie freien Lauf. Ob wohl ein Auto in den Rhein gefallen war? Ein Tier? Ein Mensch?

«Vielleicht ein Selbstmörder», mutmasste einer.

«Bestimmt nicht, du *sturnicel*», erwiderte ein anderer. «Von dieser Brücke springt keiner, um sich das Leben zu nehmen, sie ist ja kaum ein paar Meter hoch.»

«Selber *sturnicel*!», wies ihn der erste zurecht. «Er könnte irgendwo weiter oben gesprungen und hier angespült worden sein.»

Zum wiederholten Male wandten sie sich an den Polizisten, der sie nicht näher herankommen liess, und fragten ihn, ob sie mit ihrer Vermutung richtig lagen. Wie nicht anders zu erwarten, verweigerte er jegliche Auskunft, was sie aber nicht abschreckte.

«Ist ein Auto in der Rhein gefahren?»

«Sassen Leute drin?»

«Hat man etwas gefunden? Geld oder so?»

«Oder geht es um eine Kuh oder ein Pferd?»

Der Polizist hatte grosse Lust, die Bengel mit einem Schuss in die Luft gehörig zu erschrecken, beherrschte sich aber. Ein Freund und Helfer schiesst nicht in die Luft, ermahnte er sich. Zumal diese Aktion wohl nur noch mehr Halbwüchsige angezogen hätte. Er schimpfte eine Tonlage höher. Die Wirkung blieb aus. Genervt stellte er fest, dass aus dem Dorf zwei weitere Kinder angerannt kamen, gefolgt von ein paar neugierigen Erwachsenen. Das konnte ja heiter werden.

«Ein Leichenwagen!», schrie ein Mädchen, das er bisher in der Gruppe nicht bemerkt hatte.

«Ein Toter.» – «Keine Kuh.» – «Ein Toter.» – «Ein Unfallopfer.» – «Ein Selbstmörder.» – «Ein Toter.» – «Eine Tote!»

Die ersten Schaulustigen kehrten ins Dorf zurück, um die Kunde zu verbreiten. Andere zückten das Mobiltelefon, um Fotos zu schiessen, die sie an die Nachrichtenportale schicken konnten. Die Erwachsenen gaben sich gelassener, waren aber nicht weniger erregt als die Kinder. Innert kurzer Zeit wussten alle in Andeer von dem Fund, und nur wenige Stunden später hatte sich die Neuigkeit überregional verbreitet.

Niemand nannte ihn Logistiker Distribution, obwohl das die korrekte Bezeichnung für seinen Beruf gewesen wäre. Er war für alle der Briefträger. Benedetg nannte ihn ebenfalls kaum jemand, auch wenn er so hiess. Für die allermeisten war er Beni, einzig für seine Grossmutter war er hie und da Benedetg. Nämlich dann, wenn sie ihm die Leviten las. Das hätte er ihr heimzahlen können, indem er sie *Tatta* gerufen hätte, wie alle anderen Grossmütter im Schams genannt wurden. Dazu fehlte es Beni freilich an Streitlust, er nannte sie stets Nana Annetta, wie sie das wünschte, weil sie ihrer eigenen Nana sehr zugetan gewesen war.

Seit bald zehn Jahren bildeten Beni und Annetta die WG Baselgia. Kurz nach seinem vierzehnten Geburtstag war es zwischen seinen Eltern zum Krach gekommen, worauf seine Mutter aus dem Tal weggezogen war. In der Folge hatte Annetta ihren Sohn einen *tgapatalpas* genannt, und zwar so laut und deutlich, dass auch die nicht Romanischsprachigen in der Nachbarschaft begreifen mussten, dass sie ihn als Dummkopf beschimpfte. Seither sprachen sie zwar nach wie vor miteinander, jedoch selten ein freundliches Wort. Benis Vater hatte den Fehler gemacht, auch zu Hause den Mund nicht zu halten und in Benis Gegenwart über dessen Mutter und Grossmutter herzuziehen. Beni, ein harmoniebedürftiges Wesen, kam damit nicht lange zurecht. Bald ging er nur noch zum Schlafen nach Hause und später nicht einmal mehr das. Er packte seine Sachen und zog bei Annetta ein. Ob sein Vater seinen definitiven Exodus bemerkte, entzog sich seiner Kenntnis. Es dürfte ihm spätestens dann klar geworden sein, als die Nana ihn aufsuchte und ihm mitteilte, dass Beni sein Kostgeld fortan bei ihr abliefern werde, nicht mehr bei ihm.

In der Wohngemeinschaft waren die Rechte und Pflichten klar definiert, etwas anderes liess Annettas Sinn für Ordnung und Struktur nicht zu. Unumstösslich war die Regel, dass die privaten Zimmer gegenseitig nicht betreten wurden. Kein plötzliches Auftauchen, um etwas zu fragen, kein Zutritt während der Abwesenheit des Mitbewohners oder der Mitbewohnerin, auch nicht für die Reinigung, die in den übrigen Räumen Annetta erledigte und die auf Benis Konto beim Aufwand aufgeführt wurde. Geld musste er dafür freilich keines in die Hand nehmen, die Schuld glich er mit kleinen Pflichten im Haushalt aus, vor allem aber durch die Zuständigkeit für das Brennholz. Das alte Haus wurde hauptsächlich durch einen Kachelofen im Wohnzimmer und einen Schwedenofen in der Küche geheizt, die mit Unmengen von Holzscheitern befüllt werden mussten.

An diesem Sonntag schlief Beni nach einem deftigen Ausgang am Vorabend bis in den Nachmittag hinein tief und fest. Als er endlich wahrnahm, dass Annetta laut an seine Zimmertür pochte und ungeduldig seinen Namen rief, glaubte er zu träumen. Das war noch nie passiert, es verstiess gegen ihre Prinzipien. Folglich musste das Erdgeschoss unter Wasser stehen, ein Terrorkommando eingedrungen oder ein Meteorit aufs Dach gefallen sein oder all das gleichzeitig. Er schälte sich aus der Decke und eilte zur Tür.

«Bei der südlichen Brücke liegt eine Leiche im Rhein, und ich habe sie gefunden!», berichtete Annetta.

Trotz der vorabendlichen Eskapaden war Beni hellwach. Diese Eigenschaft gehörte zu den Anforderungen an einen Logistiker Distribution. Sofort war ihm klar, dass es keinen Sinn hatte, sich mit dummen Fragen aufzuhalten. Bist du sicher? Was hast du dort gemacht? Warst du bei der Polizei? Alles überflüssig. Stattdessen: «Wer ist es?»

«Ich weiss es nicht. Eine Frau, aber ich habe nicht genug von ihr gesehen, um sie erkennen zu können.»

«Das wird man bald erfahren. Haben die Leute des Alpenclubs geholfen, sie zu bergen? Sie gehen nachher sicher ins ‹Weisse Kreuz›.»

Annetta widersprach. «Der Alpenclub musste nicht helfen, die Polizei hat das selbst geschafft. Die ist mit allem aufmarschiert, was geradeaus gehen kann.»

«Sie werden wohl ihre Vermisstmeldungen durchgehen, dann wissen sie schnell, um wen es sich handelt. Gewiss eine Selbstmörderin», mutmasste Beni.

«Jedenfalls möchte ich es erfahren. Ich gehe ins ‹Weisse Kreuz›.»

«Mach das», stimmte Beni zu und griff nach seinem Smartphone. «Ich frage die Kollegen, ob jemand etwas weiss.»

Einige Wochen vorher

Blanka sass am Schreibtisch und prüfte, ob Rechnungen zu bezahlen waren. Sie war nicht ganz bei der Sache, denn gleichzeitig lauschte sie in den Gang hinaus, um ihre Chefin beim Betreten des Hauses nicht zu verpassen.

Endlich. Sie hörte, wie die Tür geöffnet wurde, und erkannte problemlos, dass die eintretende Person Marlene war. Ihre Schritte waren leichtfüssig, und die Duftwolke, die sie umgab und sich bald bis zu Blanka ausbreitete, verkündete, dass sie direkt aus dem Stall kam. Mit einigem Gerumpel tauschte sie die Stiefel gegen Hausschuhe aus. Blanka wusste, dass Marlene gern barfuss unterwegs gewesen wäre, aber die kalten Steinböden in den einen und die groben Holzriemen in den anderen Räumen liessen das nicht zu. Nun kündigten die Schritte an, dass Marlene aus dem Entrée in den weiten Flur hineintrat. Blanka erhob sich rasch, packte das dicke Couvert und stellte sich wortlos in den Gang.

Abrupt hielt Marlene inne. Blankas düsteres Gesicht und der Umschlag konnten nur eines bedeuten. «Post für Liese?», fragte sie.

Blanka nickte und überreichte ihr die Sendung.

Marlene bedankte sich und musterte die Anschrift: Liese Haller, c/o Marlene Bernard, Haus Rosales, Andeer. «Damit war zu rechnen», seufzte sie. «Roos hat bei ihrem Besuch im Frühling angekündigt, dass ihre Freundin Liese zwei, drei Sendungen erwarte, die sie hierherschicken lasse, damit Roos sie im Herbst mitnehmen könne.»

«Liese Haller?», fragte Blanka verächtlich.

«Ein Name ist so gut wie der andere», meinte Marlene achselzuckend. «Diese Person wird wohl kaum existieren. Die Sendungen sind für Roos selbst.»

Blanka biss die Zähne zusammen und nickte. «Sie geht ein grosses Risiko ein. Sie bringt uns damit in Gefahr.»

«Nein, ich denke nicht», widersprach Marlene.

«Und wenn plötzlich einer der Absender hier auftaucht?», wandte Blanka ein.

«Sie ist nicht dumm», meinte Marlene und strich ihr sanft über den Arm. «Ihr System ist raffiniert. Die Absender können die Verbindung zu uns nicht herausfinden. Roos weiss genau, dass wir sie nicht schützen würden, wenn wir selbst in Gefahr wären.»

Widerwillig musste ihr Blanka recht geben.

5

September 2019

«Nichts.»

«Wie, nichts?», fragte Meta Schäfer ungehalten durchs Telefon. Der Fundort war inzwischen geräumt, die tote Frau abtransportiert worden. Niemand der dort Anwesenden, weder Polizisten noch Rettungsdienst, Ärztin oder Finderin, kannten das Opfer. Sie und Walter Buess, die nach wie vor in Andeer beschäftigt waren, hatten deshalb ihren jungen Kollegen Camenisch auf dem Posten in Thusis beauftragt, die Vermisstmeldungen durchzugehen.

«Nichts, eben. Es wird keine Frau vermisst, auf die eure Beschreibung passt.»

«Wie soll das möglich sein?» Meta verdrehte die Augen. «Irgendjemand wird sie doch vermissen, wenn sie vor ein paar Tagen in den Fluss gefallen ist!»

«Du brauchst mich nicht anzuschnauzen», parierte der Jüngere. «Es ist, wie ich sage. Lass besser deine Fantasie walten, um herauszufinden, wer sie sein könnte.»

Meta verzog das Gesicht, verkniff sich aber eine giftige Bemerkung. «Wir werden im Dorf herumfragen müssen», meinte sie.

«Ja, aber das wird wenig bringen. Dort wissen inzwischen alle, dass eine tote Frau gefunden wurde. Wenn sie jemand vermissen würde, hätten wir das inzwischen erfahren.»

«Ausser, sie hat in einer Ferienwohnung gelebt. Moment, ich rufe dich gleich nochmals an.»

Walter Buess war herangetreten und hatte ihre letzten Sätze mitbekommen. «Sie wird bisher nicht vermisst», mutmasste er.

«Genau», bestätigte Meta Schäfer.

«Immerhin habe ich gute Nachrichten», fuhr Buess fort. «Die Untersuchung des Fundorts hat ergeben, dass sie höchstwahrscheinlich von der Brücke aus in den Rhein gestürzt ist.»

«Woher will der kriminaltechnische Dienst das wissen?», fragte sie.

«Bei der Brücke handelt es sich um eine Hängebrücke», erläuterte der Kollege. «Sie ist aber eher zweckmässig als schön konstruiert. Bei der Befestigung der Tragseile gibt es Metallstifte, die abstehen.»

«Ja, das habe ich gesehen.» Meta nickte.

«Offenbar haben sie dort Fäden oder Spuren von Stoff gefunden, ich weiss es nicht so genau. Grasgrün, wie die Jacke der Frau, und vermutlich aus dem richtigen Material.»

«Vermutlich?»

«Die definitive Bestätigung steht noch aus, aber es spricht alles für einen Sturz von der Brücke.»

«Das ist immerhin etwas», meinte Meta Schäfer. «Höchste Priorität hat jetzt, herauszufinden, um wen es sich bei der Toten handelt. Wir brauchen ihr Bild, um herumzufragen. Hotels, Läden, Mineralbad. Ferienwohnungen. Postautochauffeure.»

«Zunächst Andeer und flussaufwärts, also auch Rofflaschlucht, die Dörfer im Rheinwald und im Avers. Dann abwärts bis und mit Thusis.» Buess schaute auf die Uhr. «Stgier und Demont sind bereits hier, Meuli und Domenig treffen jeden Moment ein. Wir teilen das Gebiet unter uns auf.»

«Camenisch soll die italienischen Kollegen fragen, ob sie etwas wissen. Vorderhand informell. Die Grenze ist nah, sie könnte aus Italien gekommen sein. Ausserdem soll er uns ein passables Foto schicken.»

«Sie sah nicht mehr besonders passabel aus, das wird schwierig», seufzte Buess.

«Wir brauchen das Foto nicht für eine Shampoowerbung, man muss sie nur erkennen können!»

Buess schaute sie strafend an. «Lass mich raten. Du hattest heute Abend etwas vor, und jetzt wird dir klar, dass wir die Sache hier nicht bis zum Feierabend abschliessen können. Habe ich recht?»

«Ja», gab Meta widerwillig zu.

«Trag es mit Fassung. Der gemütliche Abend lässt sich später nachholen.» Er verkniff sich ein Grinsen. «Ausserdem werden wir bis spät abends hier beschäftigt sein, und bis dann ist die Wut deines Gatten verraucht.»

«Auch das stimmt», sagte Meta. «Ich hatte mich allerdings wirklich auf diesen Besuch gefreut.» Nicht zuletzt deshalb, weil der jüngste ihrer drei Söhne ihr mit seinen pubertären Launen gehörig auf die Nerven fiel, doch das erwähnte sie nicht. «Aber egal. Machen wir uns an die Arbeit.»

«Nichts.»

«Wie, nichts?» Annetta schaute ihren Enkel über ihren Kaffee Fertig hinweg an.

Beni vermutete, dass es der zweite war an diesem Sonntagnachmittag, denn die Nana war auf der Jagd nach Neuigkeiten vom «Weissen Kreuz» weitergezogen ins Hotel Fravi. Er war, nachdem er via Mobiltelefon nichts hatte in Erfahrung bringen können, ebenfalls hierhergekommen. Er vermutete, dass sich die Leute der Polizei oder der Gemeindebehörde am ehesten da einfinden würden.

«Man weiss nichts», präzisierte Beni. «Bisher hat sich nicht herumgesprochen, wer die tote Frau ist.»

«Vielleicht weiss man noch gar nicht, um wen es sich handelt», überlegte einer der anderen Gäste am Tisch.

«Eine Auswärtige, meinst du?» Annetta runzelte die Stirn. «Eine Touristin, die bei diesem Wetter am Rhein spazieren ging? Wohl kaum.»

Die Mutmassungen der Handvoll Leute zogen sich eine Weile hin, ohne nennenswerten Erfolg. Bald wandte man sich einmal mehr den Abschüssen auf der Hochjagd zu, von denen man erfahren hatte.

Schliesslich machte sich Annetta auf den Heimweg, während Beni bei einem Kollegen vorbeischauen wollte. Als er am späten Nachmittag nach Hause kam, traf er seine Nana in Gedanken versunken am Küchentisch sitzend an.

«Die Polizei sollte im Dorf herumfragen, wer das sein könnte», teilte sie Beni ihre Schlussfolgerung mit. «Die Einheimischen wissen am ehesten, um wen es sich handeln könnte.»

«Auf diese Idee werden sie bestimmt selbst kommen, wenn sie es auf andere Weise nicht herausfinden.»

«Die Frage ist, ob sie schlau genug sind, die Person zu fragen, die am ehesten Bescheid weiss.» Sie musterte ihn prüfend.

«Und wer wäre das, deiner Meinung nach?» Beni hatte bei aller Neugier allmählich genug von dem Thema. Sein Magen knurrte, und er überlegte, ob in seinem Teil des Kühlschranks wohl noch etwas Vernünftiges zu finden war. Ein grosses Stück Fleisch zum Beispiel. Das Knurren wurde lauter.

«Du.»

«Was, ich?», fragte er abwesend. Offenbar hatte er etwas verpasst. Besser wäre er ein bisschen aufmerksamer, dann konnte er der Nana vielleicht wenigstens eines ihrer Schnitzel abschwatzen, die sie immer vorrätig hatte. Er fürchtete, dass abgesehen von ein paar Eiern gähnende Leere herrschte in seinem Hoheitsgebiet.

«Du bist die Person, die am ehesten Bescheid weiss, wer die Tote sein könnte», erklärte sie ungeduldig.

Beni schaute verdattert auf. «Ich? Wieso denn?»

«Überleg doch mal», wies sie ihn an. «Welcher Briefkasten quillt über, weil er seit ein paar Tagen nicht geleert worden ist? Welche Frau, von der du die täglichen Gewohnheiten kennst, hat diese in letzter Zeit unterlassen? Was ist dir auf deiner Tour Ungewöhnliches aufgefallen?»

«Ich habe keine Ahnung, sonst hätte ich das längst gesagt», antwortete Beni abwehrend.

«Du hast nicht genug darüber nachgedacht», stellte Annetta fest. «Das holen wir jetzt nach.»

«Jetzt?»

«Jawohl.»

«Jetzt habe ich in erster Linie Hunger», widersprach Beni.

«Bei deinen Vorräten herrscht gähnende Leere, ausser Spiegeleiern oder Teigwaren mit Tomatensauce kannst du dir nichts kochen.»

Warum erstaunt es mich nicht, dass sie das besser weiss als ich?, fragte sich Beni.

«Ich trete dir ein Schweinsfiletspiesschen ab und teile mit dir die Spätzli, die ich noch zum Aufwärmen habe.» Die Geräusche aus Benis Körpermitte waren auch für Annetta nicht mehr zu überhören. «Du kochst, ich frage, du antwortest, ich wasche ab.»

Beni kapitulierte. In Windeseile stellte er zwei Bratpfannen auf den Herd und zwei Teller auf den Tisch, würzte, brutzelte und wendete, während ihn Annetta ihrem Verhör unterzog. Systematisch ging sie mit ihm seine Tour durch. Als er die beiden Pfannen auf den Tisch stellte und sich reichlich schöpfte, war sie längst noch nicht fertig. Mit vollem Mund gab er ihr weiter Auskunft.

«Beim Herrschaftshaus mit dem elenden Köter ist also alles wie immer, sagst du», setzte Annetta die Unterhaltung fort. «Beim katholischen Friedhof?»

«Dort gibt es keinen Briefkasten.»

Annetta verdrehte die Augen. «Auch ohne Briefkasten kann etwas ungewöhnlich sein.»

«Dort ist nichts ungewöhnlich», stellte Beni klar. «Alles wie immer.»

«Beim Haus Rosales?»

«Auch dort …» Beni stutzte.

«Was ist los beim Haus Rosales?», drängte die Grossmutter.

«Gestern und heute waren dort verschiedene Autos zugegen», berichtete Beni. «Ein Lieferwagen aus Zürich, von einer Kunstgalerie, glaube ich. Ein schwarzer Tesla mit Bündner Nummer und einem diskreten Logo auf der Tür.»

Annetta musterte ihn aufmerksam. «Haben sie ein wertvolles Kunstwerk gekauft?»

«Nein. Zwei riesige Pakete wurden in den Lieferwagen eingeladen. Ich musste kurz warten, bevor ich wieder abfahren konnte. So bekam ich mit, dass die Galerie zwei Bilder eines französischen Künstlers gekauft hat.»

«Handeln sie neuerdings mit Kunst?», fragte sich Annetta.

Beni zuckte die Achseln. «Muss nicht sein. Vielleicht richten sie sich nur neu ein.»

«Ein schwarzer Tesla mit diskretem Logo», überlegte Annetta. «Vielleicht eine Anwaltskanzlei. Oder eine Vermögensberatung, ein Treuhänder. Waren der Bildhauer und seine Frau dort?»

«Nein.» Beni runzelte die Stirn. «Ich habe nur die Haushälterin gesehen. Den Mann treffe ich sowieso selten an, aber die Hausherrin ist häufig bei ihren Pferden. Seit ein paar Tagen habe ich sie aber nicht gesehen.»

«Sie verkaufen wertvolle Bilder, die abgeholt werden, wenn sie nicht da sind?», zweifelte Annetta.

«Daran ist nichts Besonderes», meinte Beni. «Sie werden sich zum Verkauf entschlossen haben, den sie nun durch eine Fachperson abwickeln lassen, das ist alles.»

«Kann sein», gab ihm die Nana widerstrebend recht. «Vielleicht sind sie zusammen verreist, während das Haus neu eingerichtet wird.»

«Nicht zusammen, glaube ich», widersprach Beni. «Sie habe ich am Mittwoch zum letzten Mal gesehen. Sein Auto war am Donnerstag und am Freitag noch hier.»

«Das ist eigenartig», stellte Annetta fest.

«Das muss gar nichts heissen», entgegnete er. «Sie kann vorausgegangen sein, er folgte ihr ein paar Tage später. Dafür kann es hundert Gründe geben.»

«Sicher», stimmte Annetta zu. «Aber wenn gleichzeitig eine Frau im Rhein ertrinkt und Kunstwerke abtransportiert werden, könnte es eben doch etwas heissen.»

Zwei Kaffees und eine halbe Schokolade später hatte sie Beni so weit, dass er bei der Polizei anrief.

«Warum hast du nicht gesagt, dass du sie kennst?», fragte der Stallknecht und nahm einen tiefen Zug.

«Ich spreche nicht mit der Polizei.» Blanka verschränkte die Arme.

«Ihre Fragen waren etwas eigenartig», überlegte er.

«Nein», widersprach sie. «Sie werden überall herumfragen, bis sie herausfinden, wer sie war. Das ist alles.»

«Schon, ja. Aber sie fragten auch nach dem Chef und der Chefin. Sie wussten, dass die beiden ausgezogen sind und dass Sachen aus dem Haus verkauft werden.» Er musterte sie eindringlich. «Woher wussten sie davon? Jemand muss es ihnen gesagt haben.»

«Schon möglich. In diesem Dorf wird viel geredet», meinte sie verächtlich.

«Eben. Deshalb frage ich mich, ob es eine gute Idee war, nicht zu sagen, dass du sie kennst.»

«Schweigen ist immer eine gute Idee.»

«Blanka!» Er wandte sich ihr zu. «Früher oder später werden sie herausfinden, wer die Frau ist. Dann wird ihnen klar sein, dass du gelogen hast.»

«Ja, und?», fragte Blanka trotzig.

«Meine Güte, dann steckst du in der Scheisse!»

«Warum?» Blanka wedelte den Rauch vor ihrem Gesicht weg. «Ich habe nichts mit ihrem Tod zu tun.»

«Das werden sie aber vermuten, wenn das herauskommt.»

«Ja, und?», wiederholte sie. «Sollen sie vermuten. Es wird ihnen nichts bringen.»

Der Stallknecht rang die Hände. «Sobald sie erkennen, dass du gelogen hast, bist du geliefert, begreif das doch!»

«Ich wüsste nicht, weshalb.» Sie schüttelte den Kopf. «Die Frau ist im Rhein ertrunken. Ich habe nicht gesagt, dass ich sie gekannt habe. Das ist alles.»

Der Knecht bemühte sich um einen geduldigen Tonfall. «Sie wurde tot im Flussbett gefunden. Sie müssen untersuchen, was passiert ist. Sie werden annehmen, dass sie unglücklich ausgerutscht und ertrunken ist. Aber wenn sie herausfinden, dass du sie gekannt und gelogen hast, werden sie vermuten, dass du viel mehr weisst. Vielleicht sogar, dass du sie in den Fluss gestossen hast.»

«Was spielt das für eine Rolle?», fragte Blanka. «Ich kann sie nicht gestossen haben, ich war hier.»

«Sie werden versuchen, dir das anzuhängen. Du bist verdächtig, begreif das doch!»

Blanka seufzte. «Ich hätte sagen können, dass ich sie erkenne. Dann hätten die Polizisten weitergefragt, weiter und immer weiter.» Sie faltete die Hände im Schoss. «Sie würden hier keinen Stein auf dem anderen lassen. Ich habe aber gesagt, dass ich sie nicht kenne. Die Polizei wird anderswo suchen und früher oder später herausfinden, wer sie ist. Mit etwas Glück werden sie davon ausgehen, dass sie niemanden im Dorf gekannt und nur einen Ausflug gemacht hat.»

«Das wird nicht der Fall sein», gab der Stallknecht zu bedenken. «Sobald sie wissen, wer sie ist, werden sie herausfinden, dass sie die Chefin gekannt hat.»

«Vielleicht.»

«Dann steckst du in der Scheisse!», wiederholte er.

«Dann wird einige Zeit vergangen sein. Du wirst vielleicht schon nicht mehr hier sein.»

Der Stallknecht betrachtete sie nachdenklich. «Du würdest alles für sie tun», stellte er fest. «Wirklich alles.»

«Ja.»

«Warum?»

Blanka schaute ihn lange an. Dann schüttelte sie den Kopf.

6

September 2019

Piet füllte zum dritten Mal die Waschmaschine. Zwei Waschgänge hatte er gebraucht, um alles zu reinigen, was er auf der einwöchigen Jagd getragen hatte. Zwei Kudus hatte er erlegt, noch jetzt schlich sich beim Gedanken daran ein stolzes Lächeln in sein Gesicht. Die Kudujagd war nichts für Draufgänger und Haudegen. Um bei Gefahr ihr Leben zu retten, zogen sich diese speziellen Antilopen klammheimlich ins Gebüsch zurück, anstatt, wie andere, Hals über Kopf davonzustürmen. Damit schlug die Stunde des besonnenen Jägers, zu welchen Piet sich zählte. Er brachte die Nerven auf, um reglos zu verharren, denn nun hing alles davon ab, keine Geräusche zu verursachen. Nur so erlebte man es möglicherweise, dass das Tier zuerst aufgab. Piet war dieser Moment in der einwöchigen Jagd drei Mal beschieden gewesen, zwei Mal hatte er getroffen. Die Kühltruhe in seinem Gästehaus in Mossel Bay würde zu Beginn der südafrikanischen Sommersaison gut gefüllt sein, Roos würde sich über die Grilladen freuen.

Beim Gedanken an sie verschwand das Lächeln aus seinem Gesicht. Mit gerunzelter Stirn füllte er die Wäsche in die Maschine, es gab noch einiges zu tun vor der Wiedereröffnung der Pension. Während der Jagd hatte er abseits in einer einfachen Hütte in der Eastern Cape Region gewohnt, ohne Telefonempfang. Erst auf der Heimreise hatte er das Gerät wieder eingeschaltet und ihr sofort geschrieben. Das war am Vortag gewesen, und bis jetzt hatte er nichts von ihr gehört. Dass sie seit bald vierundzwanzig Stunden nicht schrieb, war etwas sonderbar, musste er sich eingestehen. Ihm schien es manchmal, das Mobiltelefon sei ihr verlängerter Arm und längst mit ihr verwachsen.

Piet wäre jedoch nicht Piet, der erfolgreiche Kudujäger, gewesen, wenn er sich leicht aus der Ruhe bringen liesse. Er war sicher nicht einer dieser Männer, die ihre Frau oder Freundin pausenlos überwachten und in jedem Augenblick wissen mussten, was sie gerade trieb. Piet war ein erfolgreicher Jäger, weil er geduldiger war als alle anderen, seien es Kudus, Jäger oder Ehemänner.

Einige Waschgänge, zwei grosse Steaks und drei Dosen Bier später senkte sich die Sonne über das flache Land im Westen. Er liess den Blick gegen Süden schweifen. Irgendwo dort war der Südpol, dann sehr viel Meer, ein kleiner Durchgang zwischen Russland und Alaska, dann der Nordpol, Skandinavien. Von dort aus wäre es ein Katzensprung nach Italien, wo sie zusammen den südafrikanischen Winter verbracht hatten. In dieser Zeit herrschte tote Hose in Mossel Bay, es lohnte sich nicht, das Gästehaus offenzuhalten. Früher hatte er jeweils über den Winter eine Arbeit angenommen. Für einen praktisch veranlagten, starken Mann gab es genug zu tun. So hatten sie sich manchmal Ferien im warmen Norden leisten können. In den Niederlanden, wo ihre Ahnen herkamen, oder am Mittelmeer. Mit steigendem Wohlstand waren aus den zwei Ferienwochen Monate geworden. Jedenfalls für sie, denn ihm selbst wurde die Zeit irgendwann zu lang. Auch diesen Sommer war sie vor ihm nach Europa gereist. Ein paar Wochen später hatten sie zusammen zwei Monate in Italien verbracht, in den Ausläufern der Alpen. Das war für Piet eine neue Erfahrung gewesen; noch nie hatte er sich so lange im Landesinnern aufgehalten. Nach einer Woche hatte er das Meer zum ersten Mal vermisst, nach zwei

Wochen war er unruhig geworden. Piet konnte es kaum fassen: Er, der geduldigste aller Jäger, wurde unruhig ohne freie Sicht bis zu einem Horizont, wo Himmel und Wasser sich trafen. Während es Roos wohl war in ihrer Ferienwohnung, brauchte er für seinen Seelenfrieden gelegentlich einen Ausflug an den Strand. Wenn er sich hatte überzeugen können, dass die Weite hinter den Hügeln noch da war, war er für einige Zeit wieder sein ausgeglichenes Selbst.

Seine Ruhe war nun allerdings gefährdet, weil er nichts von ihr hörte. Sie war in Europa geblieben, als er zur Jagd heimgekehrt war, hatte noch ein paar Besuche im Sinn gehabt, bevor sie ihm in wenigen Tagen nach Hause folgen wollte. Inzwischen vermisste er sie nicht nur, weil er ihr gerne von seinem Jagderfolg berichtet hätte, sondern weil er tatsächlich begann, sich Sorgen zu machen.

An diesem Abend konnte er nichts mehr tun. Das wurde ihm klar, als er das vierte Bier öffnete. Morgen würde er weitersehen.

Als Beni am Montagmittag nach der Arbeit nach Hause kam, hatte er einen Bärenhunger. Montag bis Freitag war Annetta für seine Verpflegung zuständig, was ihr gehörig Punkte auf der Ertragsseite einbrachte. An diesem Tag war es allerdings still im Haus, als Beni über die Schwelle trat. Vielleicht würde er über Mittag tatsächlich seine Ruhe haben.

In der Küche empfingen ihn die bunten Papierchen, die seine Nana so gewissenhaft vollschrieb. Mittels eines rosaroten Zettels, der an der Glasscheibe in der Küchentür haftete, erfuhr er, dass sie zum Einkaufen nach Thusis gefahren war und sein Essen in der Pfanne zum Aufwärmen bereit sei. Ein gelber Zettel auf dem Tisch teilte ihm mit, das WC sei einmal mehr verstopft, und die Behebung des Schadens gehöre zu seinen Pflichten. Beni stöhnte. Dieser Posten hätte seiner Meinung nach weit höher zu seinen Gunsten gewichtet werden müssen, aber er versuchte erst gar nicht, sich gegen seine Nana durchzusetzen. Ein violetter Zettel am Geschirrschrank schliesslich unterrichtete ihn darüber, dass man immer noch nicht wisse, wer die Tote sei. Ausrufezeichen. Das wäre Beni ohnehin klar gewesen. Diese Mitteilung war ihr einen Zettel und sogar ein Ausrufezeichen wert gewesen, woraus er folgerte, dass sie sich in das Thema verbissen hatte und nicht so schnell wieder loslassen würde. Beni seufzte erneut. Das konnte ja heiter werden.

Mit grossem Appetit schaufelte er Hörnli und Gehacktes mit Apfelmus in sich hinein, während er sich den Informationen auf seinem Smartphone widmete. Niemand wusste etwas Neues. Nicht einmal Gerüchte, die vielleicht Hand und Fuss hatten, machten die Runde. Allem Anschein nach hatte sogar niemand eine Vermutung, was sich bei der Brücke zugetragen haben und wer die Frau sein könnte.

Nachdem er das Geschirr in die Maschine geräumt hatte, streckte er sich ausgiebig. Bald würde er sich für drei Stunden aufs Ohr legen. Diesen Rhythmus hatte er sich angewöhnt, weil er es ihm erlaubte, trotz seiner ungewöhnlichen Arbeitszeiten weitgehend am sozialen Leben teilzunehmen. Abends ging er wie seine Kameraden aus. Er trieb Sport, traf sich mit Freunden, blieb so lange auf wie diese, obwohl sie einige Stunden länger schlafen konnten als er. Die verpasste Nachtruhe holte er nachmittags nach, dann schlief er jeweils tief und fest.

Vorher wollte er allerdings zum Kaffee ins «Weisse Kreuz». Am Montag assen dort immer die gleichen paar Kollegen, er gesellte sich jeweils nach dem Essen dazu. Dass er nicht auch mit ihnen ass, lag weniger an Annettas zugegebenermassen beachtlichen Kochkünsten. Vielmehr war es so, dass sein Verzicht auf eine der wöchentlichen Mahlzeiten einen herben Verlust auf ihrer Aktivseite bedeutet hätte. Das konnte er ihr nicht antun, fand Beni.

Im «Weissen Kreuz» traf er am gewohnten Tisch die gewohnten Kameraden an, und die Serviererin brachte ihm ungefragt den gewohnten Espresso. Einer fehlte, weil er auf der Jagd war. Einer grübelte wie immer mit einem Zahnstocher die Reste aus dem Gebiss, während er die Zeitung las. Zwei begrüssten Beni herzlich.

«Was gibt's Neues?», fragte er in die Runde und hoffte, nicht mit endlosen Berichten über Jagderfolge eingedeckt zu werden.

«Der eine liest Zeitung, der andere redet noch weniger als üblich, was soll es da Neues geben?», maulte einer der Kameraden.

«Tom mag nicht reden?» Beni wandte sich dem Kollegen zu. «Ist etwas passiert?»

«Nein, alles gut», antwortete Tom.

«Sorgen mit dem Lastwagen?»

«Nein, alles in Ordnung mit dem Lastwagen.» Als er sah, dass Beni weiter fragen wollte, nahm er die Antwort vorweg. «Auch mit dem Strassenzustand, mit dem Chef, mit der Ware.»

Beni grinste. «Sorgen mit deinen Hunden?»

«Nein, alles in Ordnung mit den Hunden.»

«Bringst du ihnen immer noch das Apportieren von Cervelats bei, die du nachher selbst isst?», fragte der andere Gast leicht befremdet.

«Das kann nur einer, und beigebracht habe ich es ihm schon lange. Wir müssen es nur immer wieder üben.»

«Folglich hast du einen ordentlichen Cervelatkonsum», stellte Beni fest. «An deiner Stelle hätte ich ihm das Herantragen von Entrecôtes beigebracht.»

«Oder er könnte dir Zigaretten holen im Dorf», schlug einer vor. «Du schickst ihn mit dem Geld in den Laden, und die Verkäuferin gibt ihm eine Stange mit für dich.»

«Geht nicht, er ist noch nicht achtzehn», antwortete Tom. «Ausserdem ist das zurzeit zu gefährlich. Während der Jagd lasse ich die Hunde nicht aus den Augen. Es kommt immer wieder vor, dass ein Depp einen Hund mit einem Reh verwechselt.»

Nicht zur Jagd abschweifen, dachte Beni und wollte die Gefahr abwenden, doch der Zeitungsleser kam ihm zuvor.

«Eher verwechselt man deine Hunde mit Wölfen, und diese sind geschützt», stellte er fest.

Noch viel schlimmer, dachte Beni, bloss nicht auf die Wölfe zu sprechen kommen. Dieses Reizthema konnte eine Tischrunde stundenlang beschäftigen. Er verkniff sich die Bemerkung, dass der Schutz manchen Wolfsgegner unter den Jägern kaum am Schiessen hindern würde, und leitete einen Themawechsel ein. «Aus dem Haus Rosales wurden wertvolle Bilder abtransportiert. Was tut sich dort?»

«Keine Ahnung.» Tom zuckte die Achseln.

«Ich glaube, der Künstler und seine Frau sind nicht hier.» Er wandte sich Tom zu. «Sie reitet doch manchmal zu dir hinauf.»

«Ich habe sie seit einer Woche nicht gesehen.» Tom zeichnete mit dem Löffel Muster auf den Tisch. «Oder sogar länger.»

«Sie werden verreist sein», warf der Zeitungsleser ein und legte das Blatt weg. «Geld haben sie eh zum Versauen, Zeit auch, und arbeiten müssen sie ja nicht. An ihrer Stelle könntest du deinen Hund auf Tausendernoten abrichten», wandte er sich an Tom.

«Es gibt Zeiten, da arbeitet er fast Tag und Nacht», widersprach Beni. «Ich glaube, wenn es ihn packt mit seinen Steinen, kommt er kaum mehr aus der Werkstatt.»

«Das nenne ich nicht Arbeit», meinte der Leser abschätzig. «Und sie tut sowieso nichts, ausser schön auszusehen und ihre Gäule spazieren zu führen.»

Tom fuhr auf. «Du nimmst den Mund ganz schön voll. Kennst du sie denn? Du hast bestimmt noch nie ein Wort mit ihr gesprochen!»

«Nein, natürlich nicht», gab er bereitwillig zu. «Ich habe sie noch nie an einem Stammtisch angetroffen. Oder im Dorfladen. Oder auf der Post. Oder an einem Dorfanlass. Ausländer halt.»

«So ein Blödsinn!» Tom schüttelte den Kopf. «Es gibt auch Schamser, die man kaum im Dorf antrifft.»

Beni beeilte sich, die Wogen zu glätten. «Sollen sie doch zurückgezogen leben in ihrem grossen Haus. Solange sie dabei niemandem auf den Geist gehen, ist das ihre Sache.»

Der Zeitungsleser nickte. «Solange sie brav ihre Steuern zahlen und keinen Ärger machen, können sie sich in ihrer alten Hütte den Arsch abfrieren, mir soll's recht sein.»

Tom runzelte die Stirn und schwieg.

Am nächsten Tag gerieten Frederik und Ursin schier aus dem Häuschen, als Daria ihnen in der Pause diskret ein Daumenhoch-Zeichen machte. Direkt nach der Schule standen sie aufgeregt bei ihr vor der Tür. Sie bedeutete ihnen unwirsch, gefälligst ruhig zu sein, und führte sie in den Keller, wo sie das Paket untergebracht hatte.

«Alles da!», rief Frederik. «Ursin, jetzt geht es los!»

Ursin hüpfte vor Begeisterung auf und ab.

«Moment!», bremste die Kameradin die beiden Jungen. «Erstens: Her mit dem Geld!»

«Das müssen wir erst holen. Wir bringen es morgen mit in die Schule», beteuerte Ursin. Frederik nickte eifrig.

«Zweitens: Woher kommt das Geld!»

Augenblicklich hörten die Buben auf zu strahlen und zu hüpfen. Sie drucksten eine Weile herum, bis Frederik aufbegehrte. «Das spielt keine Rolle, und das geht dich nichts an!»

«Oh doch», widersprach sie. «Wenn ihr es geklaut habt, hänge ich mit drin.»

«Wir haben es doch nicht geklaut!», rief Ursin entsetzt. «Ehrlich. Du musst keine Angst haben.»

«Angst?» Sie lachte verächtlich. «Ich habe keine Angst. Aber ich will sicher sein. Also: Woher kommt das Geld?»

«Wir haben es geschenkt bekommen.» Frederik nickte feierlich, um seine Aussage zu bekräftigen.

«Für wie blöd hältst du mich?» Daria schaute ihn streng an. «Wenn ihr es geschenkt bekommen hättet, würdet ihr mich nicht brauchen, um das Zeug zu kaufen.» Sie tippte ihm auf die Brust und wurde lauter: «Woher kommt das Geld?»

«Das sagen wir dir nicht.» Frederik verschränkte die Arme. «Nein, das sagen wir dir nicht.»

Wortlos packte sie das Paket und ging damit zur Tür.

«Moment», rief Ursin, «warte!»

Sie blieb mit dem Rücken zu ihnen stehen, die Türfalle in der Hand.

«Wir haben das Geld gefunden», erklärte Ursin.

«Gefunden», wiederholte sie ärgerlich und verdrehte die Augen.

«Es stimmt, wirklich», bekräftigte Frederik. «Es gehört niemandem. Es ist nicht geklaut.»

Nach und nach erzählten sie ihr von dem Rucksack, den sie aus dem Rhein gezogen hatten.

Stöhnend liess sich Daria auf einen Harass sinken. «Ihr steckt noch schlimmer im Schlamassel, als ich gedacht hätte.»

Frederik schaute sie verständnislos an. «Warum?», fragte er. «Ist doch kein Problem!»

«Überleg doch mal», wies sie ihn an. «Was war am Sonntag los?»

«Am Sonntag?» Die Buben schauten sich an. Bezüglich Wochentage und Zeitgefühl hatten sie beide noch Luft nach oben, wie sich Frederiks Vater auszudrücken pflegte.

«Am Sonntag!» rief Daria. «Was war am Sonntag los? Bei der Brücke? Was hat man beim Granitwerk aus dem Rhein gefischt?»

«Eine tote Frau», antwortete Ursin verdattert.

«Bravo», lobte sie ironisch. «Und was habt ihr beide ein paar Tage vorher aus dem Rhein gefischt?»

«Den Rucksack», sagte Ursin brav.

«Bravo», wiederholte sie. «Und wem gehört wohl dieser Rucksack?»

«Der toten Frau.»

«Bravo, ihr *cucaloris!*» Vom bemüht geduldigen Tonfall war nichts mehr übrig. «Er gehört der toten Frau, von der man immer noch nicht weiss, wer sie ist. Weil sie nichts bei sich hatte, keinen Ausweis, kein Geld, nichts. Und warum hat man nichts davon bei ihr gefunden? Weil ihr zwei die Sachen genommen habt!»

Ursin schluckte.

Frederik biss sich auf die Lippe.

Die Kameradin trommelte mit den Fingern auf das Paket.

«Wir werden ihn abgeben müssen», meinte Frederik leise.

«Wir werden das Paket zurückschicken müssen.» Ursin liess nicht erkennen, was für ihn schlimmer war.

«Wirklich?», fragte Daria kritisch.

Die Buben schauten sie fragend an.

«Das Porto ist teuer, und meine Provision schuldet ihr mir sowieso.»

«Deine Provision?», fragte Ursin entgeistert. «Aber wir können die Ausrüstung ja nicht behalten!»

«Aber ihr habt sie über mich bestellt und auch bekommen. Also müsst ihr mich bezahlen. Ist doch klar.»

«Aber wenn wir den Rucksack zurückgeben müssen, haben wir doch kein Geld!», rief Ursin verzweifelt.

Sie verdrehte die Augen. «*Giavel,* seid ihr schwer von Begriff. Weiss jemand, wie viel Geld im Portemonnaie war? Nein. Also nehmt ihr so viel heraus, wie ihr mir schuldet.»

Ursin schluckte wieder.

Frederik biss sich immer noch auf die Lippe. «Du hast recht», sagte er schliesslich. «Niemand weiss, wie viel Geld drin war. Also können wir genauso gut mehr herausnehmen, als wir dir schulden. Nämlich so viel, wie die Goldwaschrinne und die Waschpfanne kosten.» Triumphierend schaute er in die Runde.

«Aber …» Ursin musste nochmals Anlauf nehmen. «Aber das geht doch nicht!»

«Warum nicht?», fragte Daria. «Frederik hat recht.»

«Das geht doch nicht!», wiederholte Ursin. «Was sagen wir den Eltern, woher wir das Geld haben für die Goldwaschausrüstung?»

«Das haben wir doch besprochen», antwortete Frederik. «Jeder von uns sagt, der andere habe es geschenkt bekommen.»

Sie nickte. «Jetzt braucht ihr nur noch einen guten Grund, weshalb ihr den Rucksack erst jetzt herausrückt.»

«Müssen wir ihn wirklich herausrücken?», fragte Frederik. «Wir können ihn ja einfach von der Brücke in den Rhein werfen. So, als ob wir ihn nie gehabt hätten.»

«Das geht nicht», widersprach Daria. «Die Bullen haben das ganze Flussbett abgesucht, sie hätten ihn gefunden.»

«Wir können nur das Portemonnaie ins Flussbett legen, weiter unten im Rhein, wo sie nicht mehr so gut gesucht haben. So, dass sie es übersehen haben könnten.» Frederik begeisterte sich für seine Idee.

«Das geht auch nicht», erwiderte sie. «Stell dir vor, die Strömung nimmt das Portemonnaie mit. So klein wie es ist, wird es nie mehr gefunden.»

«Wir könnten es bei der Gemeinde in den Briefkasten werfen», schlug Ursin vor.

«Spinnst du?», fragte Frederik. «Wenn uns jemand sieht? Wenn man unsere Fingerabdrücke darauf findet?»

«Na, nun übertreib nicht», bremste ihn Daria. «Das Problem ist verzwickt, aber es gibt sicher eine Lösung.»

Die Buben zogen einen zweiten Harass heran und setzten sich darauf. Zu dritt heckten sie einen Plan aus, wie sie weiter vorgehen wollten.

7

September 2019

Als er erwachte, griff Piet als erstes zum Telefon. Entgegen seiner Gewohnheit hatte er es über Nacht nicht ausgeschaltet, damit er keine Neuigkeiten verpassen würde. Obwohl er schlecht geschlafen hatte und ihn der Klingelton bestimmt geweckt hätte, prüfte er, ob eine Nachricht eingegangen war. Das war nicht der Fall.

Als hätte er einen zentnerschweren Mehlsack auf den Schultern, stieg er aus dem Bett und schlüpfte in seine Hose. Wie auch immer er sich den Grund ausmalte, weshalb sich Roos nicht meldete, eine beruhigende Erklärung fand er nicht.

Die Fahrt zum Polizeiposten in Mossel Bay legte er wie ferngesteuert zurück. Im grossen Gebäude kam er sich fehl am Platz vor, fremd und unerwünscht. Das harsche Auftreten des Mannes am Empfang verunsicherte ihn, und die offensichtliche Ungeduld des Polizisten, an den er verwiesen wurde, machte es ihm schwer, sich klar auszudrücken. Er erkannte selbst, dass seine Vermisstmeldung dürftig ausfiel. Zum einen konnte er nicht genau sagen, seit wann ihre Nachrichten ausblieben, weil er auf der Jagd nicht erreichbar gewesen war. Dazu kam, dass er nicht besonders gut über ihre Reisepläne Bescheid wusste. Sie hatte zwei Wochen länger als er in Europa bleiben und mit der Bahn nach Amsterdam fahren wollen, von wo sie den Rückflug nach Südafrika gebucht hatte. Auf dem Weg von Italien nach Norden hatte sie ein paar Besuche im Sinn gehabt, zuletzt bei ihrer Schwester in Holland, wo sie nicht eingetroffen war.

Der Polizist fischte eine zerknitterte Europakarte aus einer Schublade und breitete sie auf dem Tisch aus. Sein Finger glitt über mehrere Länder, bis er über Rom stehen blieb. Hatte sie ihre Besuche in Italien machen wollen? Eher nicht, vermutete Piet. Der Beamte prüfte, welche Länder angrenzten. Österreich? Vielleicht. Schweiz? Könnte sein. Entnervt stöhnte der massige Mann und setzte sich hinter den Computer. Es dauerte eine Ewigkeit, schien es Piet, bis er die Personalien der Vermissten, den letzten Aufenthaltsort, das Datum der letzten Nachricht eingegeben hatte. «Das ist ein Fall für Interpol», teilte er Piet mit. «Die werden wohl zuerst in Italien nachfragen und dann prüfen, wohin sie die Suche ausdehnen.»

«Wie lange wird es dauern, bis sie in weiteren Ländern suchen?», fragte Piet.

«Das lässt sich nicht so genau sagen. Aber es ist anzunehmen, dass die Frau in den nächsten Tagen von selbst wieder auftaucht und sich wundert, weil man sich Sorgen gemacht hat. So ist es fast immer.» Ungerührt arbeitete der Polizist weiter an der Eingabe der Vermisstmeldung.

«Wäre es möglich, das Prozedere zu beschleunigen?», wagte Piet zu fragen. «Immerhin gibt es seit neun Tagen keine Nachricht.»

«Sagen Sie mir nicht, wie ich meine Arbeit zu machen habe», wies ihn der Polizist scharf zurecht. «Ich arbeite seit sechsundzwanzig Jahren an diesem Platz. Das ist nicht die erste Vermisstmeldung, die ich aufnehme. Frauen oder Kinder, die ausbüxten, weil sie es daheim angeblich so schlecht hatten, dass sie es nicht mehr aushielten. Männer, die genug hatten vom Gezeter ihrer Frauen und endlich frei sein wollten. Glauben Sie mir, ich habe alles schon gesehen.» Energisch drückte er auf die Leertaste. «Die allermeisten kamen von selbst wieder oder wurden aufgegriffen. Zwei, drei waren tot. Aber dass jemand spurlos verschwindet, habe ich nie erlebt. Es wird auch diesmal nicht der Fall sein.»

Piet konnte das taktlose Gerede nicht länger ertragen, er hörte nicht mehr zu. Wäre er etwas gewandter im Umgang mit dem Internet, würde er selbst nach Spuren von Roos suchen. Für die sogenannten sozialen Medien hatte er sich nie interessiert, er hielt sie für einen fehlgeleiteten technischen Fortschritt. Zum ersten Mal bedauerte er seine Verweigerungshaltung. Er stand auf und wollte sich verabschieden, doch der Polizist herrschte ihn an, sitzen zu bleiben. Zuerst müsse er die ausgestellten Papiere unterschreiben.

Piet übte sich einmal mehr in Geduld.

Frederik und Ursin waren an diesem Mittwochnachmittag nicht zu halten. Frederik wartete mit Mühe und Not ab, bis seine Familie fertig gegessen hatte, bevor er den Tisch abräumte und sich verabschiedete. Ursin fand, die zwei Minuten Zähneputzen dauerten an diesem Tag zwei Stunden, bis er endlich das Haus verlassen konnte. Bepackt mit Goldwaschrinne und Waschpfanne trafen sich die Freunde am Rhein, wo sie sich voller Enthusiasmus ins Vergnügen stürzten. Die Ausrüstung würden sie anschliessend im Stall bei Ursin verstauen und dort das Portemonnaie aus dem Rucksack holen, um es Daria zu bringen. Sie hatte am nächsten Tag Volleyballtraining in Thusis. Bei dieser Gelegenheit wollte sie den Geldbeutel der toten Besitzerin beim Polizeiposten in den Briefkasten werfen.

Dieser Plan ging allerdings gründlich schief, und Schuld daran war eine Süssmostcreme. Frederiks Mutter hatte nämlich nach dem Mittagessen Besuch von einer Kollegin, die ihr zwei Flaschen frischen Süssmost aus ihren eigenen Äpfeln mitbrachte. Die Mutter freute sich mässig, denn jene Mitglieder ihrer Familie, die frischen Süssmost mochten, bekamen davon Durchfall, und jenen, die ihn vertragen würden, schmeckte er nicht besonders. Folglich empfahl es sich, den Most weiterzuverarbeiten. Die Zutaten zu einer Creme hatte sie nicht im Haus, deshalb ging sie in den Dorfladen. Das allein hätte den Plan der Buben noch nicht bedroht, doch leider machte sich gleichzeitig auch Ursins Mutter auf den Weg. Sie hatte das endlich wieder gute Wetter nutzen wollen, um die Bettwäsche zu waschen und draussen trocknen zu lassen, aber feststellen müssen, dass ihr das Waschmittel ausgegangen war. Natürlich wechselten die beiden Frauen ein paar Worte, als sie sich trafen. Auch, dass sich das Gespräch rasch den befreundeten Söhnen zuwandte, war zu erwarten. Es hätte sich ohne Weiteres in unverfänglichen Bahnen bewegen können, doch leider lenkte es eine der beiden auf das Goldwaschen.

«Jetzt werden sie im Rhein stehen und mit der neuen Ausrüstung Gold waschen», bemerkte sie.

«Ja, meiner konnte kaum Mittagessen, so sehr hat er sich darauf gefreut. Schön, dass dein Sohn die Ausrüstung geschenkt bekommen hat», sagte die andere Mutter.

«Meiner?», fragte die erste. «Die Ausrüstung gehört doch deinem Sohn.»

Und so nahm das Schicksal seinen Lauf. Die Mütter realisierten, dass sie von ihren Buben an der Nase herumgeführt worden waren, und beide waren fest entschlossen, der Sache auf den Grund zu gehen.

Ursins Mutter zitierte den Sohnemann unverzüglich zu sich, sobald er nach dem Goldwaschfeierabend das Haus betrat. Ursin versuchte verzweifelt, die schneidend vorgebrachten Fragen mit glaubwürdigen Antworten zu parieren, doch lange konnte er das strenge Verhör nicht durchhalten. Seine Mutter fragte ihn zwar, was zum Teufel sich die Buben beim Verstecken des Rucksacks gedacht hätten, unterliess aber eine längere Strafpredigt. Die Situation war für Ursin Strafe genug. Sein Vater sah es ähnlich, viel mehr als ein paar deftige Flüche bekam Ursin von ihm nicht zu hören. Allerdings bestanden die Eltern in trauter Eintracht darauf, er müsse den Rucksack unverzüglich holen und die Situation sei schnellstmöglich zu bereinigen.

Frederik kam weniger glimpflich davon. Auch ihn erwartete nach der Rückkehr seine Mutter, allerdings kochend vor Wut. Das forderte Frederiks Trotz heraus, er verschränkte die Arme vor der Brust und log das Blaue vom Himmel herunter, um seine Haut zu retten. Der erhoffte Erfolg blieb aus, der Streit zog sich in die Länge und wurde heftiger. Als Frederiks Vater nach der Arbeit nach Hause kam, unterstützte er das Geschrei nach Kräften. Frederiks Geschwister bildeten bereitwillig das Publikum, nachdem sie festgestellt hatten, dass sie nicht Gefahr liefen, ihren Anteil am Gebrüll abzubekommen. Mit dem Goldwaschen hatten sie nichts zu tun. Als der Zenit der Auseinandersetzung überschritten war, verliess der Vater das Haus, nicht ohne die Türe geräuschvoll zuzuschlagen, um seine Wut im «Weissen Kreuz» mit einer Stange Bier abzukühlen. Die Mutter verhängte drei Tage Hausarrest sowie einen Nachmittag Gartenarbeit als Strafe über ihren Sohn und verzog sich mit einer Zigarette auf die Terrasse. Frederik bedachte seine Geschwister, die schadenfroh kicherten, mit einem tödlichen Blick und ging auf sein Zimmer. Er fand, er sei glimpflich davongekommen.

Daria schwante nichts Gutes, als keiner der Buben mit dem Portemonnaie bei ihr aufkreuzte. Im besten Fall hatten sie es vergessen oder waren aus harmlosen Gründen verhindert. Im schlechteren, aber leider wahrscheinlicheren Fall war entweder der Rucksack mit dem Portemonnaie nicht mehr in seinem Versteck gewesen, oder ihre Lügengeschichte rund um die Anschaffung der Goldwaschausrüstung war aufgeflogen. Traf Letzteres zu, musste sie schauen, wie sie sich aus der Affäre ziehen konnte.

Massimiliano sass mit hängenden Schultern am Boden seiner improvisierten Werkstatt. Das Haus – eher war es ein ganzes Anwesen, das seiner Familie gehörte und den vornehmen Gästen jeweils begeisterte Ahs und Ohs entlockte – blieb ihm fremd. Früher ein grosses Bauerngut mit mehreren Gebäuden, war es nicht nur renoviert, sondern grundlegend umgebaut worden. Architekturbüros, Innendekorateure, Möbelhäuser und Gartenbaubetriebe hatten sich mit der *Fattoria Teresa*, so hiess das Gut nahe Assisi, eine goldene Nase verdient. Herausgekommen war ein Objekt, das in einschlägigen Zeitschriften vorgestellt und begeistert gelobt worden war, das aber nach Massimilianos Ansicht keinen Charakter mehr hatte. Er vermisste das Haus Rosales in Andeer. Auch dieses war immer wieder umgebaut und verändert worden, doch das Herzstück, der riesige Blashochofen, blieb das prägende Element des Gebäudes. Es war von seiner Geschichte gezeichnet, während der Landsitz der Familie zwar schön anzuschauen war, aber nicht mehr.

Auch den grünen Andeerer Granit vermisste er. Hier hatte er sich anderen, echten Granit besorgt, aber er konnte sich mit dem stark gesprenkelten Stein nicht anfreunden. Die lebhafte Musterung machte ihn nervös, und der graue Grundton schien ihm kalt und abweisend. Er sehnte sich nach der bodenständigen Ruhe, nach der zurückhaltenden Wärme, die ihm der Stein aus dem nahen Steinbruch in Andeer geboten hatte. Er hatte ihn erst kennenlernen, seine Qualitäten entdecken müssen, danach war er ihm ans Herz gewachsen.

Das Personal, das ständig im Haus wohnte, um die Umgebung zu pflegen und das Anwesen für spontane Besuche der Familie bereitzuhalten, blieb ihm fremd. Gesichtslos und distanziert kam es ihm vor. Er hätte weder die Garten- noch die Hausangestellten wiedererkannt, wenn er ihnen ausserhalb des Grundstücks begegnet wäre. Sie machten ihre Arbeit gewiss gut und recht, aber sie waren ihm egal. Er vermisste Blanka. Obschon zwischen ihnen eine Grenze bestanden hatte, die weder er noch sie hätte übertreten wollen, und trotz ihrer ernsten Art hatte Blanka zu ihm und zu Marlene gehört. Er hatte gewusst, dass Blankas Treue zu Marlene unerschütterlich war, auch wenn sich ihm der Grund dafür verschloss.

Marlene vermisste er nicht nur; mit ihrem Verschwinden hatte ein Teil von ihm aufgehört zu existieren. Wenn sie als Naturgeist von Ast zu Ast schwebte, war dieser Teil von ihm der Wind, der ihr Haar zerzauste. Wenn sie als Nixe im Meer schwamm, war er die Strömung, die bunte Fische in ihre Nähe trieb. Für ihn war dieser Teil seiner selbst verloren, für Marlene war er nicht greifbar.

Das Paket, das vor ihm stand, hatte ihm eine der Hausangestellten gebracht. Es war per Post aus der Schweiz gekommen, Absender war der Treuhänder. Massimiliano fühlte sich ausserstande, es zu öffnen und sich mit dem Inhalt zu befassen. Es enthielt ein Stück Andeer, und dieser Konfrontation war er nicht gewachsen. Er griff nach Hammer und Meissel und ging zum Granitblock.

Nach einer Stunde warf er die Werkzeuge entnervt zu Boden. Er schaffte es nicht, der Stein widersetzte sich, das Werkzeug war unwillig, und jedes Staubkorn im Raum rief ihm zu, er solle aufhören, sich ablenken zu wollen, und endlich das Paket öffnen. Wütend riss er den Karton auf. Er überflog den Brief des Treuhänders, der ihm mitteilte, dass das die persönlichen Gegenstände seien, die sich in Marlenes Schreibtisch befunden hätten und die er ihm zu seiner Entlastung zukommen liesse. Massimiliano schnaubte. Entlastung! Für einmal traf die blöde Amtssprache den Nagel auf den Kopf. Mochte der Treuhänder froh sein, die Sachen los zu sein, belastete ihn das Paket über alle Massen.

Massimiliano weigerte sich, sich mit dem Inhalt auseinanderzusetzen. Er wollte sich nicht darum kümmern, sich nicht damit befassen müssen, er wollte nichts sehen und nichts wissen. Er wollte Marlene, sie selbst, nicht irgendwelches Zeug, das ihm ihre Abwesenheit vor Augen führte. Mit einem Fusstritt beförderte er das Paket aus dem Weg, packte seine Jacke und verliess die Werkstatt.

Auf dem Polizeiposten in Thusis sass Ursins Mutter Martin Buess und Meta Schäfer gegenüber. Auf dem Tisch zwischen ihnen lag der Rucksack, den die Buben aus dem Rhein geborgen hatten. Sie war mitten in der Schilderung der Umstände.

«Daraufhin haben Sie den Rucksack aus seinem Versteck im Stall geholt?», fragte Meta.

«Ja», antwortete Ursins Mutter. Der leicht ungeduldige Unterton der Polizistin war ihr nicht entgangen, doch sie liess sich nicht beirren. Bedächtig redete sie weiter. «Wir haben ihn durchsucht, um vielleicht einen Hinweis auf die Besitzerin zu finden.»

«Ihnen ist wohl klar, dass das unsere Sache gewesen wäre?», fragte Buess scharf.

Die Frau musterte ihn ungerührt. «Nach dem stunden- oder tagelangen Bad im Rhein dürfte es darauf keine Spuren mehr gehabt haben, die wir hätten zerstören können.»

«Was haben Sie gefunden?»

«Keinen Ausweis.» Sie seufzte. «Aber einen Umschlag mit zwanzigtausend Franken.»

Die beiden Ermittler schwiegen verblüfft, dann griffen sie gleichzeitig nach dem Gepäckstück. Kaugummi, Lippenstift, Kopfwehtabletten und Taschentücher förderten sie zutage, ein kleines Portemonnaie, ein Brillenetui, eine vom Wasser ruinierte Illustrierte und einen Umschlag aus Karton. Sie entnahmen ihm ein Bündel Banknoten.

Ursins Mutter beobachtete die Szene amüsiert. Sie würde später in Andeer einiges zu erzählen haben. Allerdings war schon die Reaktion ihrer Familie bemerkenswert gewesen, als Ursin den Rucksack am Vorabend aus seinem Versteck geholt hatte. In Anwesenheit der ganzen Familie hatte sie ihn auf dem Küchentisch ausgepackt. Als sie in den aufgeweichten Kartonumschlag gegriffen und das Geld hervorgezogen hatte, waren den Kindern schier die Augen aus dem Kopf gefallen. Zehn Tausendernoten, das hatten sie noch nie in ihrem Leben gesehen. Dazu ein ganzes Bündel Zweihunderter- und Hunderternoten. «Sapperlot», hatte ihr Mann geflüstert und nicht mehr aufgehört, den Kopf zu schütteln.

«Ist das alles?», fragte Buess.

«Wie bitte?»

«Zwanzigtausend Franken. Ist das alles, was im Umschlag war? Oder haben Sie ein paar Noten herausgenommen, bevor Sie ihn hier vorbeibrachten? Oder Ihr Mann, eines Ihrer Kinder?»

«Das wäre dumm gewesen, nicht wahr? In diesem Fall hätten wir wohl den ganzen Umschlag behalten und Ihnen nur den Rest des Inhalts gebracht. Das dürfte ausreichen, um die Frau zu identifizieren.»

Meta Schäfer untersuchte das Portemonnaie. Ein paar Quittungen, Notizzettel, ein Postautobillett von Roveredo nach Andeer. Wenig Geld. Eine Kreditkarte. «Mach du hier fertig», wies sie Buess an, «ich kümmere mich darum.» Sie wedelte mit der Kreditkarte und verliess den Raum.

Camenisch, der jüngste Polizeibeamte auf dem Posten, beendete sein Telefongespräch, als sie in sein Büro stürmte und ihm zurief: «Wir haben einen Namen!»

«Gib her.» Er streckte sich nach der Kreditkarte. Roos van Rensburg. Nach beherztem Tippen vermeldete er enttäuscht: «In der Schweiz wird niemand mit diesem Namen vermisst.»

«Und in Europa?», fragte Meta gespannt.

«Sei nicht so ungeduldig, Schäferin», wies er sie zurecht.

«Das dauert ja ewig.»

«Nicht frech werden! Wenn du es selbst machen müsstest, wärst du morgen noch dran, deshalb bist du ja zu mir gekommen.» Camenisch warf ihr einen vielsagenden Blick zu. «Geh dir einen Kaffee holen, und lass mich in Ruhe suchen.»

Meta verliess das Büro und ging zum Kaffeeautomaten, wo Buess, der zuvor Ursins Mutter hinausbegleitet hatte, bereits einen vollen Becher in der Hand hielt.

«Sonderbare Sache», meinte er. «In diesem Fall könnte weit mehr stecken als eine verunglückte Person.»

«Vielleicht, ja», stimmte sie zu. «Jedenfalls scheint es jetzt eher unwahrscheinlich, dass sie sich das Leben genommen hat.»

«Unwahrscheinlich schon, unmöglich nicht», beschied Buess. «Komm, machen wir dem Junior Beine.» Er ging voraus zu Camenischs Büro.

8

September 2019

«*Dio mio,* ist der riesig!» Andächtig strich sie über das alte Holz.

Der Antikschreiner trat zu seiner Gattin. «Ein wunderschönes Stück, nicht wahr?» Er wischte etwas Staub von der Oberfläche des Schreibtischs, den er in Andeer erstanden hatte. «Hoffentlich kommt er an einen schönen Ort. Er würde in einen grossen Raum passen, drei Meter hoch. Stuckaturen an der Decke. Dunkel gemusterte Wände.»

«Eine gebogene Schreibtischlampe», nahm sie den Gedanken auf. «Ein Ledersofa. Ein Schrank mit einer gut gefüllten Hausbar. Woher kommt er?»

«Aus der Schweiz, aus Graubünden», antwortete er. «Stell dir vor, das Haus hat dem Marchese Rosales gehört.»

«Rosales?»

«Marchese Gaspare Ordogno de Rosales. Der im neunzehnten Jahrhundert die Freiheitsbewegung in Italien unterstützte. Ein Anhänger Mazzinis. Der war mehrere Male selbst in Andeer, in der Nähe gab es einen Unterschlupf für geflohene Unabhängigkeitskämpfer.»

«Warum ausgerechnet dort?», fragte die Frau.

«Das habe ich mich auch gefragt und gegoogelt», antwortete er. «Rosales hatte die Absicht, in der Schweiz Waffen für die Freiheitskämpfer herzustellen. In den Alpen gibt es Eisenerz und Wald in Hülle und Fülle. Er baute einen Blashochofen in einem kleinen Dorf in Graubünden, errichtete zur Tarnung ein Haus darum herum, liess Erz abbauen und heranführen und gewann daraus Eisen für die Waffenproduktion.»

«Wirklich?», fragte sie ungläubig. «Das hat funktioniert?»

«Eine Zeitlang schon, allerdings war es ein teures Vorhaben. Das Erz befand sich hoch oben in den Bergen und musste mühsam ins Tal gebracht werden. Der Wald in der Umgebung der Erzminen war von früheren Rodungen aufgebraucht, er musste das Erz nach Andeer transportieren, was die Produktion stark verteuerte. Irgendwann hatte er kein Geld mehr und musste aufgeben.»

Sie schmunzelte. «Den Leuten in Andeer war vielleicht gar nicht klar, was in ihrem Dorf vor sich ging. Dass es eine Rolle spielte in den Freiheitskämpfen Italiens.»

«Das ist gut möglich», meinte er. «Oder sie wollten es nicht allzu genau wissen und kümmerten sich nicht darum.»

«Vielleicht haben sie in den Minen gearbeitet. Sie könnten eine willkommene Verdienstmöglichkeit gewesen sein», überlegte die Frau.

Er schüttelte den Kopf. «In den Minen haben auswärtige Arbeiter geschuftet, nicht einheimische. Die dort ansässige Bevölkerung hat aber die Chance genutzt, mit den Minenarbeitern Handel zu treiben.»

«Gibt es in der Gegend heute noch Leute, die Rosales heissen?»

«Das Haus gehört noch der Familie. Es ist allerdings vermietet. An Italiener.» Wieder strich er über die Tischplatte. «Reiche Italiener. Jetzt verkaufen sie aber den ganzen Hausrat, scheint es.»

«Um was für eine Familie handelt es sich?» Sie war sofort interessiert, im Gesellschaftsklatsch Italiens kannte sie sich aus. Sie winkte ihrem Mann, ihr zu folgen, und trat aus der Werkstatt ins Freie, wo sie sich auf eine hübsche restaurierte

Holzbank setzte und den Blick über den Comersee tief unter ihr schweifen liess. «Wie heissen sie?»

Er setzte sich zu ihr. «Ferrari. Nein, Ferrero. Wie die Schokolade.»

«Giovanni Ferrero? Der reichste Mann Italiens?» Sie runzelte die Stirn. «Gut möglich, dass er ein Haus in der Schweiz hat. Die Familie ist äusserst verschwiegen, man weiss wenig über ihr Privatleben.»

«Das ist bestimmt nicht der Bewohner des Hauses. Diese Leute haben dort ständig gelebt. Der Mann ist Künstler. Steinbildhauer.»

«Frau? Kinder?», fragte sie.

«Eine Frau gibt es, ja, aber keine Kinder. Leider habe ich sie nicht gesehen.» Er lächelte.

Wieder runzelte sie die Stirn und sah ihn fragend an.

«In einem der Räume hängt ein Porträt. Jemand sagte, das sei die Hausherrin. Eine ausserordentlich schöne Frau.»

«Ach?» Ein leicht argwöhnischer Unterton schlich sich in ihre Stimme.

«Ja. Blond, blauäugig, mit einer besonderen Ausstrahlung. Jemand sagte, sie sei ...» Er kratzte sich am Kopf. «Schwedin vielleicht? Nein, auch wenn sie nordisch aussieht. Holland! Genau, jemand sagte, sie sei Holländerin.»

Seine Frau ging im Geiste die italienischen Jetset-Familien durch, die ihr dank ihrer Heftchenlektüre bekannt waren. «Ferrero, Bildhauer, holländische Frau, Graubünden», murmelte sie. «Ich werde später im Internet nachschauen. Aber zuerst fahre ich hinunter nach Colico, ich muss einkaufen. Arbeitest du an diesem Schreibtisch?»

«Nein, vorläufig nicht. Anderes ist dringender. Ich denke, ich werde ihn mir im Winter vornehmen.»

«Dreissigtausend Franken waren darin.» Der Mann schüttelte ungläubig den Kopf und nahm einen grossen Schluck von seinem Kaffee Luz.

«Übertreib nicht», widersprach ein anderer. «Zwanzigtausend waren im Rucksack.»

«Die Verkäuferin in der Bäckerei hat gesagt, es seien dreissigtausend. Dann wird es wohl so sein», beharrte der erste.

«Auf der Post hiess es, es seien zwanzigtausend. Das ist auch ein ordentlicher Batzen.»

Annetta schnaubte. «Bis heute Abend werden es fünfzigtausend sein. Das ganze Dorf spricht von nichts anderem, und alle korrigieren den Betrag etwas weiter nach oben.»

«Das spielt doch keine Rolle», beschwichtigte Beni. «Auf jeden Fall war viel Geld drin. Viel mehr, als man normalerweise mit sich herumträgt.» Beni bedeutete der Bedienung quer durch das Lokal mit Handzeichen, dass er nochmals eine Stange Panaché wünsche.

«Allerdings», stimmte jemand zu. «Die Polizei steht jetzt vor einer neuen Aufgabe.»

«Warum?», fragte der Luztrinker.

«Weil es vielleicht doch kein Unglücksfall oder Selbstmord war», erklärte Annetta. «Es ist mir sowieso ein Rätsel, wie eine Frau mittleren Alters auf einem simplen Spaziergang verunglücken soll.»

«Oder weshalb sie sich das Leben nehmen sollte, wenn sie dreissigtausend Franken in der Tasche hat», stimmte ein anderer in der Runde zu. «Ob sie es bekommen hat oder jemandem übergeben wollte, mit dem Geld ist irgendeine Aufgabe oder Tätigkeit verbunden. In so einer Situation bringt man sich nicht um.»

Dieser logischen Argumentation wagte niemand zu widersprechen.

«Ihr meint, sie wurde ermordet?» Die junge Freundin des einen Mannes blickte mit grossen Augen in die Runde.

«Möglich.»

«Sieht danach aus.»

«Aber das ist völlig unlogisch!» Der Mann, der gerne gejasst hätte, aber bisher keine drei Personen für ein Spiel gefunden hatte, reagierte gereizt. «Wenn jemand sie umgebracht hätte, wäre doch das Geld nicht mehr dort.»

«Du meinst, es wäre gestohlen worden?», fragte die junge Freundin.

«Ja, sicher. Warum hätte sie jemand töten sollen, wenn es nicht um das Geld ging? Warum hätte dann also jemand das Geld zurücklassen sollen, nachdem er oder sie sie getötet hatte?» Er schaute Beifall heischend um sich. In Sachen Logik konnte er locker mit dem anderen mithalten, war er überzeugt.

Die Tischrunde schien weniger seiner Meinung zu sein, es dauerte einen Moment, bis die Mehrheit seinem Gedankengang folgen konnte.

«Da ist was dran», pflichtete ihm einer bei.

«Nicht zwingend», widersprach Annetta. «Wenn sie in unsaubere Geschäfte verwickelt war, kann es verschiedene Gründe geben, weshalb sie getötet wurde. Vielleicht wusste der Mörder nicht, dass sie so viel Geld bei sich hatte.»

«Dann wäre er schön blöd», fand Beni.

«Oder er fand es nicht, weil sie es gut versteckt hatte», meinte ein anderer.

«Wohl kaum.» Annetta widersprach erneut. «Ursins Mutter hat es ja auch gefunden.»

«Es war in einem verschlossenen kartonierten Briefumschlag.» Tom ergriff zum ersten Mal das Wort. Wie immer war er ohne Hunde im Restaurant, er hatte sie im Haus oben bei der Burgruine Cagliatscha gelassen.

Sofort redeten alle auf ihn ein. «Woher weisst du das?» – «Wer hat das gesagt?»

«Der Bauer mit den schottischen Hochlandrindern hat das gesagt. Offenbar hat er mit Ursins Vater gesprochen.»

«Was hat dieser sonst noch erzählt?»

«Nicht viel», bedauerte er. «Dass seine Frau auf dem Polizeiposten in Thusis gewesen sei. Dass dort ein Protokoll aufgenommen worden sei und dass der Polizist einen Kurs im Zehnfingersystem brauchen könnte.»

Annetta grinste. «Welcher war es?»

«Bestimmt ein alter Sack», meinte die junge Freundin. «Die Jungen können alle tippen.» Sie zuckte zusammen, als Annettas Blick sie traf.

«Ein Mord ...», sinnierte ihr wesentlich älterer Freund. «Wenn ihr damit recht habt, brauchen wir uns in nächster Zeit nicht über Langeweile zu beklagen.»

«Allerdings», stimmte Annetta zu. «Man wird von nichts anderem reden.»

Verstohlen schaute sich Frederik um.

«Benimm dich nicht so auffällig», wies ihn Daria an. Sie liess den Blick über den Pausenplatz mit spielenden kleineren und schwatzenden grösseren Kindern schweifen. «Die sind eh alle beschäftigt, niemand kümmert sich um uns.»

Ursin nickte und steckte die rechte Hand tief in den Hosensack. Andächtig zog er einige Noten und Münzen heraus und begann feierlich abzuzählen. Drei Köpfe beugten sich über seine Hand. Nach einer Ewigkeit blickte er auf. «Das ist für die Waschrinne, die Waschpfanne und das Porto.» Er zählte weiter. «Das ist die Provision.»

Daria liess alles im Hosensack verschwinden. «Es fehlen noch die zwei Heftchen.»

«Die habe ich im Schulsack, ich gebe sie dir nach der Schule», sicherte ihr Frederik zu.

«Dafür, dass ich es nun mit der Polizei zu tun bekommen werde, kommt ihr viel zu billig davon», nörgelte sie.

«Du bekommst es nicht mit der Polizei zu tun», beruhigte sie Ursin.

«Das werden wir sehen.» Sie strich sich die Haare aus dem Gesicht. «Jedenfalls hat mir das gerade noch gefehlt.»

«Mach dir keine Sorgen», bekräftigte Frederik. «Die Schroter wissen nicht, dass du die Sachen für uns bestellt hast.»

Sie blickte ihn überrascht an. «Wirklich? Wie habt ihr das geschafft? Habt ihr sie angelogen?»

«Das war nicht nötig», erklärte Ursin. «Es hat niemand danach gefragt, weder unsere Eltern noch die Polizei. Für alle war nur das gefundene Geld interessant.»

Sehnsüchtig blickte sie in die Ferne. «Fünfundzwanzigtausend Franken!» Ursin wollte sie korrigieren, aber sie sprach weiter. «Wenn ihr *tgapatalpas* das Geld selbst gefunden hättet, hättet ihr es behalten können. Aber nein, ihr habt es … übersehen!» Sie schüttelte den Kopf und blickte wütend von einem zum anderen.

«Jetzt hör aber auf», wehrte sich Frederik. «Wir hätten doch so viel Geld nicht behalten können!»

«Genau», stimmte Ursin zu, «wir hätten den ganzen Rucksack sofort abgeben müssen und nicht einmal das Geld aus dem Portemonnaie herausnehmen können.»

Daria verdrehte die Augen. «Logisch hättet ihr nicht alles behalten können», zischte sie. «Aber wenn ihr ein paar *Nötli* zu wenig abgegeben hättet, wäre das niemandem aufgefallen. Ich hätte es jedenfalls so gemacht.»

Daran zweifelten die Buben keine Sekunde.

«Habt ihr eine Strafe kassiert von euren Eltern?», fragte sie neugierig.

Frederik druckste herum. «Ja, schon …»

Ursin schaute betreten zu Boden.

«Los, sagt schon!»

«Nun ja …», begann Frederik, «zuerst dachte ich, ich komme mit drei Tagen Hausarrest und einem Nachmittag Gartenarbeit davon …»

«… und ich mit einer Woche Hühner- und einer Woche Kaninchendienst», fuhr Ursin fort.

«Was ist passiert?» Daria liess nicht locker.

«Dann haben unsere Mütter gewhatsappt.»

«Und sind dabei auf eine besonders dumme Idee gekommen.»

«Jetzt sagt schon!» Sie grinste schadenfreudig.

Frederik atmete tief ein. «Wir müssen Ursins Mutter helfen, das Zeug aus dem Garten zu verarbeiten. Aufkochen, in Einmachgläser füllen und so.»

«Und Frederiks Mutter müssen wir helfen, die Sachen, die sie verkauft, zu beschriften, zu verpacken und zu verschicken.»

«Was ist daran schlimm?», fragte Daria enttäuscht. «Zusammen macht das doch beinahe Spass, und ihr werdet mehr herumalbern als arbeiten.»

«Genau da ist das Problem», seufzte Frederik.

«Genau das haben sich unsere Mütter auch gedacht», ergänzte Ursin.

Ihr fragender Blick wanderte von einem zum andern.

«Ich muss zu Frederiks Mutter», platzte Ursin heraus, «aber ohne Frederik! Ich werde ihr allein helfen müssen. Während Frederik bei mir daheim ist.»

Darias Gelächter schallte über den Pausenplatz.

«Aber es hätte noch schlimmer kommen können», stöhnte Frederik.

«Wirklich?», fragte sie.

«Zuerst hatte meine Mutter die Idee, mich eine Woche lang jeden Tag bis vors Schulhaus zu begleiten und mir zuzuwinken, bis ich darin verschwunden bin.»

Bei dieser Vorstellung verging selbst dem Mittelsmädchen das Lachen.

Vor drei Stunden hatte der ungehobelte Polizist das Haus verlassen, nachdem er Piet nicht gerade schonend mitgeteilt hatte, Roos sei tot. Seit dann hatte er mehr oder weniger regungslos am Tisch gesessen und die gemeinsamen Jahre vor seinem inneren Auge ablaufen lassen. Irgendwann hatte er eine Flasche Schnaps geholt, weil er die Bilder verscheuchen wollte. Es gelang ihm nicht. Anstatt dass die Erinnerungen undeutlicher wurden, schienen sie an Schärfe zu gewinnen. Er sah Roos in allen erdenklichen gemeinsamen Momenten vor sich.

Als er Hunger verspürte, ass er Reis- und Fleischreste direkt aus dem Kühlschrank. Danach ging er auf die Terrasse und legte sich in den Liegestuhl. Ohne sich dessen bewusst zu sein, bediente er sich immer wieder aus der Schnapsflasche. Erst nachdem er die Augen kaum mehr offenhalten konnte, realisierte er die Wirkung des Alkohols. Die Bilder bedrängten ihn weiterhin, er fiel in einen unruhigen Schlaf.

Zwei Stunden später schreckte er hoch, geweckt vom eigenen Schnarchen. Angeekelt wischte er den Speichelfaden weg, der sich von seinem Mund auf sein Hemd zog. Sein eigener Atem widerte ihn an, er schwitzte, als hätte er eine Antilope zu Fuss gejagt. Er rappelte sich auf und ging ins Haus, wo er sich unter die Dusche stellte. Abwechselnd heiss und kalt liess er das Wasser an sich herunterlaufen, bis er seine Sinne wieder beieinanderhatte. Dann kehrte er auf die Terrasse zurück, jetzt mit einer Dose Cola.

War es Liebe, was ihn und Roos verbunden hatte? Piet wusste es nicht. Auf keinen Fall war es Liebe in der Form, die man aus unendlich vielen Filmen kannte. Andererseits hätte er ebenso wenig sagen können, ob diese romantische Form etwas mit der Realität zu tun hatte. Roos war weder hübsch noch charmant gewesen, eher ernst, zuweilen schnippisch. In ihrer Persönlichkeit gab es Facetten, zu denen er keinen Zugang gehabt hatte, aber das hatte ihn nicht gestört. Von den Menschen hatte sie in der Regel das Schlechteste gedacht. Während er in den Tag hineinlebte und selten mehr als deren Oberfläche wahrnahm, besass sie die Gabe, rasch die Charaktere zu erfassen und verborgene Seiten zu entdecken. Er war zu blauäugig, sie war das Gegenteil gewesen.

Was sie wohl an ihm gefunden hatte? Er war sich nie sicher gewesen, ob sie zur Liebe fähig war. Eher hatte sie ihre Mitmenschen nach Vor- und Nachteilen für sich selbst beurteilt, nicht nach Sympathie oder Zuneigung. Vermutlich hatte er ausreichend Vorteile gehabt. Er hatte ihr nie Fragen gestellt, keine Ansprüche angemeldet und in der Regel gemacht, was sie von ihm wollte. Die Pension, die er schon besessen hatte, bevor er sie kennenlernte und die ihm allein gehörte, war zweifellos sein grosses Plus gewesen. Dazu kamen seine Freude an der Arbeit, sein handwerkliches Geschick und sein wohlwollender Umgang mit den Gästen. Sein Nutzen war offenbar gross genug gewesen, um während vieler Jahre ihr Partner zu sein.

Wobei auch er durchaus seine Vorteile aus der Beziehung gezogen hatte, musste er ehrlicherweise zugeben. Er hatte ihr keine Fragen gestellt, weil er wusste, dass er keine Antworten bekommen hätte; das stimmte soweit. Dazu kam allerdings, dass er die Antworten nicht hatte hören wollen. Er fragte nie, woher das Geld kam, das stets ausreichend vorhanden war. Lieber überliess er ihr alles Geschäftliche. So konnte er am Glauben festhalten, dass ihre Pension so gut lief, dass sie keine Geldsorgen hatten. Er fragte nie, was sie vorhatte, wenn sie sagte, sie gehe zwei, drei Tage in die Stadt. Vielleicht ging sie zu einem anderen Mann, oder sie hatte irgendwelche Geschäfte laufen, über die sie ihm nichts sagen wollte. Es hatte ihn nicht gekümmert. Sein Leben bestand aus der Arbeit in der Pension und deren weitläufigem Umschwung, aus dem Feierabendbier auf der Terrasse mit dem atemberaubenden Blick über die Bucht und aus der Jagd.

Es wurde kühl. Piet nahm den letzten Schluck Cola und ging ins Haus. Der Schlaf würde auf sich warten lassen, er war hellwach. Über Roos und ihr gemeinsames Leben nachdenken wollte er aber nicht mehr. Er nahm die Fernbedienung zur Hand und richtete sich auf dem Sofa ein.

9

September 2019

«Wer von euch spricht Italienisch?» Camenisch blickte herausfordernd zu den beiden älteren Kollegen, in deren Büro er sich aufgepflanzt hatte.

Buess schaute auf. «*Un po'.*»

«Ein wenig?» Camenisch runzelte die Stirn. «Das reicht nicht. Schäfli, wie sieht es bei dir aus?»

«Basta per chiamarti uno stronzo», antwortete Meta Schäfer, ohne den Blick vom Bildschirm zu heben.

«Das war nicht freundlich», meinte Camenisch. «Dass ein *stronzo* ein Arschloch ist, weiss jeder Erstklässler.»

«Nur, wenn er, wie du, in den Churer Slums aufgewachsen ist», gab sie zurück.

«Weibliche Formen enden auf A, soviel weiss ich. Folglich wärst du eine *stronza.*»

Meta schüttelte den Kopf. «Eine Arschlöchin? Kaum.»

Buess blickte genervt zur Decke. «Seid nett zueinander!»

«Sind wir doch», sagte Camenisch. «So gehen zwei, die sich mögen, miteinander um.»

«Bist du gekommen, um mir eine Liebeserklärung zu machen?»

«Nein.» Camenisch zog sich einen Stuhl heran. «Ich weiss jetzt, wo unsere tote Südafrikanerin zuletzt gewohnt hat. Seit ein paar Tagen ist sie in einer Pension in Roveredo angemeldet.»

«Roveredo?» Meta schaute ungläubig auf.

«Roveredo. Das letzte Dorf auf Bündner Boden, zuunterst im Misox.»

«Das zweitletzte», berichtigte Buess. «San Vittore ist noch näher an der Grenze zum Tessin.»

«Was heisst wohl *Tüpflischisser* auf Italienisch?», stöhnte Camenisch. «Jedenfalls wohnte sie in Roveredo. Möglicherweise waren ihr die Unterkünfte in Bellinzona zu teuer, deshalb wich sie ins dörfliche Roveredo aus. Das ist eine halbe Stunde mit dem Postauto entfernt.»

«Gut möglich», stimmte Meta Schäfer zu.

«Wir werden unsere Italienischkenntnisse aus der Schulzeit ausgraben müssen, wenn wir von den Kollegen vor Ort etwas erfahren wollen», meinte Camenisch.

«Nicht nötig», beschied Buess. «Ich kenne einen, der dort arbeitet, wir waren zusammen an einer Weiterbildung. Er spricht gut Deutsch.»

«Das ist nicht dein Ernst!» Camenisch musterte ihn ungläubig.

«Wieso nicht? Nicht wenige dort unten sprechen gut Deutsch.»

«Das meine ich nicht», sagte Camenisch. «Ich kann nur nicht glauben, dass du je an einer Weiterbildung warst.»

«Hau ab!» Buess winkte ihn missmutig hinaus.

«Erst, wenn du mir den Namen genannt hast.»

«Giudicetti. Armando Giudicetti.»

«Guten Appetit!»

Beni lief das Wasser im Mund zusammen, als Annetta eine dampfende Lasagne auf den Tisch stellte. Dass sie seine Lieblingsspeise nicht ohne Grund zubereitet hatte, war ihm allemal klar. Bestimmt würde sie ihn über den vergangenen Abend ausquetschen, den er beim Billardspielen ausserhalb des Tals verbracht hatte. Rasch schöpfte er sich eine riesige Portion. Dadurch, dass er eine Weile den

Mund voll hatte, konnte er wenigstens einen Aufschub erreichen.

Kaum hatte er die letzte Gabelladung vom Teller gekratzt, befahl Annetta: «Erzähl!»

Beni atmete tief durch und rülpste diskret. «Die Polizei weiss inzwischen, wer die Frau ist», berichtete er. «Eine Touristin. Sie hat in irgendeinem Hotel im Misox gewohnt.»

Annetta wartete auf die Fortsetzung, aber es kam keine. «Weiter?»

«Nichts weiter.» Er grübelte mit dem Fingernagel in den Zwischenräumen seiner Zähne.

«Benedetg Baselgia, reiss dich zusammen.» Sie musterte ihn streng. «Das kann nicht alles sein. Woher kam sie? Seit wann war sie im Misox? Was machte sie dort? War sie allein hier?»

«Jeder sagt etwas anderes, du weisst ja, wie das ist.» Beni zuckte mit den Schultern. «Aus Südamerika sagen die einen, aus Südafrika die anderen. Sie wohnte in San Bernardino, sagen die einen, in Mesocco die anderen, in Roveredo die dritten. Dort war sie seit einem Tag oder ein paar Tagen oder ein paar Wochen. Was sie dort zu suchen hatte, weiss niemand.»

Annetta überlegte. «War sie allein unterwegs? Gibt es einen Mann, Kinder?»

«Offenbar war sie allein dort in der Pension. Unsere Polizei oder die Staatsanwaltschaft oder das Aussendepartement oder wer auch immer meldete den Kollegen im Herkunftsland, dass man sie hier gefunden hat. Die werden inzwischen ihre Angehörigen benachrichtigt haben, aber darüber weiss niemand etwas.»

«Warum reist eine Frau um die halbe Welt und wohnt ausgerechnet im Misox?», fragte Annetta. «Das Tal ist nun wirklich nicht das erste Ziel der Touristen aus fernen Ländern.»

«Täusch dich nicht», widersprach Beni. «Die Grand Tour of Switzerland führt durch das Misox, es ist schön zum Wandern oder Biken.»

«Sie war in Andeer weder am Wandern noch am Biken.» Seine Nana fischte einen Zahnstocher aus der Tischschublade und reichte ihn Beni. «Sie trug Halbschuhe, einen davon hatte sie noch am Fuss, als ich sie fand. Geschnürte Lederschuhe, zum Wandern ungenügend geeignet. Ihr Rucksack war wohl eher eine Handtasche, wird herumerzählt, nicht Teil einer Sportausrüstung.»

Widerwillig musste ihr Beni recht geben.

«Ausserdem ist die Überlegung völlig verkehrt», fuhr Annetta fort. «Warum sollte sie als Touristin so viel Geld herumtragen?»

Rhetorische Fragen verlangen keine Antwort, dachte Beni, und stand auf, um zwei Kaffees aus der Maschine laufen zu lassen.

«Sie machte Geschäfte, das ist offensichtlich», erläuterte Annetta. «Was für Geschäfte macht man in Andeer?»

Beni überlegte. «Vielleicht ist alles harmlos. Sie hat in Andeer jemandem etwas verkauft. Mehr steckt womöglich nicht dahinter.»

«Wenn es so einfach wäre, hätte sich der Kunde längst bei der Polizei gemeldet.»

«Vielleicht war es ein Auswärtiger. Er kam aus dem Unterland, sie aus Mesocco, man traf sich in der Mitte.» Beni gefiel seine Antwort.

Annetta gab sich noch nicht geschlagen. «Wäre es um ein normales Geschäft gegangen, gäbe es einen Vertrag. Irgendeine schriftliche Abmachung.»

«Warum?», wandte Beni ein. «Es gibt eine Quittung, ja, aber die ist beim Kunden, nicht bei der Verkäuferin.» Mit leisem Triumph stellte er fest, dass seine Nana keine Antwort mehr wusste.

«Nein, das kann nicht alles sein», sagte Annetta entschieden. «Die Polizei schnüffelt immer noch hier herum. Folglich steckt mehr dahinter als der Verkauf des Familiensilbers.»

«Die suchen bestimmt nur noch die Bestätigung, dass es genau um so etwas Harmloses geht, und dann legen sie den Fall ad acta.» Beni beschied, er lege sich jetzt aufs Ohr, und stand auf.

Annetta blieb missmutig am Tisch sitzen. Sollte es wirklich so einfach sein?

Tom fand keinen Schlaf. Er fürchtete sich vor den Bildern, die ihn heimsuchten, sobald er die Augen schloss.

Die Stille rund um sein einsam gelegenes Haus machte es nicht einfacher, zur Ruhe zu kommen. Normalerweise lauschte er neugierig, welche nächtlichen Tiere sich um sein Haus herumtrieben und dabei allerlei Geräusche verursachten. Manchmal stand er regungslos in der dunklen Stube und blickte aus dem Fenster, und oft wurde er mit dem Anblick eines vierbeinigen oder gefiederten Waldbewohners belohnt. Die Sichtung einer Eule hatte bis jetzt den Höhepunkt seiner Beobachtungen dargestellt, während Füchse und Dachse regelmässig in sein Blickfeld gerieten. In letzter Zeit fehlte ihm allerdings die Musse, sich der Tierbeobachtung zu widmen. Die innere Unruhe, die ihn früher zuweilen gequält hatte, war zurückgekehrt. Er war nervös, konnte kaum stillsitzen, fühlte sich getrieben.

Erinnerungen an längst vergangene Jahre drängten sich auf. Als er sich zwischen all den Eindrücken, Erwartungen und Einflüssen, die ihn als jungen Mann unter Druck setzten, nicht mehr zurechtfand. Als er Knall auf Fall aus seinem bisherigen Leben ausstieg und den ersten Zug betrat, der die Schweiz verliess. An der Endstation war er zu Fuss weitergegangen, tage-, wochen-, monatelang. Irgendwie war er in Polen angelangt, wo er in einem Holzverarbeitungsbetrieb Arbeit fand, obschon er gar keine gesucht hatte. Ein halbes Jahr war er geblieben und dabei wieder ein in sich ruhender Mensch geworden. Es war ihm bewusst geworden, was er für seinen Seelenfrieden brauchte: einen Rückzugsort, wo er niemanden sah oder hörte. Die Nähe von Tieren, zu denen er eine Beziehung hatte. Ein Leben, das in einem gemächlichen Tempo ablaufen durfte.

Bis vor Kurzem war er dankbar und zufrieden gewesen. In seinem Maiensäss neben der Burgruine Cagliatscha hatte er alles gefunden, was er zu seinem Glück brauchte. Die städtische Hektik war von Andeer weit weg. Weniger Konsum, weniger Erfolgsdruck, weniger Betriebsamkeit, dafür mehr Gelassenheit, Bodenständigkeit, Naturverbundenheit. Sein Haus, seine Hunde, seine Arbeit als Lastwagenchauffeur und seine wenigen Freunde und Bekannten bildeten den Rahmen für ein Dasein, das er sich nach seinen Wünschen gestalten konnte.

Bis vor Kurzem. Jetzt plagten ihn Bilder, die er nicht sehen, und Gedanken, die er nicht denken wollte. Er wehrte sich mit aller Kraft dagegen, wohl wissend, dass er den Kampf verlieren würde. Er fühlte sich, als würde er vor einem Staudamm stehen, der immer mehr Risse bekommt.

Einzig bei seinen Hunden fand er noch einen Rest der Ruhe, die ihn zuvor ausgezeichnet hatte. Vielleicht waren sie so einfach gestrickte Geschöpfe, dass sie sich vorbehaltlos freuten, wenn er sich mit ihnen abgab. Er zweifelte daran und glaubte lieber, dass sie seine Stimmungen sehr wohl spürten und wussten, wann er sie mehr brauchte als sie ihn.

Auch diese Nacht gab er schliesslich auf. Er nahm sein Kissen und die Bettdecke und stieg damit ins Erdgeschoss hinunter. Die beiden Schäferhunde begrüssten ihn mit erfreutem Schwanzwedeln und Winseln, als er die Stube betrat. Das war Balsam für sein seelisches Gleichgewicht. Er streichelte hier, tätschelte dort und murmelte anerkennende Worte, bevor er sich auf die Matratze am Boden legte und in die Decke wickelte. Dankbar nahm er die Wärme des Hundekörpers wahr, der sich an seinen Bauch schmiegte.

Svetlana wusste sehr wohl, dass sie auf dem Polizeiposten hinter ihrem Rücken nur -kova genannt wurde. Angeblich konnten sich die Polizistinnen und Polizisten ihren langen russischen Nachnamen nicht merken. Einen oder zwei hielt sie tatsächlich für unfähig genug, um daran zu scheitern. Beim weitaus grösseren Teil schien es allerdings am fehlenden Willen zu liegen. Es war ihr egal. Als Staatsanwältin zog sie es vor, zum Personal auf dem Posten eine gewisse Distanz zu wahren. Sie war jung, und sie war eine Frau, wodurch sie ihre Fähigkeiten bei manchen gleich doppelt beweisen musste. Mit den meisten klappte die Zusammenarbeit inzwischen gut, aber einen vertraulicheren Umgang wünschte sie dennoch nicht. Räumlich war der Abstand ohnehin gegeben, denn ihr Büro befand sich am Ortsrand von Thusis, während die Polizei mitten im Dorf untergebracht war. Für gemeinsame Sitzungen kam sie jeweils auf den Posten.

Wie immer hielt sie sich nicht mit unnötigem Geschwätz auf. «Der Partner der Frau will nicht nach Europa reisen, um sie zu identifizieren», informierte sie das Ermittlungsteam. «Die Tote hat eine Schwester in den Niederlanden, für diese sei die Anreise einfacher.»

«Das ist zweifellos richtig», meinte Meta. «Was machen die Angehörigen mit der Leiche, sobald sie freigegeben ist?»

«Er findet, am einfachsten sei es, wenn die Schwester sie einäschern lasse und nach Holland mitnehme», berichtete die Staatsanwältin.

«Das stimmt ebenfalls», sagte Buess, «auch wenn die Feststellung etwas kühl tönt angesichts der Umstände.»

Meta Schäfer nickte. «Vielleicht war das nicht die grosse Liebe, oder er ist etwas benachteiligt in der Wahrnehmung seiner Gefühle.»

Camenisch lachte auf. «Was ist das denn für eine Formulierung? Hast du die aus einem Kurs für diskriminierungsfreie Sprache? Er ist ein gefühlskalter Kerl, wolltest du sagen.»

Die -kova warf ihm einen strengen Blick zu. «Bleib sachlich, bitte. Der Eindruck bei einem Telefongespräch kann täuschen. Jedenfalls kommt die Schwester morgen. Wer geht mit ihr zum Pathologen?»

Drei Augenpaare blickten abwechselnd zur Lampe, zum Fenster, zum Papierkorb, zur Spinne an der Decke. Wie in der Schule, dachte die -kova. «Wollt ihr es auslosen?»

Alle drei nickten erleichtert. Sechsundsechzig Prozent Chance zu entkommen.

«Am besten geht ihr zu zweit.»

Dreiunddreissig Prozent.

«Sie spricht kein Deutsch, aber immerhin ausreichend Englisch.»

Auch das noch.

10

Oktober 2019

Piet war zum Schluss gekommen, weiterzumachen wie bisher. Das war weder das Ergebnis intensiven Nachdenkens noch rationaler Überlegungen. Es schien zurzeit der einfachste Weg zu sein, und diesen gedachte er zu beschreiten.

Roos hatte ihm einst eine Bankkarte gegeben. Für seine überschaubaren Bezüge war stets genug Geld vorhanden gewesen. Wie viel sich auf dem Konto befand, hatte ihn nicht interessiert. Erst jetzt hatte er widerwillig Roos' Schubladen und Ordner durchgesehen, um mehr über seine finanzielle Lage zu erfahren. Anhand der Bankauszüge stellte er fest, dass er sich in den nächsten paar Wochen keine Sorgen zu machen brauchte. Bis dann würden die ersten Gäste eintreffen, und es würde neue Einnahmen geben.

Weit hinten in seinem Kopf regten sich leise Bedenken, wie er die Sommersaison allein schaffen sollte. Er hatte nie Korrespondenz mit Gästen geführt. Er hatte keine Ahnung, wie es mit Reservationen, Bestätigungen, Zahlungen ablief. Er wusste nichts über Onlinebuchungen, Werbeplattformen, Gästetaxen. Genau genommen wollte er es gar nicht wissen.

Zuallererst war es Zeit, die Brüstung rund um die Veranda instand zu stellen. Der weisse Lack war in die Jahre gekommen, er begann abzublättern. Aus seiner gut bestückten Werkstatt holte er die Schleifmaschine und machte sich an die Arbeit.

Einige Stunden später gönnte er sich zum dritten Mal eine Pause. Es war heiss geworden, sein T-Shirt war durchgeschwitzt, die Haare klebten am Kopf. In grossen Schlucken trank er einen halben Liter Wasser direkt aus der Flasche, bevor er sich beim Wasseranschluss an der Hauswand vornüberbeugte und sich mit dem Gartenschlauch Kopf und Oberkörper abspritzte. Das tat gut. Er setzte sich in den Schatten und schloss die Augen.

Als die Bodenbalken erzitterten, schreckte er auf. Trotz der Bilder von Roos, die auftauchten, sobald sich seine Lider senkten, war er eingedöst. Nun stellte er fest, dass das Zimmermädchen, das jeweils während der Saison bei ihnen arbeitete, auf ihn zukam.

Zimmermädchen war ein zwar gebräuchlicher, aber in Lindiwes Fall ein unpassender Ausdruck. Die Zeit, als man sie als Mädchen bezeichnen konnte, lag etliche Jahre zurück. Ob ihre Figur je mädchenhaft gewesen war, entzog sich Piets Kenntnis. Seit er sie kannte, besass sie einen beeindruckenden Körperumfang. Trotzdem verfügte sie über eine eigenartige Anmut. Vielleicht war es ihr kerzengerader Rücken, der ihr eine gewisse Würde verlieh. Sie war zurückhaltend, ohne demütig zu sein, stolz, aber nie überheblich, freundlich, aber nicht herzlich.

Schweigend blieb sie vor ihm stehen. Worte waren nicht nötig. Ob Weisse mit ihrer Körperhaltung auch so viel ausdrücken konnten wie Schwarze?, fragte er sich. Ihre Haltung offenbarte ihm ihre Anteilnahme an Roos' Tod, aber auch, dass sie für ihn da war, wenn er sie brauchte.

Piet rappelte sich aus dem Sessel auf, um einen Krug Eistee und zwei Gläser zu holen. Lindiwe verabscheute Cola, das wusste er. Sie wohnte bei ihren Eltern und hatte keine eigene Familie. Vermutlich finanzierte sie den ganzen Haushalt, zu dem ausserdem eine wechselnde Zahl Cousins, Nichten und nicht näher definierte Verwandte gehörten. Sie war verlässlich und gewissenhaft, das wiederum wusste er sehr genau.

Er reichte ihr ein volles Glas, das sie mit einem Nicken annahm. Lange standen sie schweigend beieinander, ohne dass die Stille unangenehm gewesen wäre. Erst jetzt wurde Piet bewusst, dass der Besuch des Polizisten kaum jemandem in der Umgebung entgangen sein dürfte. Vermutlich hatte der ungehobelte Hüne in Uniform beim Feierabendbier lautstark erzählt, dass Roos in Europa ums Leben gekommen war. «Wirst du trotzdem wieder hier arbeiten?», fragte er.

Lindiwe nickte. «Ja, ich werde wieder hier arbeiten», bestätigte sie ernst. «Wenn du willst, werde ich all das machen, was ich in den vergangenen Jahren gemacht habe.» Sie wartete, bevor sie weitersprach, bis er sie fragend anschaute. «Aber das ist nicht genug.»

Verwirrt runzelte Piet die Stirn.

«Ich kann weiterhin putzen, waschen, Betten beziehen. Wenn du das willst, mache ich das.»

Er nickte zögernd, begriff immer noch nicht.

«Wenn du das willst, musst du dich selbst um die Reservationen kümmern, um die Abrechnungen, um die Werbung.»

Piet liess die Schultern hängen. Sie hatte ausgesprochen, was er vor sich hergeschoben hatte. Er fürchtete ihre nächsten Worte. Würde sie aussprechen, was er sich selbst nicht eingestehen wollte? Dass er das nicht konnte?

«Wenn du das nicht willst, gibt es andere Wege.» Sie trank einen Schluck. «Du nimmst mich für die Büroarbeit.»

«Dich?» Seine Verblüffung liess sich nicht verbergen.

«Mich.»

«Kannst du … ich meine …», stotterte er.

«Ja, ich kann das.» Als er immer noch zweifelte, ergänzte sie: «Ich helfe meinem Cousin bei der Administration seiner

Tankstelle. Ich ging meiner Schwester zur Hand, als sie ihren Laden eröffnete. Ich kann tippen und rechnen.» Was nicht die ganze Wahrheit war, aber das brauchte Piet nicht zu wissen. Sie war Teilhaberin der Tankstelle, und auch der Laden gehörte nicht der Schwester allein. An dessen Gründung und Betrieb hatte sie massgeblichen Anteil.

Dankbar ging Piet auf das Angebot zur Lösung eines seiner Probleme ein. Mochte es stimmen oder nicht, was Lindiwe ihm erzählte, versuchen wollte er es auf jeden Fall mit ihr. Sie würde selbst dann um Längen besser mit der Büroarbeit zurechtkommen als er, wenn sie noch nie an einem Schreibtisch gesessen hatte.

«Das bedeutet, dass du jemanden brauchst zum Putzen, Waschen und Betten beziehen.»

Das leuchtete ihm ein. Er ahnte, dass sie auch dafür eine Lösung bereit hatte.

«Meine Nichte kann das.»

Seine Probleme wurden zusehends weniger, der Hoffnungsschimmer rosiger. Piet freute sich. «Einverstanden.»

«Komm, die -kova ist im Anmarsch.» Meta Schäfer trat vom Fenster zurück, wo sie die Ankunft der Staatsanwältin beobachtet hatte.

Walter Buess packte seine Schreibmappe und machte sich mit seiner Kollegin zusammen auf den Weg zum Sitzungszimmer.

Svetlana begrüsste sie und kam sofort zur Sache. «Die Tote hatte ein Konto bei der Graubündner Kantonalbank. Ihr habt grünes Licht, ihre Daten einzusehen. Aus sprachlichen Gründen macht ihr das wohl besser im Hauptsitz in Chur als in der Filiale in Mesocco.» Sie reichte Meta Schäfer ein Blatt mit den Kontaktdaten des zuständigen Mitarbeiters.

«Menghini», las sie. «Vielleicht ein Misoxer, das könnte nützlich sein.»

«Menghinis sind Puschlaver, nicht Misoxer», stellte Buess richtig.

«Die Obduktion wurde inzwischen gemacht», fuhr die -kova fort. «Sie ist im Fluss ertrunken. Etwas Aussergewöhnliches hat der Rechtsmediziner nicht feststellen können. Aufgrund ihrer Verletzungen ist es denkbar, dass sie durch den Sturz von der Brücke bewusstlos oder benommen war und nicht versuchen konnte, sich zu retten. Erwiesen ist das aber nicht.»

«Wir waren am Morgen in Roveredo, um ihr Zimmer zu durchsuchen», berichtete Meta. «Allzu viel Gepäck hatte sie nicht, und etwas Auffälliges ist nicht dabei. Ein paar Unterlagen schauen wir uns noch genauer an, aber es scheinen hauptsächlich touristische Informationen zu sein.»

«Ein Notebook?», fragte die -kova.

«Leider nein.» Buess zuckte bedauernd die Schultern. «Auch kein Smartphone. Wir vermuten, dass sie es in Andeer bei sich hatte, aber es ist nicht aufzufinden.»

«Haben es die Buben entwendet?»

«Das ist möglich, aber unwahrscheinlich», sagte Meta Schäfer. «Der Inhalt des Rucksacks scheint vollständig zu sein. Ich denke, es wäre herausgekommen, wenn sie etwas entnommen hätten.»

«Kann man es nicht orten?»

«Nein. Wir vermuten, dass sie es in der Hand hielt, als sie zu Fuss unterwegs war. Beim Sturz in den Fluss hat sie es fallen lassen. Während des Unwetters führte der Hinterrhein viel Wasser, er wird das Gerät mitgerissen haben.»

«Das ist ungünstig», beschied die -kova, «aber nicht zu ändern.»

«In der Pension hat sie sich unauffällig verhalten», ergriff Walter Buess das Wort. «Sie hat mit niemandem mehr als nötig gesprochen, ging stets alleine ein und aus.»

«Sie verbringt mit ihrem Partner einige Wochen in Italien», überlegte die Staatsanwältin. «Er kehrt nach Südafrika zurück, sie fährt weiter in die Schweiz. Wahrscheinlich nicht aus Sightseeing-Gründen, denn sie besucht das Misox, nicht die touristischen Hotspots.»

Geht das auch Deutsch anstatt Englisch?, wollte Buess einwerfen, beherrschte sich aber.

«Sie wohnt in Roveredo, fast zuunterst im Misox, kommt aber in Andeer ums Leben. Sie führt einen aussergewöhnlich hohen Betrag in bar mit sich.» Die -kova spielte mit ihrem Kugelschreiber.

«Das Misox ist tatsächlich kein touristischer Hotspot, sondern eher ein Geheimtipp», stimmte Meta zu. «Ein Hotspot ist es hingegen auf anderem Gebiet.»

«Genau», sagte Buess. «Im Tal gibt es achttausend Einwohner und zweitausend Briefkastenfirmen.»

«Ein Teil werden kleine Fische sein, die sich mit Steuerhinterziehung oder mutwilligem Konkurs befassen. Oder mit Erschleichen von Arbeitslosengeldern. Der grössere Teil dürfte im Umfeld des organisierten Verbrechens anzusiedeln sein.»

Die -kova seufzte. «Das ist bekannt. Seit das Tessin die Gesetze verschärft hat, weichen diese», sie malte Anführungszeichen in die Luft, «‹Firmen› auf die Bündner Südtäler aus.»

«Geldwäscherei.» Meta zuckte die Achseln.

«Ja. Und wir haben kaum eine Handhabe dagegen, das ist ein längst bekanntes und meiner Ansicht nach vernachlässigtes Problem.»

Die -kova weicht vom streng sachlichen Kurs ab und äussert eine persönliche Meinung, staunte Buess innerlich.

«Dass eine südafrikanische Pensionswirtin Verbindungen zur italienischen Mafia hat, scheint mir äusserst unwahrscheinlich zu sein.» Sie tippte mit dem Kugelschreiber auf den Tisch. «Aber wir haben noch immer keine Erklärung für den hohen Bargeldbetrag.»

«Camenisch prüft zurzeit, ob es im Misox Vorfälle gab, die mit unserer Toten in Verbindung stehen könnten», berichtete Meta Schäfer.

«Er kennt jemanden auf dem Polizeiposten in Bellinzona und fragt dort nach.» Buess verwünschte die Kantonsgrenze, die alles verkomplizierte. Zum Glück funktionierte die informelle Zusammenarbeit.

Die -kova machte sich eine Notiz. Nachdem der Kugelschreiber seinem Zweck gedient hatte, spielte sie wieder damit. «Alles in allem halte ich fest: Die Wahrscheinlichkeit ist gross, dass der Grund, weshalb die Tote so viel Bargeld mit sich führte, harmlos ist. Die Wahrscheinlichkeit, dass sie illegalen Geschäften mit einer dubiosen Firma im Misox nachging, ist hingegen klein. Aber die Briefkastenfirmen in den Bündner Südtälern sind ein sensibles Thema. Wir können den Fall nicht zu den Akten legen, ohne sicher zu sein, dass das Bargeld aus einer legalen Quelle stammt.»

Sonst wirst du von der Presse in Einzelteile zerlegt, dachte Buess, wenn sich später herausstellt, dass es in Andeer eine Spur gab, die du nicht weiterverfolgt hast.

«Die gegenwärtige Arbeitslage erlaubt uns den weiteren Einsatz unserer Ressourcen», fuhr die Staatsanwältin fort.

Sag doch, wie es ist, dachte Buess, es herrscht gerade tote Hose in der Region. Laut sagte er: «Wir müssen mehr über die Frau wissen. Es dürfte schwierig bis unmöglich werden, innert nützlicher Frist etwas zu erfahren. Ausgerechnet Südafrika.»

«Es könnte schlimmer sein», meinte Meta. «Von allen afrikanischen Staaten ist das wahrscheinlich einer der kooperativsten.»

Die -kova sah nicht aus, als sei das ein Trost. «Ich werde mich schlau machen, ob und wie eine gewinnbringende Zusammenarbeit möglich ist.» Wieder genoss der Kugelschreiber einen produktiven Einsatz.

«Vielleicht drängt sich eine Geschäftsreise nach Kapstadt auf», bemerkte Buess. Einen Versuch war es wert, fand er. Dass er aussichtslos war, zeigte ihm die Reaktion der Staatsanwältin. Oder eher das Ausbleiben einer Reaktion. Er würde es wieder versuchen. Vielleicht höhlte steter Tropfen sogar diesen Stein.

Beni stöhnte innerlich, als er Annettas triumphierenden Blick sah. Er kannte diesen Gesichtsausdruck, in den vergangenen Jahren hatte er ihn bis zum Überdruss gesehen. Jegliche Hoffnungen auf eine Besserung der Situation hatte er längst aufgegeben.

«Dein Vater war heute hier», begann die Nana. «Es gibt genau einen Grund, weshalb er freiwillig hier auftaucht.» Sie machte eine Dramapause. «Er wollte etwas von mir.»

Kein halbwegs vernünftiger Mensch hätte sich an seines Vaters Stelle in die Höhle der Löwin gewagt, das wusste Beni nur zu gut. Die Not musste gross gewesen sein.

«Diesmal fragte er, ob er sein Motorrad bei mir unterstellen dürfe.» Sie lachte verächtlich. «Das fehlte noch!»

Beni musterte sie resigniert. Seiner Ansicht nach sprach nichts dagegen. Das unüberwindbare Hindernis war einzig und allein Annettas sturer Schädel.

«Was denkt sich dieser *Lapi* eigentlich?» Annetta erwartete keine Antwort. «Nach allem, was er angerichtet hat, könne er daherkommen, als wäre nichts geschehen, und die hohle Hand machen?»

«Das nun nicht gerade», warf Beni ein. «Er wollte kein Geld. Nur einen unbenutzten Unterstand.»

«Soweit kommt's noch, dass ich ihm meinen Grund und Boden überlasse», zeterte Annetta. Sie holte Atem, um zu einer längeren Tirade anzusetzen, aber Beni kam ihr zuvor.

«Denkst du nicht, es wäre allmählich an der Zeit, euren Kindergartenstreit zu überwinden?», fragte Beni.

Annettas Rede blieb ihr im Hals stecken. Verblüfft musterte sie ihren Enkel.

«Seit Jahren liegt ihr euch in den Haaren. Wozu? Euer Streit ist zu nichts nütze.»

«Leidest du an Amnesie, Benedetg?», fragte Annetta wütend. «Hast du vergessen, dass du für deinen Vater aufgehört hast zu existieren, nachdem ihn seine Frau verlassen hatte? Er hat dich vernachlässigt, sich nicht um dich gekümmert. Du musstest dein ganzes Leid über das Ende eurer Familie alleine tragen, von ihm war keine Unterstützung zu erwarten. Er …»

«Nana, das ist zehn Jahre her!», unterbrach Beni. «Es ging ihm beschissen, als Mama wegging. Er hatte nicht die Kraft, sich um mich zu kümmern.»

«Hör auf mit diesem Psychologiequatsch!», fuhr Annetta auf. «Jeder Vater und jede Mutter stellt sich selbst hintenan, wenn es um das Wohl des Kindes geht. Aber er hat dich verwahrlosen lassen, sich im Selbstmitleid gesuhlt und gesoffen wie ein Loch.»

«Ja, er hätte es besser machen können.» Beni nickte. «Das bestreitet kein Mensch, am allerwenigsten er selbst. Aber diese Phase seines Lebens, unseres Lebens, ist längst vorüber.»

«Das macht sie nicht ungeschehen. Er hat sich nie entschuldigt, nie einsichtig gezeigt. Er …»

«Du schon?», warf Beni ein.

«Wie bitte?»

«Bist du je auf ihn zugegangen?»

«Ich?», fragte Annetta verständnislos. «Habe ich dich vergammeln lassen? Habe ich getrunken? Habe ich nur noch bis zur eigenen Nasenspitze geschaut?»

Beni seufzte. «Zehn Jahre Strafe bekommt ein Schwerverbrecher. Du bestrafst ihn seit nunmehr zehn Jahren. Ohne mildernde Umstände zu akzeptieren. Denkst du nicht, dass es reicht?»

«Ich denke, du solltest dir wieder einmal vor Augen führen, wie es dir damals ergangen ist. Du warst entwurzelt, hattest jeden Halt in der Familie verloren, konntest nicht einordnen, was passiert war, wo du standest und wie es weitergehen sollte.»

«Glaub mir, das werde ich nie vergessen», sagte Beni aus tiefstem Herzen. «Genauso wenig, wie ich je vergessen werde, was ich dir zu verdanken habe. Trotzdem geht das Leben weiter.»

«Du bist viel zu nachgiebig.» Sie funkelte ihn böse an.

«Meinetwegen», meinte Beni. «Aber ich bin nicht unglücklich damit.» Überrascht vom eigenen Mut zum Widerspruch brauchte er dringend frische Luft und etwas Abstand. «Ich gehe aus, zum Abendessen bin ich nicht hier.» Er hob grüssend die Hand und suchte das Weite.

Als Lindiwe am nächsten Tag zur Arbeit erschien, war Piet bereits am Streichen des Verandageländers. Er führte sie ins Büro, wo sie sich sogleich an den Schreibtisch setzte. Seine

Kenntnisse dieses Arbeitsplatzes reichten gerade weit genug, um den Knopf zum Einschalten des PCs und das A4-Blatt mit der langen Liste von Logins und Passwörtern zu finden. Nur zu gern überliess er Lindiwe den Rest. Sie machte sich sofort an die Arbeit.

Zuerst verschaffte sie sich einen Überblick über die Daten auf dem Gerät. Sie stellte fest, dass Roos Ordnung gehalten hatte. Ordner und Dateien waren sinnvoll beschriftet und systematisch sortiert. Das erstaunte sie nicht, genau das hatte sie von Roos erwartet. Das und noch viel mehr.

In den folgenden drei Stunden kam sie zum Schluss, dass sich auf dem Computer nichts befand, was niemand sehen durfte. Das meiste betraf Geschäftliches rund um die Pension, ein kleinerer Teil bestand aus privaten Briefen und Mails, alle harmlos und ohne Bedeutung. Es gab einiges zu erledigen wie Korrespondenz beantworten, Rechnungen bezahlen, Buchungen bewirtschaften. Aber das alles konnte einen weiteren Tag warten. Wichtiger war, jenen Dingen auf den Grund zu gehen, die Roos neben der Beherbergung von Gästen trieb.

Lindiwe hatte bereits nach wenigen Wochen Anstellung in der Pension bemerkt, dass etwas nicht stimmen konnte. Das Gästehaus lief zweifellos nicht schlecht, aber nach ihrer Einschätzung dürften sich die Einnahmen und Ausgaben etwa die Waage halten. Roos konnte wohl allen Mitarbeitenden leidlich gute Löhne auszahlen, aber sich und Piet kaum etwas darüber hinaus. Trotzdem leisteten sich Piet und Roos immer wieder grössere Ausgaben wie weite Reisen oder teure Jagdausflüge. Ihre Neugier war geweckt, sie hatte wissen wollen, woher das Geld kam.

Am Ende ihrer ersten Saison hatte sie zwar keine eindeutigen Hinweise, aber einen begründeten Verdacht gehabt. Sie war überzeugt, dass sie mit ihrer Vermutung richtig lag und das Geld nicht aus legaler Quelle stammte. Im weiteren Verlauf stellte sie fest, dass Piet weder eine Ahnung von der finanziellen Situation noch von den Aktivitäten seiner Partnerin hatte und dass er davon beileibe nichts wissen wollte.

Daran sollte sich nichts ändern, fand sie, als sie nun am Schreibtisch sass. Um Piets Ahnungslosigkeit zu bewahren, war es indessen nötig herauszufinden, was es mit Roos' Nebengeschäften auf sich hatte. Kaum hatte sie von Roos' Tod erfahren, hatte sie sich dazu ihre Gedanken gemacht. Erstens: Roos' Tod konnte ein Unfall gewesen sein, musste aber nicht. Angesichts ihres lukrativen Nebenerwerbs war ein Mord nicht ausgeschlossen. Zweitens: Sollte die europäische Polizei zum Schluss kommen, dass entweder jemand Roos getötet hatte oder dass sie illegalen Aktivitäten nachgegangen war, würde die Polizei Nachforschungen in Südafrika anstellen wollen. Drittens: Um das System Piet, Lindiwe und Pension weiterlaufen zu lassen, war es nötig, dass die Polizei in Südafrika nichts fand, was sie nach Europa berichten konnte. Es lag auf der Hand, dass von Piet weder aktives Mitdenken noch vorhandenes Wissen zu erwarten war. Daraus folgte, dass sie selbst allfälliges zweifelhaftes Material vor der Polizei finden und in Sicherheit oder zum Verschwinden bringen musste. Deshalb sass sie nun an diesem Schreibtisch.

Denkbar war, dass Roos heikle Daten in harmlos benannte Dokumente verpackt und in irgendeinem unverdächtigen Verzeichnis gespeichert hatte. Etwa «Vorlage Inserat» im Ordner «Werbung» oder «Richtlinien Brandschutz» im Ordner «Grundlagen Beherbergung». Das setzte allerdings ein Mindestmass an Kreativität voraus, was Roos in Lindiwes Augen gänzlich vermissen liess. Möglich wäre allenfalls, dass die Verstorbene für die Bezeichnungen unverständliche

Abkürzungen gewählt hatte: Initialen für Namen, Anfangsbuchstaben für Städte. Aber auch daran zweifelte Lindiwe, zumal sie bisher nichts Derartiges auf dem Gerät entdeckt hatte. Am schlüssigsten schien ihr, dass ihre Arbeitgeberin die Daten auf einem Stick abgespeichert hatte, den sie irgendwo sicher aufbewahrte. Nach einem solchen zu suchen, verschob sie auf später, vorerst wollte sie sich weiter den Daten auf dem Computer widmen.

Sie verspeiste das Mittagessen, das ihr ihre Mutter mitgegeben hatte: Amadumbe, die leckeren Verwandten der Süsskartoffeln, dazu Gemüse und ein paar Stückchen Fleisch. Danach war ein Verdauungsschläfchen vonnöten, das sie im Liegestuhl auf der hinteren Veranda genoss.

Mit neuer Energie wandte sie sich wieder dem Computer zu. Bei den Mails herrschte weit weniger Ordnung als bei den Dateien. Mühsam kämpfte sie sich durch hunderte von Mitteilungen aller Art. Die allermeisten bezogen sich auf den Betrieb der Pension, manche auf private Anschaffungen, auf die Planung ihrer Europareise, auf alltägliche Kontakte. Korrespondenz mit Freunden gab es keine. Zum einen wohl, weil Roos, soweit Lindiwe wusste, kaum Freunde gehabt hatte, zum andern vermutlich, weil sie diese Unterhaltungen eher mittels Smartphone geführt haben dürfte. Das ihr bedauerlicherweise nicht zur Verfügung stand.

Für ihren lukrativen Nebenerwerb, überlegte Lindiwe, hatte Roos Kontakte pflegen müssen, und das hatte sie wohl kaum mündlich getan. Ebenso wenig auf dem Postweg. Der Mailverkehr bot sich geradezu als ideale Lösung an. Anonym eine Mailadresse zu erstellen, war ein Leichtes, genauso wie das Verbergen der Information, von wo aus eine Nachricht verschickt wurde. Die nächsten Stunden verbrachte sie voll konzentriert am Bildschirm.

«Habt ihr heute den ‹Blick› gelesen?», fragte die junge Freundin des nicht mehr so jungen Stammtischgasts in die Runde.

«Natürlich», antwortete einer, während die übrigen nickten.

«Die Bullen vermuten Geldwäscherei oder etwas Derartiges», präzisierte ein anderer.

«Ja, aber nicht nur.» Die junge Freundin schaute sich vielsagend um. «Sie stellen auch Nachforschungen in Südafrika an.»

«Das ist doch klar», meinte jemand. «Von dort kam sie schliesslich. Logisch, dass sie dort nachfragen müssen.»

«Welche Geschäfte könnten eine Südafrikanerin mit dreissigtausend Franken nach Andeer führen, das ist die Frage, die sich der ‹Blick› stellt», berichtete die junge Freundin.

«Bestimmt etwas Illegales», warf die andere Frau am Tisch ein.

Sie verdrehte die Augen. «Das steht ja wohl fest. Aber was? Die Zeitung schreibt, in Südafrika sei alles möglich. Schmuggel im grossen Stil zum Beispiel.»

«Es scheint, dass sich die Leute dort alles Mögliche einfallen liessen, als sie wegen ihrer Apartheidpolitik weltweit boykottiert wurden», bemerkte Tom.

«Was wird denn heraus- oder hineingeschmuggelt?», fragte Beni.

«Der Schmuggel ins Land hinein war zur Zeit der Apartheid ein grosses Thema», meinte der Freund der jungen Frau. «Ob er seit dem Ende des Boykotts noch von Bedeutung ist, entzieht sich meiner Kenntnis.»

Seine Liebste schaute ihn mit grossen Augen an. Sie kannte niemanden ausser ihm, der im Alltag solche Sätze bildete.

Ihre Bewunderung gab ihm Auftrieb. «Hingegen aus dem Land heraus lässt sich wohl einiges schmuggeln. Allem voran Trophäen. Die illegale Jagd floriert sogar in den Nationalparks.»

«Sie wird kaum ein Nashornhorn im Handgepäck mitgeführt haben», warf Tom trocken ein.

«Eher Gold oder Diamanten», meinte ein anderer. «Die haben Rohstoffe in Hülle und Fülle dort unten, auch Kohle und Erdöl.»

«Auch einen Kanister hatte sie wohl nicht dabei», grinste Tom.

«Vielleicht hat sie wirklich nur den Familienschmuck verkauft, und alles ist ganz harmlos», sagte Beni.

«Ja, alles wurde ganz brav bar bezahlt, und danach stürzte sie von selbst mit dem ganzen Geld in den Rhein.» Der Gast schüttelte den Kopf. «Träum weiter», fügte er hinzu.

Geträumt hätte Beni gern, als er Stunden später im Bett lag, aber keinen Schlaf fand. Am Morgen stand er nicht wie üblich frisch und gut gelaunt auf, vielmehr fühlte er sich, als hätte er die ganze Nacht unter einem Mühlstein gelegen. Die Auseinandersetzung mit der Nana zehrte an ihm. Nie zuvor hatte er ihr in diesem Mass widersprochen. Nie zuvor hatten sie eine Meinungsverschiedenheit nicht innert eines Tages klären können. Als er ihr am Vortag gesagt hatte, sie und sein Vater benähmen sich wie Kindergartenkinder, hatte er zum allerersten Mal seine Meinung kundgetan im Bewusstsein, dass ihr seine Worte zusetzen würden.

Nur machten seine Worte auch ihm selbst zu schaffen, womöglich mehr als ihr. Weit stärker belastete ihn aber die Situation. Dass zwei erwachsene Menschen nicht in der Lage waren, die Mauer niederzureissen, die sie zwischen sich aufgebaut hatten, war für Beni unbegreiflich. Und unerträglich.

Er hatte genug von diesem elenden Drama, in welchem er der Vogel war, der auf der Mauer sass und sich von beiden Seiten das Lamento der Krähen am Boden anhören musste. Mit ihrem Schimpfen hinderten sie ihn am friedlichen Zwitschern, so kam es ihm vor, und das seit nunmehr zehn Jahren.

Damit war jetzt Schluss, dachte Beni. Am Vortag jedenfalls hatte er das gedacht, und er war überzeugt gewesen, es sei eine gute Idee, Annetta zu widersprechen. An diesem Morgen war er sich dessen nicht mehr so sicher. Schliesslich hatte er in all den Jahren mühevoll gelernt, seine Ohren auf Durchzug zu stellen, wenn seine Nana und sein Vater übereinander lästerten. Er hätte doch einfach so weitermachen können.

Seufzend stellte er sich unter die Dusche. Vielleicht liess sich die Last auf seiner Brust mit dem Wasserstrahl abspülen. Er versuchte es, bis das warme Wasser des kleinen Boilers zur Neige ging, ohne dass sich eine Wirkung gezeigt hätte. Erst als er das Haus verliess, hob sich seine Stimmung. Ein schöner Tag kündigte sich an, was aber ausser ihm nur die Vögel bemerkten, die erwacht waren. Über den Bergen zeigten sich die ersten Sonnenstrahlen, die Luft roch frisch, als hätte sie sich über Nacht erholt und freue sich auf einen neuen Tag.

Es war doch richtig gewesen, Annetta die Stirn zu bieten, entschied er.

11

Oktober 2019

«Manchmal wächst die -kova über sich hinaus», verkündete Camenisch, kaum hatte er das Büro von Buess und Schäfer betreten.

«Wäre es möglicherweise intelligent, die Tür zu schliessen, bevor du über sie herziehst?», fragte Buess stirnrunzelnd.

«Ich ziehe nicht über sie her, ich lobe sie», berichtigte Camenisch. «Soll ich es wiederholen? Etwas langsamer, damit du mitkommst? Manchmal – wächst – sie – …»

«Schon gut, komm zur Sache!»

«Zuerst hat sie das hochoffizielle Gesuch verfasst, das die Südafrikaner dazu bringen soll, uns etwas über die Tote mitzuteilen», berichtete Camenisch. «Dann hat sie eine Weile das Internet durchforscht, um herauszufinden, wie die Polizeidienststelle in Mossel Bay, dem Wohnort der Toten, besetzt ist. Sie entdeckte ein paar Namen. Mit diesen suchte sie weiter und fand Fotos und Beiträge.» Er machte eine Kunstpause und widmete sich der Pflege seiner Fingernägel.

«Hör auf mit der Dramaturgie», befahl Meta Schäfer, «sprich weiter.»

«Der Postenchef wirft sich gern in Pose, wenn er sich ablichten lässt. Er ist zwei Meter gross und wiegt eine halbe Tonne. Gerne zeigt er sich in voller Montur, mit Waffe oder mit ein paar Medaillen behängt. Ebenfalls gerne stellt er einen Kollegen neben sich, der einen Kopf kleiner ist, das erhöht die Wirkung.»

«Hat die -kova dir das erzählt?», fragte Meta ungläubig.

«Natürlich nicht, ich habe es auf anderem Weg erfahren.» Mehr wollte Camenisch nicht preisgeben über seine Quelle. Meta vermutete das übliche Getratsche, das auch vor den Toren der Staatsanwaltschaft nicht Halt machte.

«Erzähl», forderte Buess den Kollegen auf, «was hat es mit dem Polizeichef auf sich?»

«Die -kova hat ihr kluges Köpfchen eingesetzt und sich überlegt, wie sie den Typen dazu bringen könnte, ihr quasi auf informellem Weg weiterzuhelfen.» Camenisch grinste. «Also bevor das Gesuch dort unten angekommen ist. Und vielleicht auf andere Art und Weise, als es der offizielle Weg vorsieht.»

Die beiden Älteren hingen an seinen Lippen.

«Sie habe sich etwas naiv gestellt und zuerst mit ihm über die Polizeiarbeit in Südafrika geplaudert, heisst es. Mit genügend Ahs und Ohs, um ihm zu schmeicheln, aber ohne zu übertreiben. Schliesslich hatte sie ihn so weit, dass er auf der Stelle gegen eine Kobra gekämpft hätte, um ihr zu imponieren.»

«Darauf hat sie bestimmt dankend verzichtet», grinste Buess.

«Ja», bestätigte Camenisch. «Aber sie brachte ihn dazu, eine Durchsuchung des Hauses der Toten in Erwägung zu ziehen. Sie machte es so geschickt, dass er überzeugt ist, das sei seine Idee gewesen. Und er findet, dass die Zeit drängt.»

«Ich kann mir nicht vorstellen, dass der Staatsanwalt dort auf einen aufgeblasenen Wichtigtuer hört», gab Buess zu bedenken.

«Vielleicht nicht», pflichtete ihm Camenisch bei. «Aber das muss er auch nicht.»

Buess begriff nicht.

«Weil er nämlich gar nicht gefragt wird.» Camenisch zuckte grinsend die Achseln. «Der Polizeichef handelt auf eigene Faust. Was der Staatsanwalt denkt, ist ihm egal. Hauptsache, er kann ein wenig Action haben, das macht Spass. Und er kann damit eine kleine Staatsanwältin aus einem kleinen Land im Norden beeindrucken.»

Buess schüttelte ungläubig den Kopf. «Wann stürmt der Kerl denn los?»

«Das weiss ich nicht», antwortete Camenisch. «Aber ich gehe davon aus, dass er es kaum erwarten kann. Wir werden wohl bald Neuigkeiten erfahren.»

Blanka und der Stallknecht sassen einmal mehr zusammen auf der Bank vor dem Haus Rosales. Zwischen ihnen stand der Blumentopf mit dem auf einen Stein gemalten Gesicht, der als Aschenbecher diente.

«Der Treuhänder hat beim Pferdezüchter nachgefragt, von dem die beiden Haflinger stammen.» Der Stallknecht nahm einen tiefen Zug.

Blanka musterte ihn fragend.

«Sie nehmen die beiden nicht zurück», berichtete er. «Das war auch nicht zu erwarten. Aber sie sind bereit, den Treuhänder bei der Suche nach einem Käufer zu unterstützen.»

«Warum sollten sie das tun?», fragte Blanka.

«Wahrscheinlich, weil eine grosse Vermittlungsprovision für sie dabei herausspringt.»

Sie nickte zögernd. «Deine Zeit hier nähert sich ihrem Ende.»

«Wahrscheinlich, ja», stimmte er zu. Nachdenklich zeichnete er mit dem Zeigefinger das Gesicht auf dem Stein nach. «Blanka?»

Sie schwieg.

«Hast du etwas von ihr gehört?», fragte er schliesslich.

«Nein.» Die Antwort kam rasch und bestimmt.

«Würdest du es mir sagen, wenn du etwas gehört hättest?»

«Nein.»

Er drückte die Zigarette im Blumentopf aus. «Du bist der geheimnisvollste Mensch, den ich je gekannt habe.»

Blanka sagte nichts.

«Stille Wasser sind tief.»

«Was bedeutet das?», fragte sie, unsicher, ob sie das deutsche Sprichwort richtig verstanden hatte.

«Es bedeutet, dass ich dich seit Jahren kenne, aber nichts von dir weiss», antwortete er ungeduldig. «Es bedeutet, dass du nie etwas über dich sagst. Keine einzige Silbe über dein Leben, bevor du nach Andeer kamst. Kein Wort darüber, wer du bist, woher du kommst, was du in deiner Vergangenheit erlebt hast, was dich mit der Chefin verbindet.»

Blanka verzog keine Miene. Schliesslich sagte sie: «Morgen gibt es Fisch in der Metzgerei. Möchtest du welchen?»

Annetta tigerte ruhelos durch ihr Haus, rückte hier etwas zurecht, räumte dort etwas auf, alles ohne Absicht oder Ziel. Sie tat geschäftig, aber in Wirklichkeit war alles zu nichts nütze.

Das Mittagessen mit Beni war betont höflich verlaufen. Sie hatten sich über alltägliche Dinge unterhalten, einander zuvorkommend die Platten gereicht, sich artig bedankt. Nach dem Kaffee war Beni für seinen Mittagsschlaf verschwunden, Annetta hatte die Küche aufgeräumt.

Als sie glaubte, die Decke falle ihr auf den Kopf, packte sie ihre Jacke und verliess das Haus. Sie wollte niemanden sehen und auf nichts achten. Nach einem Kaffee in der Bäckerei oder in einem der Restaurants war ihr erst recht nicht zumute. So überquerte sie zwar die gedeckte Holzbrücke, nahm dann aber den Weg bergauf, anstatt am rabiaten Hund des Herrenhauses vorbei zum Haus Rosales und über die Hängebrücke zu gehen. Sie hoffte, im Wald keiner Menschenseele zu begegnen. Selbst das Gezwitscher der Vögel war ihr zu viel. Es schien ihr eine Frechheit, so fröhlich zu pfeifen, wenn sie selbst bedrückt war.

Ohne es gewollt zu haben, gelangte sie zur Burgruine Cagliatscha und setzte sich auf die Bank vor dem Fragment des Turms. Missmutig liess sie den Blick über das Tal schweifen. Über die Dörfer, die Wälder, in denen sich Herbstfarben zeigten, die Berge, die diesen Flecken Erde umschlossen, als wollten sie ihn behüten. Meistens fühlte sie sich tatsächlich geborgen unter den Gipfeln, aber an diesem Tag schienen sie ihr abweisend. Sie versuchte, in Andeer ihr Haus auszumachen, die Holzbrücke, das Haus Rosales. Doch es gelang ihr nicht, weil ein paar zu hoch gewachsene Bäume den Blick verdeckten. Mit finsterer Miene ging sie zurück zum Picknickplatz vor der Burg. Sie tauchte ihre Hände in den Brunnen aus Andeerer Granit. Als sich eine Familie mit zwei jauchzenden Kleinkindern näherte, machte sie sich davon. Danach war ihr nun wirklich nicht zumute, sie wollte in Ruhe nachdenken. An Toms Haus vorbei ging sie zur nächsten Bank und setzte sich.

Wie ihre ehemalige Schwiegertochter nach dem Scheitern ihrer Ehe Beni hatte zurücklassen können, war für Annetta unbegreiflich gewesen. Dennoch war die Erinnerung an die Frau irgendwann verblasst, während der Verdruss über ihren eigenen Sohn nie schwächer geworden war. Sie konnte es ihm nicht verzeihen, dass er sich damals nicht um Beni gekümmert hatte. Sollte sie es können?

Ein Rascheln im Gebüsch liess sie in ihren Gedanken innehalten. Sie schrie auf, als wie eine Kanonenkugel ein Wolf aus dem Wald hervorschoss. In weiten Sprüngen kam er auf sie zu. Annetta sass da wie gelähmt. Tot stellen, dachte sie. Nicht bewegen, nicht schreien, am besten nicht einmal atmen. Sie schloss kurz die Augen, nur um sie sofort wieder aufzureissen. War das ein Ruf gewesen? War jemand in der Nähe?

Endlich erkannte sie, dass es sich bei der Bestie nicht um einen Wolf handelte, sondern um einen von Toms Hunden. Ärgerlich wandte sie sich um.

Der junge Mann hob entschuldigend die Hände, als er auf sie zu kam. «Tut mir leid, Annetta. Ich habe dich nicht gesehen.»

«*Giavelaint*, Tom», rief Annetta, «willst du mich umbringen? Ich wäre fast gestorben vor Schreck! Ich dachte, ein Wolf rennt auf mich zu.»

Tom schmunzelte. «Sieh an, es braucht einen Wolf, um dir die Sprache zu verschlagen.»

Sie sah ihn wütend an. «Richtest du deine Hunde auf Menschen ab? Was treibst du hier oben mit diesen grässlichen Viechern?»

Toms Gesicht verdüsterte sich, er biss die Zähne zusammen.

«Entschuldige», beeilte sich Annetta zu sagen, «das war nicht so gemeint. Ich bin nur fürchterlich erschrocken.»

Tom entspannte sich. «Ein Wolf würde niemals so auf einen Menschen zurennen. Wölfe sind extrem scheu. Er hätte sich aus dem Staub gemacht, lange bevor du ihn hättest wahrnehmen können.»

«Warum ist er denn so gerannt?», fragte sie. Der Hund stand reglos einen halben Meter neben Toms Bein.

«Wir üben etwas zusammen.»

Sie schaute ihn fragend an.

«Er soll im Wald einen versteckten Ring finden», erläuterte Tom.

«Er hat aber keinen Ring mitgebracht», stellte Annetta fest.

«Nein, er beherrscht es noch nicht. Wir müssen noch viel üben.» Er setzte sich zu ihr auf die Bank. «Was machst du hier oben? Normalerweise spazierst du nicht in diese Richtung.»

«Ich hatte keine Lust auf meine gewohnte Runde.» Annetta zuckte die Schultern.

«Ärger?», fragte Tom und warf ihr von der Seite einen Blick zu.

«Wie man's nimmt», seufzte Annetta. «Ärger. Sorge. Frust.»

«Ärger über deinen Sohn, Sorge um deinen Enkel, nehme ich an.» Tom hob eine Augenbraue. «Frust immer noch wegen deiner ehemaligen Schwiegertochter?»

«Nein. Ich weiss kaum noch, wie sie aussieht. Es ist schwierig, so lange wütend zu sein.» Annetta zupfte einen Grashalm ab und machte einen Knopf hinein.

«Weswegen also frustriert?»

«Wegen dieser elenden Situation.»

«Redest du von eurem Kriegszustand?» Tom grinste. «Wie lange dauert er schon? Sieben, acht Jahre?»

«Zehn.»

Toms Grinsen wurde breiter. «Zehn Jahre? Eure Ausdauer ist bewundernswert.»

«Hör auf zu lachen», fuhr sie ihn an. «Das ist kein Spass.»

«Ich weiss», sagte Tom nun ernst. «Am allerwenigsten für Beni. Euer Gezänk belastet ihn mehr, als er verträgt.»

«Wie kommst du darauf?», fragte Annetta. «Hat er dir das gesagt?»

«Ich habe Augen im Kopf», antwortete Tom, «das muss er mir nicht sagen. Beni braucht Harmonie für seinen Seelenfrieden. Mit Meinungsverschiedenheiten kann er schlecht umgehen.»

Annetta biss sich auf die Lippe. Tom schilderte Benis Sorgen, als wären sie ihm schon lange bekannt und ziemlich offensichtlich. War es so, dass das ganze Dorf die Lage längst durchschaut hatte und nur sie und ihr Sohn die Augen verschlossen?

Der Hund hob den Kopf und blickte Tom aufmerksam an. Dieser verstand, er erhob sich und warf ihm mit weitem Schwung einen Stock. Sofort preschte das Tier davon.

«Zehn Jahre sind eine lange Zeit.» Tom blickte auf Annetta hinunter. «Für Beni sind sie fast das halbe Leben. Zehn Jahre, in denen er zwischen seinem Vater und seiner Grossmutter zerrieben wird, weil die zwei sich weigern, anständig miteinander umzugehen. Und ihn zwingen, seinen Vater heimlich zu treffen, um keinen Streit zu provozieren.»

«Was sagst du da?», fuhr Annetta auf.

Tom musterte sie ungläubig. «Wusstest du das nicht? Der Kontakt zwischen Vater und Sohn ist nie abgebrochen. Beni besucht ihn regelmässig.»

Der Hund legte den Stock vor Toms Füsse. Er bückte sich danach und warf ihn erneut. Tom spürte, dass Annetta die Worte fehlten und dass es besser war, sie allein zu lassen. Er klopfte ihr auf die Schulter und ging schweigend davon.

Piet wirkte, als sei er auf der Achterbahn durchgeschüttelt worden, dünkte es Lindiwe. Offenbar hatte ihn der Besuch der Polizisten arg mitgenommen. Besuch war allerdings das falsche Wort. Sie waren aufgetreten wie in einem amerikanischen Actionfilm, hatten Befehle hin und her gebrüllt, sie und Piet angeherrscht. Alles unter der Regie des örtlichen Polizeichefs, der den Einsatz sichtlich genoss. Nicht zum ersten Mal wünschte sie dem stadtbekannten Blödmann, ein kräftiger Strauss möge ihn so in den Hintern treten, dass ihm Hören und Sehen vergehen würde.

«Warum haben sie uns behandelt, als wären wir Verbrecher?», fragte Piet fassungslos. «Wir sind doch trauernde Angehörige.»

Lindiwe schwieg. Bei Schwarzen waren Polizeieinsätze an der Tagesordnung, sie war weit weniger schockiert.

«Was haben sie gesucht?»

«Das weiss ich nicht», sagte Lindiwe. «Soweit ich verstanden habe, ist der Schweizer Polizei nicht klar, wie Roos ums Leben gekommen ist.»

«Ja, schon. Aber ihr Tod ist doch deren Sache, er hat nichts mit Südafrika zu tun.»

Sie seufzte. «Vielleicht haben sie keine Ahnung, was passiert ist, und suchen deshalb überall gleichzeitig.»

«Sie können hier nichts finden, das muss denen doch klar sein», beschied Piet.

Wenn du wüsstest, dachte Lindiwe.

«Vielleicht hat unsere Polizei einfach die Gelegenheit für einen Grosseinsatz genutzt», meinte er nachdenklich.

Damit hatte er Lindiwes Ansicht nach zweifellos recht. Sie strich sich die Locken aus der Stirn. «Ich mache mich wieder an die Arbeit. Es gibt viel aufzuräumen.» Schon halb zum

Gehen gewandt, hielt sie nochmals inne. «Sie haben den Computer mitgenommen.»

Piet erschrak. «Das darf doch nicht wahr sein. Es wird Wochen dauern, bis wir ihn zurückbekommen, wenn wir ihn überhaupt je wiedersehen.»

«Ja», bestätigte Lindiwe. «Wir brauchen aber in der Zwischenzeit einen, um die Pension zu führen. Die Daten sind alle gesichert, wir können sie einfach auf ein anderes Gerät übernehmen. Wir könnten eines mieten, mir scheint, das wäre die günstigste Lösung.»

«Mach das», sagte Piet erleichtert, «schau selbst, wie du das hinbekommst.»

Lindiwe nickte und ging.

Herr Menghini, tätig am Hauptsitz der Graubündner Kantonalbank in Chur, stammte tatsächlich aus dem Puschlav, wie Buess richtig vermutet hatte. Allerdings waren bereits seine Grosseltern von der Alpensüdseite nach Chur umgezogen. Aufgrund der vorgelegten Ermächtigung war er bereit, den Ermittlern Einblick in Roos van Rensburgs Kontodaten zu gewähren, aber er tat es mit grosser Zurückhaltung und aller gebotenen Wachsamkeit.

Walter Buess und Meta Schäfer vertieften sich in die Kontoauszüge. Roos hatte weder ein Wertschriftendepot besessen noch andere Dienstleistungen der Bank in Anspruch genommen. Ihre einzige Verbindung zur Graubündner Kantonalbank bestand aus diesem einen Konto, und der jährliche Verkehr war überschaubar. Alles in allem waren pro Jahr kaum ein Dutzend Transaktionen verzeichnet.

«Ist das alles?», fragte Meta unwillig.

«Ja», antwortete Menghini mit unbeweglicher Miene.

«Das Konto besteht seit einigen Jahren, und …»

«Acht», warf Buess ein.

«Was?»

«Das Konto besteht seit acht Jahren», präzisierte er.

Meta wedelte ungeduldig mit der Hand. «Das Konto besteht seit acht Jahren. Jedes Jahr gibt es einige Gutschriften in der Höhe von je zwei- bis dreitausend Franken. Dazu wenig mehr Bezüge von total etwa demselben Betrag. Das ist alles.»

«Was sind das für Gutschriften?», fragte Buess. «Die Angaben auf den Auszügen verraten mir nicht viel.»

Menghini trat näher und nahm einen Auszug zur Hand. «Das sind Bareinzahlungen», erläuterte er.

«Bareinzahlungen? Das Geld wurde bar an einem Bankschalter eingezahlt?», vergewisserte sich Meta Schäfer.

«Nein», berichtigte Menghini, «das Geld wurde bar an einem Postschalter zugunsten dieses Kontos an unsere Bank eingezahlt. Mit einem roten Einzahlungsschein.»

«Dann können Sie bestimmt feststellen, wer die Einzahlungen gemacht hat.»

«Jein», antwortete Menghini.

«Was soll das heissen?»

«Wir können sehr wohl feststellen, wer als einzahlende Person auf dem Einzahlungsschein vermerkt ist. Die einzahlende Person ist aber nicht verpflichtet, überhaupt einen Namen oder ihren richtigen Namen anzugeben. Einzahlende müssen sich am Schalter nicht ausweisen.»

«Sie wollen also sagen, jemand könne im entsprechenden Feld Marilyn Monroe eintragen, ohne dass eine Nachfrage zu befürchten wäre?»

Menghini hüstelte. «Grundsätzlich, ja.»

«Was heisst grundsätzlich?», fragte Meta.

«Grundsätzlich kann der oder die Einzahlende irgendeinen Namen angeben», erläuterte der Bankangestellte. «Wenn es sich aber beim angegebenen Namen nicht um den eigenen handelt, kann man davon ausgehen, dass der oder die Einzahlende seine beziehungsweise ihre Identität nicht preisgeben möchte. Er oder sie wird deshalb eher einen diskreten Namen verwenden als einen auffälligen.»

«Sie meinen, an die Kundin Marilyn Monroe wird sich die Postangestellte eher erinnern als an Hans Huber oder Marie Müller?», wollte Meta wissen.

«Richtig», bestätigte Menghini.

«Wir wollen die Daten trotzdem sehen», entschied Buess.

Menghini setzte sich an einen Bildschirm und meldete sich an. Als er die Kontodaten aufgerufen hatte, forderte er die Polizeibeamten auf, näher zu treten.

Walter Buess und Meta Schäfer betrachteten die Anzeige. Die einzahlenden Personen hatten sich genau so verhalten, wie es Menghini erläutert hatte. Auf einem der Einzahlungsscheine standen lediglich Initialen, auf einem anderen war der Schriftzug unleserlich, und auf einem dritten war als Einzahlender ein Hans Meier verzeichnet.

«Wie sieht es mit den Bezügen aus?», fragte Meta. Sie nahm wieder die Kontoauszüge zur Hand. «Es gibt alle paar Monate eine Überweisung von ein- bis zweitausend Franken. Wohin ging dieses Geld?»

«Wie Sie sehen», sagte Menghini und deutete auf die Papiere, «gibt es einen einzigen Begünstigten.»

«Die Überweisungen gingen alle an dieselbe Person?», vergewisserte sich Meta.

«Jein», antwortete Menghini.

Meta versuchte, sich nicht anmerken zu lassen, dass er ihr allmählich auf die Nerven ging. «Sondern?», fragte sie knapp.

«Es muss nicht zwingend eine natürliche Person sein», erläuterte Menghini. «Die Überweisung kann genauso gut an eine juristische Person erfolgen, zum Beispiel an eine Firma, eine Stiftung, eine Vereinigung.»

Wichtigtuer, dachte Meta, das war ja wohl klar. «Können Sie feststellen, wohin das Geld überwiesen wurde?»

Nach ein paar Mausklicks deutete Menghini auf den Bildschirm: «Bitte sehr.»

«Roos van Rensburg, Mossel Bay, Südafrika», las Buess.

12

Oktober 2019

Lindiwe rieb sich die brennenden Augen. Sie hatte die beiden Kinder ihrer Schwester, die beim Abendessen auf ihr herumgeturnt waren, zu Bett geschickt, einem halbwüchsigen Cousin die Leviten gelesen, weil er sich ohne Wissen des Besitzers dessen Auto ausgeliehen hatte, und sich danach endlich in ihr winziges Zimmer zurückgezogen. Dort fühlte sie sich vor polizeilichen Nachforschungen sicher. Erstens, weil der vulgäre Chef der örtlichen Polizei alle Schwarzen für Analphabeten hielt und deshalb kaum auf die Idee kommen würde, bei ihr Ermittlungen anzustellen. Er war überzeugt, sie sei das Zimmermädchen, von ihrer weitergehenden Tätigkeit im Gästehaus wusste er nichts. Zweitens hatte sie nichts zu befürchten, weil auf das familieninterne Frühwarnsystem Verlass war. Sollte sich ein Polizeiauto oder sogar eine ganze Armada sirenenbewehrter Einsatzfahrzeuge nähern, würden sie und sämtliche übrigen Familienmitglieder das umgehend erfahren. Ihr würde mehr als genug Zeit bleiben, ihr Notebook verschwinden zu lassen und sich mit einer Illustrierten auf das Sofa zu setzen.

Die Polizei schien allerdings anderweitig beschäftigt zu sein, sie konnte in aller Ruhe ihre Recherchen durchführen.

Nachdem die wichtigsten Sachen erledigt gewesen waren, um die Pension reibungslos am Laufen zu halten, hatte sie sich sofort auf die Suche nach den heiklen Unterlagen in Roos' Besitz gemacht. Es musste sie geben, das war Lindiwe klar, und sie durften keinesfalls in die falschen Hände geraten, das war ihr noch viel klarer. Als falsch betrachtete sie alle Hände ausser ihrer eigenen, also sowohl Piets als auch jene des Polizeichefs und seines Gefolges.

Nach einem ganzen Tag, den sie mit akribischer Suche verbracht hatte, kam sie endlich voran. Sie war in der Lage, sich in Roos' Arbeitsweise hineinzudenken und ihre Gedankengänge nachzuvollziehen. Sie entdeckte, dass Roos mehrere Mailadressen unterhalten hatte und dass deren Postein- und -ausgang bei Weitem interessanter war als jener ihrer offiziellen Anschrift. Sie kam zum Schluss, dass Roos wahrscheinlich keine belastenden Unterlagen zu Hause aufbewahrt hatte. Vielmehr würde sie alles digitalisiert und irgendwo in einem Cloudspeicher abgelegt haben.

Erst als sie diesen nirgends fand, kamen ihr Zweifel. Tage- und nächtelang hatte sie in jeder freien Minute in den Daten vom PC im Gästehaus gesucht, die sie auf einer externen Disk gesichert hatte. Alles vergebens. Dann, endlich, war sie fündig geworden. Eine harmlos aussehende Notiz auf einem Fresszettel im Büro des Gästehauses hatte ihr den ersehnten Zugang zu einem Onlinespeicher verraten. Nun, nachdem sie die erzieherische Verantwortung bei ihrer minderjährigen Verwandtschaft wahrgenommen hatte, wollte sie sich Zutritt zu Roos' verborgenen Daten verschaffen.

Diese hatten es in sich. Fasziniert vertiefte sie sich in den brisanten Inhalt. Sie hatte zweifellos eine Diamantenmine entdeckt.

Annetta hatte weder vom römisch-deutschen König Heinrich IV. noch von Papst Gregor VII. je gehört. Demzufolge war ihr nicht klar, dass ihre aktuelle Gefühlslage jener Heinrichs IV. vor fast tausend Jahren ähnlich war. Sie wusste nicht, warum dieser den berühmten Gang nach Canossa damals unternommen hatte, aber wie sich dieses Unterfangen anfühlte, spürte sie gerade am eigenen Leib. Gemessenen Schrittes ging sie auf die Haustür ihres Sohnes zu, streckte den Rücken durch und drückte auf den Klingelknopf.

Sie hörte Schritte und wappnete sich.

Der Gesichtsausdruck ihres Sohnes wechselte nach dem Öffnen der Tür sofort von neugierig auf ablehnend. Der Gruss blieb ihm im Hals stecken. «Was willst du?», fragte er nur.

Sie reichte ihm einen Schlüssel. «Du kannst dein Motorrad bei mir einstellen.»

Er zog eine Augenbraue hoch. «Warum dieser plötzliche Sinneswandel?»

«Frag nicht», antwortete sie, «nimm einfach den Schlüssel.»

«Ich brauche ihn nicht mehr», sagte er triumphierend. «Inzwischen habe ich anderswo einen Einstellplatz gefunden.»

«Gratis?», fragte sie zweifelnd.

«Nein. Aber günstig.»

«Bei mir musst du nichts bezahlen», verkündete Annetta.

«Wie, nichts?» Der Sohn war baff. «Warum so grosszügig?»

«Frag nicht», wiederholte Annetta und legte den Schlüssel auf das Tischchen im Hausgang.

Auch, dass König Heinrich drei Tage lang im Büssergewand vor den Toren der Burg Canossa ausgeharrt hatte, war Annetta nicht bekannt. Für sie waren die drei Augenblicke, während derer sie einander anstarrten, mehr als genug. Sie drehte sich um und ging grusslos davon.

Beni wusste nicht, wo sich seine Nana an diesem Samstagmorgen herumtrieb. Schon am Vorabend war sie ausser Haus gewesen, als er sich bereit gemacht hatte, um auszugehen.

Ein oranger Zettel hatte ihn daran erinnert, dass die Schulkinder in ein paar Tagen das Altpapier einsammeln würden und es seine Aufgabe war, die Zeitungen zusammenzubinden. Auf einem grünen Post-it entschuldigte sie sich dafür, dass der Orangensaft ausgegangen sei.

In den vergangenen Tagen war er doch wieder zur Überzeugung gelangt, er hätte besser geschwiegen. Zum Schatten, den der Streit seines Vaters und seiner Nana seit vielen Jahren auf sein Gemüt warf, hatte sich durch sein Vorpreschen ein neuer gesellt. Seine Worte nagten an Annetta, das spürte er, und das belastete ihn. Der unsägliche Zwist seiner engsten Verwandtschaft war in all den Jahren immerhin verblasst, doch diese neue Missstimmung kam wie eine frische Wunde daher. Er machte sich zwar keine Vorwürfe wegen seiner Worte, er hatte schliesslich nichts Falsches oder Verletzendes geäussert, aber Nutzen hatten sie keinen gebracht.

Nach dem Binden der Zeitungen fuhr er zu Tom, um ihm beim Bau einer Terrasse vor seinem Haus zur Hand zu gehen. Bevor sie sich an die Arbeit machten, setzten sie sich mit einem Kaffee auf die morsche Bank, die dem neuen Bauwerk würde weichen müssen.

Beni runzelte die Stirn, als sich Tom mit leicht zittrigen Fingern eine Zigarette anzündete. «Seit wann rauchst du schon frühmorgens?», fragte er. «Du beschränkst dich doch auf drei Zigaretten pro Tag: nach dem Mittagessen, nach dem Feierabend, nach zwanzig Uhr.»

Toms Gesicht verschloss sich. Er biss sich auf die Unterlippe und murmelte etwas Unverständliches.

Sein Kamerad fragte nicht weiter. Tom wollte allem Anschein nach nicht darüber reden, das galt es zu respektieren, fand Beni. Er rührte in seiner Tasse und schwieg.

«Was gibt es Neues?», fragte Tom schliesslich.

Beni zuckte die Achseln. «Nichts.»

«Nichts?» Tom musterte ihn kritisch. Beni schwatzte gerne, seine kurze Aufforderung brachte ihn normalerweise dazu, gut gelaunt zu plaudern. «Was ist los?»

«Ich hätte den Mund halten sollen, anstatt meiner Nana die Meinung zu sagen. Jetzt läuft sie bedrückt durch die Gegend. Das wäre nicht nötig gewesen.»

Darauf wusste Tom zunächst nichts zu sagen. Er kannte Beni gut genug, um dessen Sorgen nachvollziehen zu können, auch wenn sie seiner Ansicht nach unbegründet waren. Annetta war robust und ohne Weiteres in der Lage, damit fertigzuwerden, wenn ihr einmal jemand die Meinung sagte. Das geschah ohnehin selten genug. Hingegen trübte die aktuelle Lage Benis sonniges Gemüt. «Annetta lässt sich nicht unterkriegen. Sie wird sich bald erholen. Was du gesagt hast, war bestimmt nicht falsch.»

«Lass uns von etwas anderem reden», meinte Beni. «Gibt es keine Neuigkeiten?»

Tom nahm einen weiteren Zug. «Du bist bedeutend näher an der Gerüchteküche als ich hier oben. Was wird über die Tote im Rhein geredet?»

«Die Polizei scheint die Banken abzuklappern. Sie denken, die Tote hätte möglicherweise irgendwo ein Konto.»

«Hat man eines gefunden?», fragte Tom.

«Keine Ahnung», antwortete Beni. «Das werden wir wohl nie erfahren. Du weisst ja, wie verschwiegen die Banken sind. Demzufolge wird auch die Polizei dichthalten.»

«Es muss ein Konto geben», überlegte Tom. «Sie hätte kaum so viel Bargeld nach Südafrika mitnehmen können.»

«Nein, aber sie hätte es hier ausgeben können.»

«Stimmt», räumte Tom ein. «Wenn mir auch nicht klar ist, wofür man auf die Schnelle zwanzig- oder dreissigtausend Franken ausgibt.»

«Was würdest du kaufen, wenn du plötzlich fünfundzwanzigtausend Franken hättest?»

«Isoliermaterial für den Estrichboden. Einen neuen Kochherd. Solarpanels. Hundefutter. Und du?»

«Winterferien in Zermatt. Frühlingsferien in Italien. Sommerferien in Griechenland.»

Tom lachte. «Was sind wir für bescheidene Typen! Uns fehlt sogar die Fantasie, wofür man so viel Geld ausgeben könnte.»

«Aber nein», witzelte Beni, «der Rest käme auf das Sparkonto.»

«Sie erhält jährlich ein paar Einzahlungen auf ein Schweizer Bankkonto und lässt sich sporadisch Geld nach Südafrika überweisen.» Camenisch biss nachdenklich auf einen Bleistift.

«Die Einzahlenden sind nicht erkennbar und deren Namen möglicherweise fingiert», ergänzte Buess.

«Roos van Rensburg führt eine bescheidene Pension in Südafrika. Warum hat sie ein Bankkonto in der Schweiz?», fragte Meta.

«Wer sagt, dass die Pension bescheiden ist?», fragte Buess.

«Das ist meine Vermutung», räumte Meta ein. «Sie hat hier in einer bescheidenen Pension in Roveredo gelebt, deshalb gehe ich davon aus, dass sie nicht besonders vermögend ist. Und aus der Bezeichnung ‹Gästehaus› schliesse ich eher auf eine kleine Pension als auf ein Luxushotel.»

«Immerhin konnte sie den südafrikanischen Winter in Europa verbringen», überlegte Buess. «Der Betrieb muss wohl einiges abgeworfen haben.»

«Die Hausdurchsuchung des Kollegen in Mossel Bay hat jedenfalls nichts gebracht.» Meta verzog das Gesicht. «Auch auf dem Computer des Betriebs war nichts Aussergewöhnliches zu finden.»

«Die Pension ist klein und recht einfach, aber hübsch», erläuterte Camenisch. «Das grosse Plus ist die schöne Terrasse. Wollt ihr die Bilder sehen?»

Die beiden anderen traten näher und schauten ihm über die Schulter, als er ihnen die Webseite des Gästehauses zeigte.

Buess seufzte sehnsüchtig. «Wir sollten wirklich Nachforschungen vor Ort anstellen. Die Gegend ist ein Traum. Schaut euch nur die Umgebung der Pension an. Dort hat man noch Platz, nicht wie hier.»

«Du brauchst dich zuletzt über die Enge zu beklagen», wies ihn Camenisch zurecht. «In Oberurmein kennt man bestimmt keinen Dichtestress. Aber eine Geschäftsreise nach Südafrika wäre tatsächlich eine Supersache. Wie könnten wir diese begründen?»

«Ihr müsst nicht Gründe für eine Reise suchen, sondern Gründe für ein Bankkonto in der Schweiz», sagte Meta ungeduldig. «Woher kommt das Geld? Was für Geschäfte machte sie? Warum gerade in der Schweiz?»

«Ich denke, etwas Legales können wir ausschliessen, sonst würden die Südafrikaner davon wissen.»

Das liegt ja wohl auf der Hand, antwortete Meta mit einem bösen Blick in Buess' Richtung.

«Die Schweiz ist bekannt für die sicheren und diskreten Banken», fuhr dieser eilig fort. «Sie war jedes Jahr in Europa, und immer in verschiedenen Ländern. Ich denke, es ist naheliegend, dass sie für ihre Bankverbindungen die Schweiz gewählt hat.»

Meta nickte. «Was für Geschäfte machte sie?», wiederholte sie.

«Sie könnte etwas aus Südafrika geschmuggelt und in Europa verkauft haben», schlug Camenisch vor.

«Rohstoffe irgendwelcher Art. Es gibt nichts, was es dort unten nicht gibt», meinte Buess.

«Möglich, aber unwahrscheinlich», urteilte Camenisch. «Der Rohstoffhandel dürfte eher über einschlägige Firmen laufen als über Privatpersonen, auch der illegale. Menschenhandel?»

«Aus Europa?» Meta zweifelte.

«Südafrika war früher eine Hochburg des Menschenhandels», erläuterte Camenisch. «Nicht nur aus den ärmeren Staaten Afrikas, auch aus Osteuropa wurden Frauen ins Land geholt. Für Sex- und Sklavenarbeit.»

«Aber bestimmt nicht aus der Schweiz», sagte Buess.

«Nein, das nicht», gab ihm Camenisch recht. «Einzig die Geldflüsse könnten über die Schweiz gelaufen sein, aber dann müsste es sich um eine grössere Organisation handeln. Drogenhandel?»

«Eher», räumte Meta ein, «aber auch unwahrscheinlich. Handel und Konsum florieren in Afrika, ohne dass es Beziehungen zu Europa geben muss. Wenn es solche gibt, deutet das auf eine grosse Organisation hin. Dann passt aber die Tote nicht ins Bild.»

«Genau.» Buess griff zum wiederholten Male in die Schale mit Napolitains. Bald würde nur noch die schwarze Schokolade übrig sein, die mochte er am wenigsten. «Es ist das gleiche beim Drogen- wie beim Menschenhandel. Roos van Rensburg sieht nicht nach einer Verbrecherin in diesem Metier aus. Ich vermute stark, sie war allein tätig oder zusammen mit höchstens ein, zwei Vertrauten. Dass sie einer kriminellen Organisation angehörte, bezweifle ich stark.»

«Sie könnte Trophäen geschmuggelt haben.»

Walter Buess und Meta Schäfer musterten den Kollegen fragend. «Trophäen?»

«In Südafrika gibt es Tiere aller Art und Gattung», erläuterte Camenisch. «Ihr Partner ist Jäger. Bestimmt könnte er beschaffen, was immer ein Kunde aus Europa wünscht.»

«Wer will denn eine Trophäe?» Meta zweifelte. «Doch nur der Jäger, der geschossen hat.»

«Da irrst du dich gewaltig», meinte Camenisch. «Es ist durchaus denkbar, dass ihr jagender Partner begehrte Teile seiner Beute nach Europa verkauft. Die Einfuhr ist nicht einmal besonders schwierig. Bis vor ein paar Jahren war sie noch in weiten Teilen Europas legal.»

«Ich weiss zu wenig darüber, ausschliessen können wir das nicht», beschied Buess. «Was gibt es sonst noch, das man schmuggeln könnte?»

«Gold, Diamanten, Edelsteine», zählte Camenisch auf.

«Waffen», ergänzte Meta.

«Lebende Tiere», warf Buess ein.

«Elfenbein.» Wieder Meta.

«Fälschungen.» Angesichts der kritischen Mienen der beiden Älteren sah sich Camenisch zur Präzisierung gezwungen. «Vor ein, zwei Jahren flog dort ein riesiger Skandal auf. Es ging um ein Millionengeschäft, es wurde gefälscht, was das Zeug hielt.»

«Bilder?»

«Nein, natürlich nicht», winkte Camenisch ab. «Markenartikel. Luxusaccessoires. Kleider. Schuhe. Sonnenbrillen.»

«Für den europäischen Markt?»

Camenisch zuckte die Achseln. «Ich weiss es nicht, man müsste sich darüber informieren.»

«Das ist Sache der Kriminalpolizei in Chur. Die -kova ist mit denen in Kontakt», sagte Meta. «Ich frage mich allerdings, ob das nicht zu weit hergeholt ist. Auf mich wirkt unsere Tote eher einfach gestrickt. Ich kann mir nicht vorstellen, dass sie in so komplexe, globale Geschäfte verwickelt ist.»

«Ich weiss nicht, was du unter einfach gestrickt verstehst», widersprach Camenisch. «Aber jemanden, der mit so viel Bargeld in einem kleinen Kaff auf einem anderen Kontinent unterwegs ist, würde ich eher als tiefgründig bezeichnen.»

13

Oktober 2019

Marlene erhob sich mühsam und streckte sich ausgiebig. Die Last ihrer Sorgen drückte sie schwer, ihr Rücken rebellierte. Jede Faser ihres Körpers, jeder Gedanke in ihrem Kopf, jede Regung ihrer Seele schrie ihr unablässig zu, sie habe einen riesengrossen Fehler gemacht.

Aber wie sonst, fragte sie sich, hätte sie denn reagieren sollen an jenem katastrophalen Tag? Es hatte keinen anderen Weg gegeben, als zu verschwinden. Unbemerkt von Andeer aus über alle Berge zu gehen. Zunächst war ihr das gelungen. Mitten in der Nacht hatte sie sich zu Fuss auf den Weg gemacht. Nach viereinhalb Stunden war sie in Splügen angekommen, rechtzeitig, um das erste Postauto über den Splügenpass zu erreichen. Grenzkontrollen hatte es wie üblich keine gegeben, unter den Wanderern und Ausflüglern war sie mit ihrem Rucksack und den Sportschuhen nicht aufgefallen. Ausser vielleicht, weil sie todunglücklich gewesen war und alle Kräfte gebraucht hatte, um sich das nicht anmerken zu lassen.

Im Zug, den sie in Chiavenna wahllos bestiegen hatte, war es vorbei gewesen mit ihrer Selbstbeherrschung. Bereits in Colico waren ihr die Tränen über die Wangen gelaufen, in Bergamo hatten sie Schluchzer durchgeschüttelt. Die Stadt hatte sie beelendet, sie wollte keine Menschen sehen, nur weg aus dem belebten Gebiet. So, wie alle Wege nach Rom führen, fuhren in Oberitalien alle Züge nach Mailand, erkannte sie. Dort stieg sie wieder blindlings um, nahm an der Endstation einen Bus und fuhr mit diesem ebenfalls so weit, bis alle Fahrgäste ausgestiegen waren und der Chauffeur von ihr offenbar dasselbe erwartete. Macugnaga hiess die Ortschaft, umgeben von steilen Abhängen, eingekesselt zwischen hohen Bergen. Sie hatte ein Zimmer in einer Pension gefunden, das sie drei Tage lang nicht verliess.

Dann hatte sie sich zum ersten Mal auf den Weg ins Dorf gemacht. Sie hatte festgestellt, dass die Schweizer Grenze nah war, jenseits der Berge im Norden lag das Saastal. Von den Infotafeln im Ort hatte sie erfahren, wie die Walliser vor vielen hundert Jahren über diesen Pass gekommen waren und das Tal besiedelt hatten. Stolz präsentierte man die Ausdrücke in eigenartigem Deutsch, die heute noch gebräuchlich waren. Es interessierte sie nicht.

Sie fand, dieses Dorf sei so gut wie jedes andere, um unterzutauchen und mit ihrem Kummer fertigzuwerden. Sie stellte sich auf einen längeren Aufenthalt ein, den sie nicht in der Herberge verbringen wollte, wo sie zunächst eingezogen war. Eine kleine Ferienwohnung in einem Weiler etwas abseits des Hauptdorfs schien ihr besser geeignet, und sie war umgezogen.

Anfangs hatte sie die Wohnung fast nie verlassen. Erst als ihr die Hose von der Hüfte gerutscht war, hatte sie realisiert, dass sie kaum ass. Inzwischen ging sie ab und zu einkaufen, und sie machte ausgedehnte Wanderungen im rauen Gebirge rund um das Dorf. Wäre sie immer nach Osten gegangen, wäre sie bestimmt schon beim Comersee angelangt. Dann würde sie nur noch der Splügenpass von Andeer trennen.

Andeer. Der Ort, an dem sie fünfzehn Jahre lang glücklich gewesen war. Mit Massimiliano, im Haus Rosales, mit ihren Pferden und Blanka. Umgeben von Bergen, die den Talkessel lieblich einfassten, und zwei Schluchten, die ihn abschlossen. Das Dorf hatte sich als Antwort auf ihre Träume erwiesen.

Massimiliano. Noch immer konnte sie nicht an ihn denken, ohne dass es ihr die Kehle zuschnürte. Herr im Himmel, wie sie diesen Mann vermisste. Die Trennung schmerzte sie in jedem Augenblick eines jeden Tages, seit sie Andeer verlassen hatte. Der Gedanke, dass sie ihm mit ihrem Verschwinden denselben Schmerz zugefügt hatte, brachte sie schier um den Verstand. Die Gewissheit, dass es keinen Weg zurück gab, raubte ihr alle Kraft.

Bisher hatte sie noch nicht die Energie aufgebracht, sich den Nachrichtenportalen zu stellen. Zu sehr schmerzte sie der Gedanke an das, was dort über die Ereignisse in Andeer zu lesen sein würde. Auch an diesem Tag schaffte sie es nicht. Einmal mehr verschob sie das Vorhaben. Sie sank zurück auf das Bett und vergrub den Kopf im Kissen.

«Sir?»

«Was ist?», blaffte der Vorgesetzte. Der jüngere Polizist musste wissen, wer hier das Sagen hatte, fand er, deshalb war barsch besser als nett.

Sein Kollege wusste um diese Haltung, teilte sie aber nicht. Eher hätte er Lindiwes Verachtung für den Chef geteilt, aber davon hatte er keine Kenntnis. Kenntnis hatte er indessen von der Hauruckaktion, die sein Chef in Piets Pension durchgeführt hatte. Er hatte daran teilnehmen müssen, auch wenn ihm deren mangelnde Legitimität sehr wohl bewusst war. Auch über deren ebenfalls mangelndes Resultat wusste er Bescheid. Was beim Wildwestauftritt des Chefs herausgeschaut hatte, liess sich mit einem Wort beschreiben: nichts. Oder mit zwei Worten: gar nichts. Sogar mit dreien: rein gar nichts.

«Die Pension, die wir gestern durchsucht haben, …»

«Komm zur Sache, Junge. Kurz, klar, prägnant!»

«Jawoll, Sir. In der Pension arbeitet eine dunkelhäutige Frau ...»

«Ja, und?»

«Wir haben nicht mit ihr gesprochen, nur mit dem Besitzer. Vielleicht hätte sie etwas zu sagen gehabt?»

«Hätte, wäre, sollte, würde! Wir müssen nicht abwiegeln, wir sind da, um zu handeln. Sie weiss nichts, deshalb haben wir sie nicht gefragt.» Der Vorgesetzte nickte nachdrücklich.

«Sie arbeitet schon länger dort. Es ist möglich, dass sie etwas bemerkt hat, das uns weiterhilft.» Sorgfältig vermied der Untergebene den Konjunktiv.

«Was soll sie schon bemerken?» Der Blutdruck des Chefs stieg in die Höhe. «Dass ein Politiker seine Sekretärin vögelt? Oder sich mit Nutten vergnügt? Das spielt für uns keine Rolle. Zügle deine Fantasie.»

Wessen Fantasie?, dachte der Jüngere. Mutig wagte er den nächsten Versuch: «Es ist nicht ausgeschlossen, dass ihr etwas aufgefallen ist. Immerhin arbeitet sie schon seit Jahren in der Pension.»

«Es ist sogar völlig ausgeschlossen», widersprach der Chef aufgebracht. «Die dicke Schlampe ist eine Putzfrau, die kaum bis fünf zählen kann. Sie wohnt in einem schwarzen Ghetto, wahrscheinlich zusammen mit fünf Generationen Verwandtschaft in zwei Zimmern. Sie verdient ein paar Rand, um ihre fünf Kinder von fünf verschiedenen Vätern über die Runden zu bringen, die aber trotzdem eher früher als später in der Kriminalität landen. Sie ist bedeutungslos!»

«Ich wusste nicht, dass sie fünf Kinder hat», meinte der Untergebene nachdenklich.

«Sie haben alle fünf Kinder, bevor sie zwanzig Jahre alt sind!»

Innerlich schüttelte der Jüngere verzweifelt den Kopf über den engstirnigen Vorgesetzten. Es war zwecklos. Eher als eine Zustimmung zur Befragung der Pensionsangestellten würde er einen Herzinfarkt bei seinem Boss erreichen, erkannte er missmutig. Die Frau hatte sich bei der Hausdurchsuchung im Hintergrund gehalten, den Blick zumeist zu Boden gerichtet. Ihre demütige Haltung war ihm allerdings trügerisch vorgekommen, er sah darin eher trotzige Verachtung. Er hatte den starken Verdacht, dass die Frau sehr wohl Bescheid wusste, was in der Pension vor sich ging. Zwar hätte sie wahrscheinlich nichts darüber gesagt, aber trotzdem hätte man sie befragen müssen, das stand für ihn fest. «Ja, Sir», zwang er sich, seinem Chef zuzustimmen. Er beherrschte sich, um weder kritisch die Stirn zu runzeln noch die Augen zu verdrehen. Stattdessen wandte er sich dem Bildschirm zu und rechnete aus, wie lange es noch dauerte bis zum Feierabend.

Lindiwe ahnte nicht, dass auf dem Polizeiposten von ihr die Rede war. Hätte sie es gewusst, hätte sie wohl lachend den Kopf geschüttelt. Ihre Gedanken waren aber mit der Anzeige auf ihrem PC beschäftigt, und zwar so intensiv, dass sie schwitzte.

Graubündner Kantonalbank. Natürlich wusste sie, was eine Bank war, aber weder Graubünden noch Kanton waren ihr ein Begriff gewesen. In tagelanger Recherche im Internet hatte sie ihr Wissen über die Schweiz vervielfacht. Sie hatte sich durch Berge von unnützen Informationen gekämpft, allerlei amüsante Eigenheiten des winzigen Staates und seiner Bevölkerung entdeckt und sich interessiert in das politische System vertieft, das offenbar Menschen verschiedener Kulturen und Sprachen miteinander auskommen liess und deshalb vielleicht auch für Südafrika geeignet gewesen wäre. Nach vielen Stunden glaubte sie, im Ansatz zu begreifen, wie das Land funktionierte. Sie erkannte, dass es nicht zentral von der Hauptstadt aus regiert wurde – von der sie im Übrigen noch nie gehört hatte, einzig Zürich war ihr ein Begriff gewesen –, sondern dass die einzelnen Kantone in hohem Grad selbstständig waren. So sehr, dass die allermeisten sogar über eine eigene Bank verfügten.

Lindiwe streckte sich ausgiebig und ging in die Küche, wo sie sich ein grosses Glas Fruchtsaft einschenkte. Sie trat damit ans Fenster und schaute hinaus in die Nacht. Ihre bisherigen Erkenntnisse liessen sich auf das Wesentliche zusammenfassen. Erstens hatte Roos über ein Konto bei der Graubündner Kantonalbank verfügt. Zweitens war diese eines der bedeutendsten Geldinstitute des Kantons, wenn nicht sogar das wichtigste. Drittens, bei einer geringen Einwohnerzahl von zweihunderttausend Personen und einer eigenen Bank war anzunehmen, dass beinahe alle irgendeine Beziehung zu dieser Bank hatten. Viertens stand für sie fest, dass sich die Polizei bei ihren Ermittlungen zuallererst auf diese Bank konzentrieren würde. Somit war fünftens die Schlussfolgerung, dass die Polizei Roos' Konto entdeckt hatte und es für sie deshalb tabu war.

Das war jammerschade. Selbst wenn das Komma im Saldo eine Stelle weiter links gestanden hätte, würde sie jubeln, wenn sie über das Geld verfügen könnte. Sich von einer kindischen Gier verführen zu lassen, wäre jedoch verheerend gewesen. Und ausserdem unnötig, schliesslich wusste sie, was es mit den Beträgen auf sich hatte, die von Zeit zu Zeit auf das Konto geflossen waren. Ihre Aufgabe war es nun, diese Geldflüsse so umzuleiten, dass sie in ihre eigene Schatulle mündeten anstatt weiterhin auf das unbrauchbare Konto.

Aufgabe war etwas verniedlichend, erkannte sie. Eher handelte es sich um eine riesige Herausforderung, der sie sich stellen wollte. Aber nicht mehr in dieser Nacht. Sie brauchte ein paar Stunden Schlaf, bevor sie ins Gästehaus musste.

Die junge Freundin des älteren Mannes am Stammtisch las das Horoskop in der Zeitschrift, die sie vor sich aufgeschlagen hatte. «Wir befinden uns in einer konfliktreichen Woche», berichtete sie. «Die Beziehungen der Planeten deuten darauf hin, dass lange schwelende Konflikte aufbrechen können.»

«Stimmt genau», entfuhr es Beni.

Der ältere Mann musterte ihn mitfühlend. «Haben Annetta und dein Vater dem Theater noch immer kein Ende gesetzt?»

Ein mässig schöner Satz, dachte seine junge Freundin leicht enttäuscht.

Beni schüttelte den Kopf. «Die Nana hat es tatsächlich mit einem Friedensangebot probiert», berichtete er.

Alle in der Runde nickten. Selbstverständlich hatte sich das längst herumgesprochen.

«Aber mein Vater hat es nicht ernst genommen», fuhr Beni fort. «Er habe sich gefragt, was sie wohl von ihm wolle. Umsonst sei sie bestimmt nicht so nett, meinte er.»

«Oh mein Gott, wie kann man nur so stur sein?», stöhnte die junge Freundin.

Einer der Gäste sagte: «Zehn Jahre Streit lassen sich nicht mit drei Sätzen erledigen, so schnell geht das nicht.»

«So ist es», meinte ein anderer. «Gib den beiden Zeit, das kommt schon.»

«Die zwischenmenschlich schwierige Zeit dauert bis zum Monatsende», las die junge Freundin, «erst dann zeichnen sich erste Anzeichen für den Übergang in eine harmonische Phase ab.»

«Anscheinend besteht die schwierige Zeit schon länger», sagte die andere Frau am Tisch. «Im Haus Rosales spürten sie sie bereits im September.»

«Hast du etwas Neues erfahren?», fragte Tom.

«Sie haben sich getrennt», antwortete die Frau. «Der Künstler ist heim nach Italien zu seiner Familie gezogen. Ohne die Frau.»

«Wer wusste das?»

«Jemand, der es von jemandem im Büro des Anwalts oder Treuhänders der beiden erfahren hat.»

Einer der Gäste angelte nach dem Blatt. «Die Zeitschrift liegt nicht hier wegen des Horoskops, sondern weil die Hinterrheintäler darin erwähnt sind», sagte er und blätterte bis zu einem Bericht über Alpenpässe. «Da!»

«Darin darf das Schams nicht fehlen.» Der ältere Freund zog die Illustrierte zu sich heran. «Wir sind seit je her wichtig für den Transitverkehr und demzufolge bedeutend für die Herrscher und Händler Europas.»

Wieder ein schöner Satz, dachte die Freundin erleichtert.

«Werden ausser den Pässen auch die Schluchten erwähnt?», fragte die andere Frau. «Auch die waren früher beschwerlich, und wir haben gleich zwei davon. Hat man eine geschafft, muss man durch die zweite hindurch oder für immer im Tal bleiben.»

«Ah, jetzt geht mir ein Licht auf», sagte einer und wandte sich an Tom. «Das ist der Grund, warum du hier lebst. Du hast Angst vor der Weiterreise!»

Einige lachten, Tom zwang sich zu einem Lächeln.

Nicht zum ersten Mal fiel Beni auf, dass mit Tom etwas nicht stimmte. Von Tom, dem Unerschütterlichen, schien nicht mehr viel übrig zu sein. Immer deutlicher wurden die Anzeichen, dass er sich mit Sorgen herumschlug. Beni nahm sich vor, aufmerksam zu sein.

14

Oktober 2019

Als Meta Schäfer an diesem Morgen das Büro betrat, wurde sie von Walter Buess mit den neuesten Erkenntnissen begrüsst, noch bevor sie ihre Jacke an den Haken hinter der Tür gehängt hatte.

«Die -kova hat inzwischen von allen angefragten Banken Bescheid bekommen», berichtete er. «Die Tote hatte bei keiner weiteren ein Konto.»

«Welche hat sie gefragt, wie weit hat sie die Suche ausgedehnt?»

«Recht weit, scheint mir. Sie hat nicht nur die Banken mit Filialen in Graubünden einbezogen, sondern auch im Tessin.»

Meta liess sich in den Bürostuhl fallen, der unter ihrem Gewicht ächzte. «Hat sie auch an die Post gedacht?»

«Ja, auch dort ist nichts zu finden.» Buess fragte sich zum tausendsten Mal, wie lange es wohl noch dauern würde, bis der Stuhl unter Meta zusammenbrach. «Alles in allem ist sie wohl ein eher kleiner Fisch. Sie überwies pro Jahr nie mehr als fünfzehntausend Franken nach Südafrika.»

«Vermutlich lässt sich in Südafrika mit diesem Betrag einiges mehr anfangen als bei uns», überlegte Meta.

Buess gab ihr recht.

«Aber das spielt für uns keine Rolle», fuhr sie fort, «weil sich unsere Ermittlung auf dieses Ende der Fahnenstange konzentrieren muss.»

Irritiert versuchte Buess, sich das Bild zur fantasievoll angewandten Redensart vorzustellen. Es gelang ihm nicht.

«Wobei unsere Ermittlung ziemlich harzig vorangeht», bemerkte er.

«Ja, leider», stimmte Meta zu. «Die Kriminalpolizei beschäftigt sich mit den möglichen internationalen Verstrickungen, aber sie kommt auch nicht weiter.»

«Vielleicht ist das Ganze viel einfacher», sinnierte er.

«Wie?»

«Ein gewöhnlicher Dieb wollte ihr die Tasche entreissen, etwas ging schief, sie fiel in den Fluss», schlug Buess vor.

«Die Brücke hat ein Geländer, man fällt nicht ohne Weiteres in den Rhein», wandte Meta ein.

«Sie hatte einen Schwächeanfall, lehnte sich über das Geländer, verlor das Gleichgewicht.»

«Die Obduktion ergab keinen Hinweis auf eine angeschlagene Gesundheit.»

Walter Buess gab nicht auf. «Sie freute sich so über das Geld, dass sie das Notenbündel noch einmal in der Hand halten wollte. Auf der Brücke holte sie es aus ihrem Rucksack, es wurde von einem Windstoss erfasst, sie wollte danach greifen, dabei verlor sie ihr Handy, wollte auch danach greifen, geriet in Panik, hätte sich festhalten müssen, hatte eine Hand zu wenig, fiel über das Geländer.»

«Hast du eine kreative Phase oder was?» Meta musterte ihn kritisch. «Das ist etwa so wahrscheinlich, wie in Andeer von einem Löwen gefressen zu werden.»

«Aber möglich wäre es, Schäferin», beharrte er. «Das Leben ist voller Überraschungen. Warum sollte es beim Sterben anders sein?»

Darauf fand sie auf die Schnelle keine Antwort.

«Ich meine, wir sollten den Fall neu betrachten.» Buess verschränkte die Hände hinter dem Kopf und blickte zur Decke. «Bisher bewegten wir uns gedanklich mit globalen

Transaktionen, mafiöser Geldwäscherei, grenzüberschreitender Kriminalität. Das ist aber nicht unsere Sache, sondern jene der Spezialisten bei der Kantonspolizei. Unsere Sache ist die Verbrechensbekämpfung in der Region, und darauf müssen wir uns konzentrieren.»

«Wie stellst du dir das vor?», fragte Meta ungeduldig. «Wenn eine Südafrikanerin in Italien Ferien macht und in Graubünden ermordet wird, ist der globale Zusammenhang gegeben, ob du das willst oder nicht.»

«Sie wurde in Andeer über die Brücke gestossen», erwiderte Buess. «Damit ist die lokale Komponente ein Fakt. Der Grund, weshalb sie sich in Andeer aufhielt, kann einen globalen Zusammenhang haben, wie du es nennst, muss aber nicht. Vielmehr könnte sie aus einem banalen Anlass hier gewesen sein, einem lokalen Anlass sozusagen.»

«Zum Beispiel?», fragte sie.

«Ich weiss es nicht», gab Buess zu. «Vielleicht wollte sie bloss Cagliatschatürmli kaufen in der Konditorei, und auf irgendeine Weise nahm das Unglück seinen Lauf.»

«Mit diesem neuen Ansatz kannst du aber deine Geschäftsreise nach Südafrika vergessen», gab Meta schmunzelnd zu bedenken.

«Das schon. Aber wenn wir öfters nach Andeer fahren, können wir jedes Mal dort in der Konditorei vorbeigehen.» Buess zuckte die Achseln. «Lieber die Wurst in der Hand als das Schwein unterm Dach.» Auch er konnte Redensarten kreativ anwenden.

An diesem Abend nahm Marlene allen Mut zusammen. Sie setzte sich an den Küchentisch und öffnete den Internetbrowser auf ihrem Smartphone, um zum ersten Mal in den Nachrichtenportalen Meldungen über die Tote in Andeer zu suchen. Vor allem aber wollte sie sich den Artikeln widmen, die in den vergangenen Tagen und Wochen über sie selbst erschienen waren. Ängstlich überflog sie Seite um Seite, zögernd zuerst, dann immer hektischer.

Sie fand keinen einzigen Beitrag über sich. Ungläubig suchte sie weiter. Erfolglos, es gab nichts zu finden. Sie wurde in keinem Artikel erwähnt. Genauso wenig wie das Haus Rosales. Oder Tom.

Ihre Gedanken rasten. Die Verbindung zwischen Roos und ihr war offenbar nicht entdeckt worden. Womöglich hätte sie unbehelligt weiter in Andeer leben können, vielleicht war sie umsonst spurlos verschwunden. Die Tragweite dieser Erkenntnis raubte ihr beinahe den Verstand.

Massimiliano. Auch seine Situation war wesentlich anders als sie bisher angenommen hatte. Sie war überzeugt gewesen, dass er wütend sein musste, verletzt, masslos von ihr enttäuscht. Aber Massimiliano konnte, wie es nun den Anschein machte, nicht wissen, weshalb sie verschwunden war. Ob seine Lage dadurch besser oder schlechter war? Sie wusste es nicht. Sie vermutete, dass er erschüttert, aber auch ratlos sein musste. Er würde die Ereignisse nicht fassen können, seine Gefühle nicht in den Griff bekommen und sich folglich von der Welt zurückziehen. Sie war sicher, dass ihn die Schwermut beherrschte. Und dass sie deren Ursache war, trieb ihr die Tränen in die Augen. Fast schien es ihr, als hätte sie mit seiner Wut besser umgehen können als mit seiner Traurigkeit. In der Wut wohnte Energie inne, in der Schwermut nur Kraftlosigkeit und Leere. Was für eine schreckliche Schuld hatte sie mit ihrem Verschwinden auf sich geladen!

Spät in der Nacht sass sie immer noch tatenlos und hellwach am Tisch. Ihre Gedanken drehten sich im Kreis und liessen sie nicht zur Ruhe kommen. Schliesslich kapitulierte sie. Sie ging ins winzige Badezimmer und schluckte angewidert zwei Schlaftabletten.

Annetta hatte das gescheiterte Friedensangebot verdrängt. Sie hatte sich damit abgefunden, dass ihr Sohn zu verbohrt war, um einen Schritt auf sie zuzumachen. Zumindest machte sie sich vor, sich damit abgefunden zu haben. Wie auch immer, sie war sich nicht ganz über ihre Gefühlslage im Klaren, und sie wollte sich nicht mehr damit befassen.

Stattdessen richtete sie ihre Energie auf ihre bevorzugte Beschäftigung im Herbst. Was für viele Bündner und wenige Bündnerinnen die Jagd, war für sie das Pilze sammeln. Während der Schontage im ersten Monatsdrittel brach sie jeweils zu Erkundungsgängen auf, um danach aus dem Vollen schöpfen zu können. In diesem Jahr war die Ernte bereits im September reichlich gewesen, und auch der Oktober liess sich gut an. Stunden und Tage verbrachte sie mit Suchen, Sammeln, Reinigen, Dörren, Kochen, Konservieren. Da sie mehr erntete, als sie und Beni verzehren konnten, sorgte sie mit ihrer Aktivität überdies vor für Weihnachten. Ihre Gläser mit eingemachten und ihre Säckchen mit getrockneten Pilzen würden in wenigen Monaten unter zahlreichen Christbäumen stehen.

An diesem Tag hatte sie ihr Weg wieder einmal am Haus Rosales vorbeigeführt. Die Pferde waren immer noch da. Zu gern hätte sie an der vornehmen Pforte geklopft und der sauertöpfischen Haushälterin ein Glas Pilze überreicht. Vielleicht hätte das die Frau so aus der Fassung gebracht, dass sie gelächelt hätte. Zwar eher nicht, dachte Annetta, nach all den Jahren wusste sie bestimmt nicht mehr, wie das ging.

Eigenartig war es schon, überlegte sie weiter, während sie einen Pilz zum Reinigen aus dem Korb nahm, dass das Paar verschwunden war. Auch wenn sie sich getrennt hatten, war es seltsam, dass beide so Hals über Kopf weggezogen waren. Und erst noch zur gleichen Zeit wie die fremde Frau im Rhein ums Leben gekommen war. Konnte das wirklich ein Zufall sein? Es erschien ihr immer unwahrscheinlicher.

Sie öffnete das Küchenfenster, um bei frischer Luft weiterarbeiten und denken zu können. Worin der Zusammenhang bestehen könnte, war ihr nach wie vor ein Rätsel. Was mochte eine Südafrikanerin mit dem italienischen Bildhauer und seiner schönen Frau zu tun haben? Annetta konnte sich beim besten Willen nichts vorstellen. Was nicht nur an ihrer mangelnden Fantasie, sondern vor allem an ihren mangelnden Kenntnissen über die Leute im Haus Rosales lag, erkannte sie. Sowohl der Maler und seine Partnerin als auch die beiden Angestellten hatten zurückgezogen gelebt und kaum am Dorfleben teilgenommen. Das hatten sie jetzt davon, dachte sie vorwurfsvoll, wenn auch leicht irrational.

An die sonderbare Haushälterin heranzukommen, war unmöglich. Eher an den Stallknecht, überlegte Annetta, vielleicht liess sich der Kontakt mittels eines Gesprächs über Pferde knüpfen. Sofort verwarf sie den Gedanken, allzu fadenscheinig war der Vorwand. Nicht nur, dass ihr kein Grund einfiel, weshalb sie sich plötzlich für die Pferde interessieren sollte, nachdem sie ihr all die Jahre kein Wort wert gewesen waren. Vielmehr hätte sie einiges an Schauspieltalent aufbieten müssen, um glaubwürdig zu wirken, denn sie begegnete Pferden nicht gerade mit Zuneigung. Sie fand sie zu gross, zu eingebildet, zu mimosenhaft, zu hochgelobt. Mit diesen Ansichten würde sie den Stallknecht gewiss in die Flucht schlagen.

Die Nachbarn auszufragen, ging auch nicht. Es gab keine, das Haus Rosales stand zu einsam. Es schien einmal mehr, dass der einzige Einheimische, der das Haus seit Jahr und Tag regelmässig besuchte, der Briefträger war. Beni.

Warum nur konnte ihr Enkel nicht mit mehr Neugier gesegnet sein?, dachte sie frustriert. Bestimmt hatte es rund um das Haus immer wieder etwas zu entdecken gegeben in all den Jahren, aber Beni hatte von nichts Notiz genommen. Seine Aufgabe war die Zustellung der Post, und diese erfüllte er gewissenhaft. Neugierig zu sein, stand nicht in seinem Stellenbeschrieb. Annetta ärgerte sich.

Während sie weiter Pilze verarbeitete, überlegte sie, wie sie Beni dazu animieren könnte, ihr zu nützlichen Informationen zu verhelfen, erkannte aber die Aussichtslosigkeit dieses Vorhabens. Aus Beni liess sich nicht plötzlich ein wissbegieriger Mensch machen. Allerdings bekam er wohl trotzdem vieles mit, und zwar ohne es zu wollen und ohne sich dessen bewusst zu sein. Sie würde ihn löchern mit Fragen. Immer und immer wieder. Irgendetwas musste dabei herauskommen.

Gähnend setzte sich Lindiwe an den Schreibtisch im winzigen Büro des Gästehauses. Nur, um gleich wieder aufzustehen. Ohne einen starken Kaffee würde sie die Müdigkeit nicht aus ihrem Kopf vertreiben können. Bis spät in die Nacht hatte sie Roos' Unterlagen weiter durchsucht, bis sie schliesslich mit brennenden Augen aufgegeben hatte. Irgendwo musste Roos die Daten oder Papiere aufbewahrt haben, die sie brauchte, aber sie fand weder einen Hinweis auf den Speicher- oder Lagerort noch die Sachen selbst.

Als sie Piets Schritte näherkommen hörte, wusste sie, dass sie den Kaffee auf später verschieben musste. Wegen Piets behäbiger Art konnte es sogar viel später werden. Sie rief das Buchhaltungsprogramm auf und zeigte sich geschäftig.

Nach dem einleitenden Geplänkel überreichte ihr Piet einen Ordner und einen Brief. «Das sind die Unterlagen von Agnes. Ich habe völlig vergessen, dass Roos deren Bürosachen erledigt hat. Rechnungen bezahlt und so, glaube ich.» Er betrachtete das Couvert. «Das hier schaut jedenfalls nach einer Rechnung aus. Kannst du dich darum kümmern?»

Lindiwe verstand nicht, wovon Piet redete. «Wer ist Agnes?», fragte sie.

«Agnes ist eine alte Frau, sie wohnt dreissig Kilometer weg von hier. Roos kümmerte sich ein wenig um sie, besuchte sie manchmal und ging ihr bei den administrativen Sachen zur Hand.»

Sie fühlte sich wie elektrisiert. Roos sollte etwas aus Nächstenliebe gemacht haben, ohne Profit für sich? Unmöglich. Irgendetwas musste für sie dabei herausgeschaut haben, sonst hätte sie sich nie um eine alte Frau gekümmert.

Klirrend fiel ein Schlüssel zu Boden, als Piet ihr den Ordner reichte. Er bückte sich danach und drehte ihn nachdenklich in der Hand. «Ah, richtig», sagte er schliesslich. «Agnes hat einen alten Schuppen, in dem sie etlichen Kram lagert. Weiss der Himmel, warum, sie wird die Sachen nie mehr brauchen. Das wird der Schlüssel dazu sein.»

Lindiwe zwang sich zur Ruhe. «Wo ist der Schuppen?», fragte sie möglichst beiläufig. «Wenn Roos einen Schlüssel dazu hatte, wird sie dort wohl manchmal zum Rechten gesehen haben.» Was für ein Blödsinn, dachte sie, das hat sie bestimmt nicht getan. Jedenfalls nicht, ohne einen Nutzen davon zu haben.

Arglos beschrieb ihr Piet den Weg und war erleichtert, als sie sagte, sie werde zu der alten Agnes Kontakt aufnehmen und gelegentlich beim Schuppen nachsehen, ob alles in Ordnung sei. Bevor er sich endlich zum Gehen wandte, schaute er sie lange an. «Danke», sagte er. «Was würde ich ohne dich machen?»

Sie blieb ihm die Antwort schuldig.

«Wir sind ein gutes Team, du und ich», meinte er lächelnd und blickte ihr tief in die Augen. «Du hast einen gescheiten Kopf und ich zwei Hände zum Arbeiten.»

Drei Sätze voll des Lobes, stellte Lindiwe verblüfft fest. Für Piets Verhältnisse waren diese Rede und der lange Blick ein Flirt. Ob er sich Gedanken machte, wie er sein sorgloses Leben am besten weiterführen konnte? Indem er seine verstorbene Partnerin durch eine Frau mit ähnlichen Qualitäten ersetzte? Sie verkniff sich ein Grinsen und atmete auf, als er endlich ihr Büro verliess.

Sofort widmete sie sich den Unterlagen, die er ihr gebracht hatte. Die spärlichen Zahlungen, die Roos für Agnes erledigt hatte, waren nicht der Rede wert. Sie fand ein paar wenige Briefe, die sie offenbar für die alte Frau geschrieben hatte, Korrespondenz mit Ämtern oder Reklamationsschreiben. Die Unterlagen liessen in Lindiwes Augen einen einzigen Schluss zu: Roos hatte sich um deren administrative Angelegenheiten gekümmert, damit sie im Gegenzug den Schuppen nutzen konnte. Von wegen selbstlos, dachte sie verächtlich. Wenn sich dort das verbarg, was sie so verzweifelt suchte, hatte sich die Unterstützung der alten Frau für Roos zweifellos gelohnt.

Der Kaffee war getrunken, die meisten waren bereits wieder zur Arbeit aufgebrochen. Einzig Beni und Tom sassen noch am Tisch im «Weissen Kreuz».

«Hast du Sorgen?», ergriff Beni die Gelegenheit, Toms Gemütslage auf den Grund zu gehen.

«Nein», antwortete Tom schnell, «alles in Ordnung.»

«Dann habe ich mich wohl geirrt.» Beni rührte in seiner Tasse. «Du kommst mir nervös vor.»

Tom zwang sich, seine Hände ruhig zu halten. «Kein Grund zur Sorge. Ich habe schlecht geschlafen, das ist alles.»

«Schläfst du seit Wochen schlecht?», rutschte es Beni heraus. Er hätte sich die Zunge abbeissen können. «Entschuldige. Es geht mich nichts an. Sag einfach, wenn ich etwas für dich tun kann.»

«Danke.» Tom lehnte sich zurück. «Wie geht es deinem Vater und Annetta?», lenkte er ab.

«Die Nana sammelt Pilze und spricht von nichts anderem», antwortete Beni. «Mein Vater zieht wenigstens nicht mehr dauernd über sie her.»

«Denkt er immer noch nicht daran, ihr Waffenstillstandsangebot anzunehmen?»

Beni überlegte. «Doch, wahrscheinlich schon. Ob er sich dazu durchringen kann, steht in den Sternen. Auf jeden Fall ist es ein langer Prozess.» Er schüttelte den Kopf. «Hast du an der Terrasse weitergearbeitet?», wechselte er das Thema.

«Ja, sie ist fast fertig, nur vom Geländer fehlt noch ein Stück.» Tom lächelte stolz. «Sie ist gut gelungen. Den Hunden gefällt sie auch.»

«Die beiden haben die Nana zu Tode erschreckt, als sie unverhofft auf sie zuschossen», grinste Beni.

«Nur einer. Sie hat ihn für einen Wolf gehalten.»

«Hattest du noch nie Ärger mit Wanderern?», fragte Beni. «Wenn jemand nichts ahnend zur Burg unterwegs ist und plötzlich von deinen beiden Schäfern umkreist wird, könnte er oder sie eine Herzattacke bekommen.»

Toms Gesicht verdüsterte sich. «Sie umkreisen niemanden, wenn ich Ihnen nicht den Befehl dazu gebe.»

Beni lachte. «Das ist nicht gerade beruhigend», meinte er. «Das heisst ja, dass du nur den Befehl geben musst, Wanderer anzugreifen, und sie gehorchen sofort.»

«Sie greifen niemanden an», widersprach Tom beleidigt. «Das würde ich ihnen nicht beibringen. Du hast von Umkreisen geredet, nicht von Angreifen.»

«Wenn du ihnen also den Befehl gibst, lästige Wanderer einzukreisen, dann machen sie das?», fragte Beni grinsend. «Solche, die geschützte Blumen pflücken, zum Beispiel?»

«Gute Idee», meinte Tom. «Oder ich könnte sie auf Frauen loslassen, die nach dem Pinkeln das Papier im Gras liegen lassen. Bei der Burg gäbe es genug Gelegenheiten zum Üben.»

15

Oktober 2019

Nach vielen Stunden des Nachdenkens und Nachforschens im Internet und zu wenigen Stunden Schlaf rieb sich Marlene die brennenden Augen. Allmählich bekam sie Ordnung in ihre Gedanken.

Die Nachrichten über den ungeklärten Todesfall in Andeer waren spärlich. Da zunächst eine natürliche Todesursache wahrscheinlich gewesen war, hatte er zu Beginn nur wenig Aufmerksamkeit erregt. Mit einiger Verzögerung, als das Geld entdeckt worden war, waren dann die reisserischen und ausführlicheren Artikel erschienen. Das grosse Rätselraten beschäftigte Journalisten und Leserschaft, doch nach wenigen Tagen liess das Interesse mangels Neuigkeiten auf beiden Seiten nach. Seit Wochen gab es keine Meldungen mehr.

Für Marlene stand fest: Dass nichts berichtet wurde, hiess nicht, dass es nichts zu berichten gab. Vermutlich arbeitete die Polizei mit Hochdruck an der Aufklärung der Umstände von Roos' Tod. Nur erfuhr sie nichts darüber, weil sich die Medien offenbar nicht dafür interessierten. Um mehr zu erfahren, müsste sie jemanden in Andeer fragen können. Im Dorf wüssten alle über den aktuellen Stand der Ermittlungen Bescheid. Aber genau das war unmöglich. Sie musste davon ausgehen, dass die Polizei erste Erkenntnisse errungen hatte und demzufolge verdächtige Personen einzukreisen versuchte. Wahrscheinlich würde sie den Telefon- und Datenverkehr der Betreffenden überwachen, wodurch sich ihr die Möglichkeit verschloss, jemanden direkt zu kontaktieren. Dazu kam, dass sie nicht wusste, was im Haus Rosales nach ihrem Verschwinden vor sich gegangen war. Arbeitete Blanka weiterhin für Massimiliano? Blanka war ihre Vertraute gewesen. Massimiliano wusste, dass sie beide weit mehr verband als ein Angestelltenverhältnis. Ob er Blanka um sich ertrug oder ob er sie entlassen hatte, weil sie ein Teil ihrer ihm unbekannten Vergangenheit war? Marlene konnte es nicht einschätzen, und ebenso wenig konnte sie es herausfinden.

Wovon sie hingegen ausgehen konnte, war, dass Tom nach wie vor einsam bei der Burgruine Cagliatscha hauste. Bislang war er nirgends in Zusammenhang mit der Toten erwähnt worden. Das bedeutete zwar nicht, dass er gänzlich unbehelligt geblieben war, denn vielleicht hatte ihn die Polizei auf dem Radar und stellte Nachforschungen an. Aber Tom würde in seinem Haus über dem Tal ausharren, solange es irgend möglich war, das stand für sie fest. Nur schon, weil ein Umzug mit seinen beiden Hunden kompliziert sein dürfte.

An diesem Punkt ihrer Überlegungen hatte sie sich entschieden, Tom zu kontaktieren. Allerdings nicht über sein Telefon oder seine Mailadresse. Der Kontakt durfte weder zu ihr noch zu ihm zurückverfolgt werden können.

Nach einer weiteren unruhigen Nacht und einem langen Tag im Netz hatte sie ihren Plan gefasst. Sie würde die Tatsache nutzen, dass sie unverhofft nahe der Schweizer Grenze gestrandet war. Der Monte-Moro-Pass führte direkt ins Nachbarland, und eine Seilbahn führte sogar von Macugnaga auf den Pass. Sie hatte vor, zu Fuss in die Schweiz zu gehen, mit dem Postauto das Saastal hinunterzufahren und in einem der grösseren Orte eine Prepaid-SIM-Karte zu kaufen. Dazu würde sie ihren Pass benützen müssen, das war ihr klar. Sie ging aber davon aus, dass der Datenaustausch zwischen den Polizeidienststellen unterschiedlicher Kantone zumindest erschwert war. Falls die Kantonspolizei Graubünden überhaupt je von ihrem Kauf erfuhr, dachte sie, dann sicher erst mit einiger Verzögerung. Diese Zeit dürfte für sie ausreichen, um den Monte-Moro-Pass längst wieder in umgekehrter Richtung überschritten zu haben. Der Datenaustausch zwischen Italien und der Schweiz bereitete ihr keine Sorgen. Dass er rasch und effizient funktionierte, schloss sie aus.

In der folgenden Nacht schlief sie zehn Stunden tief und traumlos. Die Zukunft war schwierig und ungewiss, aber zumindest nahm sie sie nun in die Hand.

Beni stellte erfreut fest, dass Annetta ihm ein grosses paniertes Schnitzel und einen Berg Bratkartoffeln vorsetzte. Keine Spur von Pilzen, nach denen es andauernd im ganzen Haus roch und die er in den vergangenen Tagen und Wochen in jeder erdenklichen Form serviert bekommen hatte. Er sehnte das Saisonende herbei.

Die Freude wurde indes bald getrübt, als ihm klar wurde, dass hinter dem appetitlichen Menü Berechnung steckte. Annetta beschoss ihn mit Fragen, sobald er die erste Kartoffel zerkaute. Da er sich den Appetit nicht verderben lassen wollte, resignierte er. Er würde ihre Neugier befriedigen, sie sollte in Gottes Namen ihren Spass haben.

Ihre ersten Fragen glichen einem lockeren Einlaufen. Sie waren mehr oder weniger belanglos, weil sie nichts Neues ans Licht brachten und weil nichts Neues zu erwarten war. Die Buben und ihre Familien waren nach dem aufregenden Fund aus dem Rampenlicht verschwunden. Die Polizei war nach wie vor häufig im Ort, zeichnete sich aber nicht durch mehr als Anwesenheit aus. Zu erfahren war von dieser Seite nichts, sei es, weil die Polizei nichts wusste oder weil sie nichts verlauten liess. Beides war möglich. Beni war erleichtert, dass Annetta nicht auf Toms zunehmende Unruhe zu sprechen kam. Offenbar war ihr das bislang nicht aufgefallen. Vielmehr wandte sie sich dem Haus Rosales zu.

«Ist der Bildhauer nie wieder aufgetaucht?», fragte Annetta.

«Nein, er ist wohl definitiv weggezogen.»

«Seine Frau auch nicht?»

«Nein, auch sie ist fort.»

«Wer lebt jetzt noch dort?»

«Immer noch die gleichen: Der Stallknecht und die Haushälterin.»

«Stehen immer noch manchmal fremde Autos vor dem Haus?»

«Gelegentlich, ja.»

«Was für Autos? Sind es angeschriebene Firmenwagen?»

«Einmal war es ein Antiquitätenhändler, der schon früher hier war. Einmal könnte es ein Wagen von einem Pferdehof gewesen sein.»

«War der Treuhänder wieder hier?»

«Ich habe ihn nie mehr gesehen.»

«Hast du Kaufinteressenten gesehen?»

«Nein.» Beni stopfte sich eine Riesenladung Kartoffeln in den Mund, um sich eine Pause zu verschaffen. Annettas Bombardement war anstrengend.

Sie kaute nachdenklich. Plötzlich hellte sich ihr Gesicht auf. «Bekommen sie noch Post?», fragte sie.

Beni war empört. «Du weisst genau, dass ich dir darüber nichts sagen darf.»

Selbstverständlich war Annetta klar, dass Beni das Postgeheimnis ernst nahm. Sie musste ihre Fragen so stellen, dass er ihr antworten konnte, ohne in einen Gewissenskonflikt zu geraten. «Ja, das weiss ich. Du darfst mir keine Details über

Inhalt oder Absender sagen. Aber vielleicht ist dir etwas aufgefallen, das du mir sagen kannst?»

«Was sollte das sein?»

Annetta zuckte die Achseln. «Was weiss ich. Ob die Post umgeleitet wurde an eine andere Adresse. Wie es mit Paketen aussieht.» Verärgert stellte sie fest, dass sich Benis Gesicht mehr und mehr verschloss.

«Darüber darf ich dir nichts sagen», wiederholte er.

Sie wusste, wann sie verloren hatte, und gab auf. Jedenfalls, was Sendungen ans Haus Rosales betraf. Ihre Fragen schoss sie weiter ab, aber sie verloren an Biss. Beni schien zunehmend uninteressiert. Es kam ihr vor wie früher, als sie den Kindern und Enkeln beim Ostereier suchen mit den Angaben «kalt», «noch kälter», «warm», «sehr warm», «heiss» die Richtung gewiesen hatte. Ihre Fragen und Benis Antworten steuerten auf «eiskalt» zu. Das Ergebnis ihres Verhörs war enttäuschend, aber sie hatte nicht vor, sich entmutigen zu lassen. Sie würde es an einem anderen Tag fortsetzen.

Beim Schuppen der alten Agnes handelte es sich um einen Blechverschlag. Offenbar hielt er Wind und Regen stand und erfüllte damit seinen Zweck. Früher mochten darin Utensilien für die Landwirtschaft aufbewahrt worden sein, jetzt enthielt er hauptsächlich allerlei Gerümpel. Sachen, die zu schade gewesen waren zum Entsorgen und die inzwischen längst vergessen worden waren. Auf einem Gestell befanden sich Gartenartikel, die noch in Gebrauch zu sein schienen. Was man in der aktuellen Jahreszeit nicht benötigte, wurde anscheinend hier zwischengelagert. In einem Schrank stapelten sich verschiedene Schachteln und Kisten auf den Tablaren. Lindiwe öffnete einige Deckel. Ausgemusterte Bettwäsche. Jahrzehnte alte Schulsachen. Abgegriffene Bücher. Geschirr, Gläser. Verschiedener Ramsch, wahrscheinlich Souvenirs von Reisen oder Andenken an besondere Anlässe.

Lindiwe liess sich von der bevorstehenden Aufgabe nicht entmutigen. Vielmehr gedachte sie, systematisch vorzugehen. Alles, was offenbar im Laufe eines Jahres verwendet wurde, liess sie aus. Stattdessen wandte sie sich den Sachen zu, die längerfristig eingelagert waren. Was auf Anhieb ins Auge fiel oder die Neugier des Betrachters wecken könnte, beachtete sie ebenfalls nicht. Ihre Aufmerksamkeit richtete sich auf das, was sich gewissermassen in der zweiten Reihe befand.

Energisch öffnete sie Karton um Karton, durchsuchte Kisten, blickte hinter Bücherreihen, prüfte Krimskrams aller Art und Gattung. Der Staub liess sie niessen, Spinnweben verfingen sich in ihren Haaren. Die Temperatur im Blechverschlag war drückend, die Luft stickig. Trotzdem machte sie weiter. Bevor es dunkel wurde, musste sie fündig werden.

Immer besser lernte sie die unbekannte Agnes kennen. Sie musste in jüngeren Jahren eine begeisterte Gärtnerin gewesen sein. Nicht nur das Werkzeug dazu zeugte davon, zahlreiche Bücher und Zeitschriften befassten sich mit allerhand Pflanzen. Sie las gerne, vornehmlich Liebesgeschichten südafrikanischer Herrschaften. Souvenirs zeugten von Reisen in Südafrika, Namibia oder Botswana. Kunsthandwerk, Halbedelsteine. Broschüren über die Tierwelt im Kruger-Nationalpark, die Diamanten in Kimberley, die Seilbahn zum Tafelberg und die Felsformationen in den Cedarbergen. Eine russische Matrjoschka.

Lindiwe grinste siegesgewiss. Eine russische Matrjoschka passte in diesen Schuppen wie ein Eisbär in den Kruger-Park. Sie öffnete die erste Figur, die darin enthaltene zweite, die in dieser enthaltene dritte, die vierte, die fünfte und letzte. Darin lag ein USB-Stick. Treffer, dachte Lindiwe. Sie verstaute ihn in ihrem Portemonnaie. Kurz suchte sie weiter, fand aber nichts mehr von Belang. Vermutlich hatte Roos alles digitalisiert, was sie benötigte.

Nachdem sie den Schuppen geschlossen hatte, machte sie sich beschwingt auf den Weg. Wie versprochen wollte sie Agnes einen Besuch abstatten. Nicht, um einen Nutzen daraus zu ziehen. Vielmehr fand sie, das sei sie der ahnungslosen alten Frau schuldig.

Camenisch führte den Köter seiner Freundin, wie er den Hund nannte, spazieren. Kein gutes Wort über das Tier kam über seine Lippen, und er liess sich stets lange bitten, bis er sich zu einem Spaziergang mit ihm bequemte. Insgeheim mochte er den tollpatschigen Mischling allerdings ganz gerne. Seine Freundin hatte das längst durchschaut, hütete sich aber, ihm das zu verraten.

Es gab Schlimmeres, als an einem herrlichen Abend dem Rhein entlang von Chur nach Felsberg zu spazieren, dachte Camenisch. Vor ihm ging die Sonne über dem Bündner Oberland unter, die Berge nutzten die letzten Strahlen, um in goldbraunen Herbstfarben zu leuchten. Die kühle Luft wirkte belebend, und zahlreiche Leute genossen den Feierabend draussen.

Von Zeit zu Zeit warf er dem Hund ein Stöckchen, das dieser mit überbordender Begeisterung und flatternden Ohren zurückholte. Vielleicht steckte irgendwo in seiner vielfältigen Ahnenschaft ein Border Collie, dachte Camenisch, dass er das Apportieren so liebte. Wenig schien er von einem einsamen Wolf zu haben, er mochte Gesellschaft, sowohl tierische als auch menschliche.

Im Fall der Toten in Andeer lief nichts mehr. Hie und da erfuhren sie von den Kollegen bei der Kriminalpolizei, was die bis jetzt herausgefunden hatten, nämlich nichts. Auch die -kova hatte nichts zu berichten. Es ärgerte ihn, dass dieser Fall womöglich ungelöst ad acta gelegt werden musste. In ihrer Region passierte kaum etwas, dann sollten sie doch wohl in der Lage sein, die seltenen Kapitalverbrechen aufzuklären. Verdammt, es konnte doch nicht so schwierig sein! Inzwischen warf er das Stöckchen mit einiger Aggression.

Aus der Gegenrichtung näherte sich ein Mann, ebenfalls mit Hund. Camenisch brummte unwillig, als er ihn erkannte. Ein überheblicher Gockel, der sich etwas darauf einbildete, einen ausgemusterten Polizeihund spazieren zu führen.

«Versuchst du, deiner Strassenmischung das Apportieren beizubringen?», fragte der Mann.

«Musstest du das deinem Bello beibringen? Mein Hund kann das von alleine.» Nie im Leben hätte er den Mischling vor diesem Trottel abwertend einen Köter genannt.

«Das, was dein Hund macht, kann man kaum Apportieren nennen. Er spielt bloss ein bisschen. Zuverlässiges Apportieren ist höhere Schule, das muss man trainieren.»

Arschloch, dachte Camenisch.

«Mit meinem Siro arbeite ich viel. Wir üben, was er bei der Polizei gelernt hat. Das macht er gerne.»

«Versteckst du Drogen und lässt ihn suchen?», provozierte Camenisch.

«Er hat gelernt, Gerüche zu unterscheiden und anhand des Geruchs Sachen aufzuspüren», erklärte der Hundehalter übertrieben geduldig. «Zum Üben kann man verschiedene Gerüche einsetzen, das müssen nicht Drogen sein.»

Humorloses Arschloch, dachte Camenisch.

«Hunde müssen gefordert werden. Sie brauchen Aufgaben, die sie lösen können, und eine Belohnung, wenn sie Erfolg haben», erläuterte der Hundehalter. «Sie haben Spass am Lernen, sie wollen immer gewinnen.»

«Stimmt das?», fragte Camenisch den Köter.

Dieser stellte die Ohren auf und schaute ihn schräg an.

«Leider werden die meisten Hunde verdorben. Die Leute denken, sie geniessen es, wenn sie verwöhnt werden, und behandeln sie wie ihre Kinder. Aber sie tun den Hunden damit keinen Gefallen. Hunde sind nicht dazu geschaffen, immer nur Spass zu haben und verhätschelt zu werden. Sie wollen Aufgaben haben und diese erfüllen.»

«Komm, Zigeuner», sagte Camenisch zum Köter. «Deine Aufgabe ist es, herumzutollen und zu scheissen, bevor wir nach Hause gehen.» Er verabschiedete sich und ging weiter dem Sonnenuntergang entgegen.

Unweigerlich kehrten seine Gedanken zur Toten in Andeer zurück. Seine Laune hatte sich durch den Hundehalter weiter verschlechtert. Als ob ein Polizeihund das Wunderding wäre, mit dem sich alles machen liess! Im Fall von Andeer nützte ein Hund überhaupt nichts. Dort nützten nicht einmal Buess' beharrliches Scharren, Schäfers klare Sicht und sein eigenes schnelles Denken. Sie kamen nicht voran. Musste er sich wirklich an den Gedanken gewöhnen, mit diesem Fall zu scheitern? Alles in ihm weigerte sich. Wütend warf er dem Köter den Stock.

Mutlos betrachtete Massimiliano den Steinbrocken. Er war schön anzusehen, fast rein weiss, von feinen grauen Linien durchzogen. Er hatte eine Form, die die Fantasie anregte, Rundungen, die nach Ausarbeitung und Schliff zu lechzen schienen. Er schien je nach Lichteinfall zuweilen beinahe transparent, dann wirkten die dunkleren Linien filigran.

Er gefiel ihm trotzdem nicht.

Massimiliano setzte sich auf den Boden und nahm das Weissweinglas zur Hand. Als er am gesprenkelten Granit gescheitert war, hatte er erkannt, dass sein Gemütszustand kein Material ertrug, das sich ihm so stark widersetzte. Daraufhin hatte er sich Marmor besorgt. Der sanfte, feine Stein war eine gute Therapie gewesen in den vergangenen Wochen. All seinen Schmerz, seine Verzweiflung, seine Schwermut hatte der Marmor aufgenommen. Entstanden waren keine gegenständlichen Werke. Die Formen, die der Stein sich freimütig geben liess, hatten nur für Massimiliano eine Bedeutung. Sie zeigten ihm verschiedene Stadien im Trauerprozess. Der Stein hatte ihm geholfen, den tiefsten Punkt seiner Hoffnungslosigkeit zu überwinden. Jetzt aber erkannte er, dass er genug hatte von den sanften Hügeln Mittelitaliens, den lieblichen Farben, dem willigen Stein. Er hatte Heimweh nach den rauen Bergen, den starken Kontrasten, dem harten Granit.

Genauso hatte er genug vom höflichen, aber gesichtslosen Personal. Vom imponierenden, aber unpersönlichen Haus. Vom komfortablen Leben, das ihn zwar aller Sorgen enthob, ihn aber auch aller Herausforderungen beraubte. Er fühlte sich wie eine verwöhnte Katze, stets gut versorgt, mit nichts anderem zu tun, als gelegentlich zu miauen.

Sobald er die Augen schloss, sah er das Haus Rosales vor sich. Es war nicht schön im eigentlichen Sinn, weder eine architektonische Höchstleistung noch eine künstlerische Zierde. Die Faszination, die es ausübte, lag im darin eingebauten Hochofen und in der bewegten Geschichte. Das Haus zeugte von der Leidenschaft und Zielstrebigkeit seiner Erbauer, es hatte Charakter, Ecken und Kanten wie ein Mensch mit einem abenteuerlichen Lebenslauf.

Der Entschluss reifte in Massimiliano, seine Zelte im Süden abzubrechen und in alpinere Gefilde umzuziehen. Eine Rückkehr nach Andeer schloss er aus, zu viel erinnerte ihn dort an Marlene, der Schmerz wäre allgegenwärtig. War sein Wunsch nach Aufbruch eine Flucht oder wollte er seine Zukunft in die Hand nehmen? Er hätte es nicht sagen können. Er wusste einzig, dass er weiter musste. An einen Ort, zu einem Stein, der ihn fordern und trösten würde.

16

Oktober 2019

Erfreut nahm Tom das kleine Päckchen aus dem Briefkasten, ohne es genauer anzuschauen. Es musste sich um die Taue handeln, die er kürzlich für seine Hunde bestellt hatte, um das Apportieren zu üben. Er riss die Verpackung auf und wollte schon nach den Hunden rufen, als er mit offenem Mund den Inhalt betrachtete. Ein Mobiltelefon.

Wie in Trance ging er zum Küchentisch und setzte sich. Er durchwühlte die Verpackung nach einem Begleitschreiben, ohne Erfolg. Dann untersuchte er die Etikette auf der Schachtel. Absender war keiner vermerkt, seine Adresse in Grossbuchstaben geschrieben. Unmöglich, darin eine bekannte Schrift zu erkennen.

Zögernd nahm er das Telefon in die Hand. Es handelte sich um eines mit extra grossen Tasten, wahrscheinlich ein Gerät, das speziell für Senioren geeignet sein sollte, viele aber mehr überforderte als ein Smartphone. Da Tom einen Bruchteil der Lebensjahre eines Seniors zählte, konnte das Alter nicht der Grund für die Wahl gewesen sein. Eher der Preis, es war vermutlich das günstigste, das auf dem Markt erhältlich war.

Das Adressbuch war leer, aber bei den SMS wurde eine eingegangene Nachricht angezeigt. Tom öffnete sie und las. Eine Handynummer.

Langsam liess er das Gerät sinken. Jemand, der sich nicht zu erkennen geben wollte, wollte ihn kontaktieren. Sosehr er den Gedanken zunächst verdrängte, es kam mit einiger Wahrscheinlichkeit nur eine einzige Person als Absenderin in Frage. Es war ihm unmöglich zu erkennen, ob diese Kontaktaufnahme positiv oder negativ zu beurteilen war. Letztlich spielte es keine Rolle. Er würde die Nummer anrufen, er hatte sich längst entschieden.

Seine Hände zitterten, der Schweiss rann ihm über den Rücken. Er brauchte dringend frische Luft. Auf der neuen Terrasse drehte er unschlüssig das Telefon in der Hand. Wer auch immer es abgeschickt hatte, war äusserst behutsam vorgegangen. Folglich war es notwendig, ebenfalls Vorsicht walten zu lassen. Auch wenn ihn die Polizei bis jetzt in Ruhe gelassen hatte, war es nicht auszuschliessen, dass die Telefone gewisser Personen überwacht wurden. Was wusste er schon von Polizeiarbeit, nichts war unmöglich.

Er ging nochmals ins Haus, um den Autoschlüssel zu holen. Seine beiden Hunde sprangen aufgeregt in den Kofferraum, sie freuten sich über den unerwarteten Ausflug. Er gönnte ihnen den Spass und hielt auf dem Weg nach Chur zu einem langen Spaziergang am Rhein an. Dann fuhr er weiter in die Stadt. Irgendwo im belebten Zentrum suchte er sich eine ruhige Ecke und wählte die Nummer.

Annettas Fragerei ging Beni gehörig auf die Nerven. Er wünschte sich, seine Nana würde sich mit ihren üblichen Ernteaktivitäten im Herbst zufriedengeben. Oder sie würde sich mit der Vorbereitung auf die Adventszeit beschäftigen. Oder mit dem Besorgen von Weihnachtsgeschenken, auch wenn es dazu im Oktober etwas früh war. Jedenfalls sollte sie aufhören, ihm Löcher in den Bauch zu fragen.

Er stand nach seinem ausgiebigen Mittagsschlaf in der Küche und hoffte, irgendwelche schmackhaften Reste zu finden, die sie ihm gnädig überliess. Fehlanzeige. Allerlei Behälter standen auf der Anrichte, bis zum Rand gefüllt, der verführerische Duft liess seinen Magen knurren. Aber nirgends klebte ein Zettel: «Für dich.» Also waren die Erzeugnisse für ihn tabu. Seufzend wandte er sich seinem Regal im Küchenschrank zu. Der Inhalt liess sich nur als erbärmlich bezeichnen. Eine halbe Schokolade, eine Packung Erdnüsse, ein uraltes Biberli. Endlich erinnerte er sich, dass vom Mittagessen noch etwas übriggeblieben war. Tatsächlich fand er im Kühlschrank eine kleine Schüssel mit Polenta. Er ass sie stehend, kalt, wie sie war. Immerhin hörte das Knurren auf.

Dann stand er unschlüssig am Fenster und überlegte, was er anfangen sollte. Zum Glück war die Nana nicht hier, sie hätte sofort ein paar Ideen, wie er sich nützlich machen könnte. Als hätte sie diesen Gedanken geahnt, sah er Annetta eiligen Schrittes über die Strasse auf den Hauseingang zukommen. Er hörte, wie sie summend die Schuhe abstreifte, und kurz darauf, wie sie pfeifend näherkam.

«Fertig geschlafen?», fragte sie ihn gut gelaunt, als sie die Küche betrat. «Lass die Finger von den Früchtebroten, hörst du?»

«Das brauchst du nicht extra zu betonen, du weisst genau, dass ich sie nicht anrühre.»

«Ja, du hast recht», meinte sie bereitwillig. Sie hob das Tuch, mit dem die Brote bedeckt waren, und spürte mit der Hand deren Temperatur. «Lauwarm», murmelte sie und nahm ein Messer zur Hand. Sie reichte Beni ein Stück und biss selbst in eines.

Dankbar griff Beni zu. «Fein», lobte er mit vollem Mund, «gelungen wie immer.» Er schluckte und frage: «Warum bist du so gut aufgelegt?»

«Ich war in der Theaterprobe», verkündete Annetta.

Beni staunte. «Was machst du dort?»

«Ich spiele», antwortete sie würdevoll. «Das Seniorentheater führt im Winter eine Komödie auf. Jetzt ist jemand ausgefallen, die Ärmste hat sich den Oberschenkelhals gebrochen. Lisa hat mich gefragt, ob ich einspringe.»

Lisa war eine Frau aus Thusis, die mit Annetta zusammen einen Aquafitkurs besuchte, wusste Beni. «Wo tretet ihr auf?»

«In Thusis.» Annetta musterte ihren Enkel abwägend. «Wenn du schon hier bist, könntest du mir rasch helfen, bitte.» Sie deutete auf ein kunstvolles Bauwerk aus Einmachgläsern und Vorratsdosen. «Das muss alles in den Keller.»

Beni hatte es geahnt. Irgendetwas hatte sie immer für ihn zu tun. Er erledigte brav den gewünschten Transport, machte sich danach aber aus dem Staub. Er brauchte neue Turnschuhe, war ihm in den Sinn gekommen, seine waren vom Volleyballtraining strapaziert.

Als er im Auto sass, dankte er im Stillen Lisa, die seiner Nana offenbar eine grosse Freude gemacht hatte, als sie sie zum Theaterspielen anfragte. Die Seniorentheatergruppe spielte gut, sie würde ihr Stück ohne Weiteres ein paar Mal vor ausverkauften Rängen aufführen. Ob sie wohl auf der Bühne im Kino auftreten würden oder eher in der Mehrzweckhalle?

Die Unterhaltung mit Annetta hatte in seinem Kopf einen feinen Draht zum Schwingen gebracht. Es war kein Gedanke, den er zu fassen bekam, eher das Ahnen einer unbewussten Feststellung. Vermutlich war es etwas Belangloses, womöglich begann er durchzudrehen um Annettas Ernteaktivitäten herum. Es war bestimmt nicht wichtig. Auf der Autostrasse drehte er die Musik lauter und gab Gas.

Lindiwes Kenntnisse über Zentraleuropa hatten sich beträchtlich erweitert. Hatte sie bislang die Schweiz für winzig gehalten, war sie eines Besseren belehrt worden. Im Vergleich zum mikroskopisch kleinen Fürstentum Liechtenstein war selbst die Schweiz riesig. Auch konnte das Fürstentum beim besten Willen nicht als Stadtstaat bezeichnet werden, vielmehr schien das Gebiet in weiten Teilen landwirtschaftlich geprägt, wenn nicht sogar gänzlich unbewohnbar zu sein. Die paar zehntausend Einwohnerinnen und Einwohner drängten sich also auf wenigen Quadratkilometern Fläche, und wahrscheinlich war der Grund mit Goldbarren gepflastert, dachte Lindiwe, denn Liechtenstein war offenbar reich. Die Bankendichte schien hoch zu sein, und auf den internationalen Finanzmärkten war das Land allem Anschein nach eine grosse Nummer.

Roos hatte bei der Liechtensteinischen Landesbank ein Konto. Lindiwe hatte herausgefunden, dass dieses Institut, kurz LLB genannt, in der Umgebung von Andeer keine Niederlassung besass, es gab überhaupt kaum Filialen ausserhalb des Fürstentums. Das Ländchen war aber nicht weit von Andeer entfernt. Sie war zur Überzeugung gelangt, dass Roos dorthin unterwegs gewesen war, als sie in Andeer ums Leben kam. Die Bewegungen auf Roos' Konto deuteten darauf hin, dass sie in den meisten Jahren jeweils eine Einzahlung gemacht hatte, und zwar persönlich an einem Bankschalter. Hin und wieder hatte sie dann Geld auf ihr südafrikanisches Konto überweisen lassen. Auf ihr persönliches Konto, von dem Piet bestimmt nichts wusste.

Ausser diesem liechtensteinischen Konto sowie dem ihr bereits bekannten bei der Graubündner Kantonalbank schien Roos in Europa keine Bankverbindungen unterhalten zu haben. Das Kantonalbankkonto war für Lindiwe tabu, wie sie bereits früher festgestellt hatte. Hingegen bestand die Möglichkeit, dass der Polizei das andere Konto entgangen war. Immerhin war Liechtenstein für die Schweizer Ausland. Die Diskretion der Schweizer Banken war legendär, die der

Liechtensteiner dürfte sich darin kaum unterscheiden. Sie konnte also davon ausgehen, dass es selbst für die Schweizer Polizei schwierig sein dürfte, Informationen über ein Bankkonto zu erhalten, das zwar geografisch nur wenige Kilometer entfernt geführt wurde, aber abgeschirmt sein dürfte wie Fort Knox.

Die Zugangsdaten standen ihr zur Verfügung. Roos hatte Ordnung gehalten, es war alles da. Lindiwe wog zwei Möglichkeiten ab. Erstens: Das Konto war noch nicht entdeckt worden. Dann konnte sie auf das Geld zugreifen. Falls das Konto weiterhin unentdeckt blieb, spielte es keine Rolle, wenn sie eine Zahlung direkt auf eines ihrer eigenen Konti veranlasste. Sie musste aber mit der Möglichkeit rechnen, dass die Verbindung von Roos zu dem Konto entdeckt wurde. Dann durfte keine Spur zu ihr führen. Daraus folgte: Sie brauchte eine Bankverbindung, von der man nicht auf sie schliessen konnte. Zweitens: Das Konto war bereits entdeckt und gesperrt worden. Wenn sie versuchen würde, auf das gesperrte Konto zuzugreifen, war nicht auszuschliessen, dass die Polizei feststellen konnte, woher der Versuch kam. Daraus folgte: Sie brauchte ein Smartphone, von dem man nicht auf sie schliessen konnte.

Das Telefon stellte kein Problem dar, sie hatte eine Nichte, die ihr das problemlos besorgen konnte. Das Konto schien auf den ersten Blick verzwickter, war es aber nicht. Ihr Cousin, der die Tankstelle führte, bei der sie Teilhaberin war, kaufte und verkaufte gelegentlich Autos. Er wickelte die Geschäfte über die Handelsfirma eines Bekannten ab, der sich weitgehend zur Ruhe gesetzt hatte, und bezahlte ihm eine kleine Provision. Im Gegenzug nutzte er das Bankkonto der Gesellschaft manchmal, um gewisse Geldflüsse zu … «verstecken» war zu hart formuliert, fand Lindiwe. Um gewisse

Geldflüsse nicht im grellen Licht zu präsentieren, das gefiel ihr besser. Steuern wurden auch in Südafrika … «hinterzogen» passte nicht, dachte sie. Steuern wurden optimiert, so nannte man das in grossen Konzernen.

Die grössere Aufgabe stand ihr noch bevor, und diese stellte eine echte Herausforderung dar. Sie musste anhand des Sticks und der Unterlagen, die sie im Schuppen in der Kiste mit den Matrjoschkas entdeckt hatte, erstens herausfinden, woher das Geld auf den beiden Konten kam, und zweitens dafür sorgen, dass der Zufluss nicht versiegte. Morgen würde sie sich damit befassen. Zuerst musste sie ein paar Stunden schlafen, es war schon wieder nach Mitternacht.

«Leb wohl.» Der Stallknecht versuchte, seine Rührung zu verbergen. Er hielt Blankas Hand, als wollte er sie nie mehr loslassen. Als er einen feuchten Schimmer in ihren Augen wahrnahm, war es um seine Selbstbeherrschung geschehen. Er schloss sie in die Arme und drückte sie an sich.

Sie löste sich von ihm, hielt aber weiter seine Hände fest. «Alles Gute», sagte sie ruppiger, als sie eigentlich wollte.

Er fuhr sich durch die Haare und sammelte sich. «Wir bleiben in Kontakt.»

«Ja», bestätigte sie.

Der Fahrer des Wagens hupte ungeduldig, die beiden Pferde bewegten sich unruhig im Anhänger. Sie hatten eine lange Reise vor sich. Im Osten Österreichs sollten sie eine neue Heimat finden. Der Stallknecht wurde zusammen mit den Pferden übernommen. Er strich Blanka über die Wange, dann wandte er sich ab und stieg ein.

Blanka blieb in der Tür stehen, bis das Gefährt Andeer längst hinter sich gelassen hatte. Sie vermisste ihn jetzt schon. Die Rauchpausen beim Blumentopf mit dem bemalten Stein. Seine tiefe Stimme, mit der er nicht nur begütigend zu den Pferden sprach, sondern auch mit ihr. Sein Einfühlungsvermögen, das ihn zuverlässig erkennen liess, wo die Grenze war, die er mit seinen persönlichen Fragen nicht überschreiten durfte. Die Ruhe, die er um sich verbreitete.

Auch Marlene vermisste sie schmerzlich. Das Band, das sie zusammenhielt, war unzertrennlich. Marlene war nicht für immer aus ihrem Leben verschwunden, sie würde sich bei ihr melden, sobald es die Situation erlaubte. Das war nicht Blankas Hoffnung, sondern Gewissheit. Allein die Zeit wurde lang, aber damit konnte sie leben. Je länger sie schon gewartet hatte, desto kürzer dauerte es, bis die Zeit der Trennung vorüber war. Die Zuversicht hielt sie aufrecht.

Die Polizei war nie mehr im Haus Rosales erschienen. Es war nicht auszuschliessen, dass der Haushalt irgendwie überwacht wurde, aber Blanka glaubte es nicht. Wahrscheinlich hatten die Ermittler keine Verbindung von der Toten zu Marlene gefunden. Mit jedem Tag, der verstrich, sank die Wahrscheinlichkeit, eine solche aufzudecken. Im Gegenzug stieg mit jedem Tag die Sicherheit der Beteiligten. Ihre. Marlenes.

Liese Haller.

Die Erinnerung überfiel den Logistiker Distribution, als er mit dem gelben Auto auf Zustelltour war und auf das Haus Rosales zusteuerte. Seine Nana hatte sie zum Leuchten gebracht, als sie von Lisa aus der Theatergruppe erzählt hatte. Vielleicht hatte sich die Regung verstärkt, als er über den Aufführungsort des Stücks – Kino oder Halle – nachgedacht hatte, aber das schien ihm sehr weit hergeholt. Es spielte sowieso keine Rolle. Die Schwingung hatte die richtigen Rädchen in seinem Kopf in Bewegung gesetzt, der Gedanke hatte sich geformt.

Liese Haller war auf den Umschlägen gestanden, die er im Haus Rosales eingeworfen hatte. Waren es zwei gewesen? Oder drei, vier? Beni konnte sich nicht erinnern. Auf den Couverts hatte eine Umleitungsadresse geklebt: Liese Haller, c/o Marlene Bernard, Haus Rosales, Andeer. Das hingegen wusste er genau. Er hatte sich nämlich gewundert. Die Sendungen waren innert weniger Tage oder Wochen angekommen. Es war demnach anzunehmen gewesen, dass die Herrschaften im Haus Rosales Besuch hatten. Aber er hatte nie jemanden gesehen, weder auf seiner Tour noch bei seinen Freizeitaktivitäten im Dorf. Der Künstler hatte Steine bearbeitet, seine Frau oder Partnerin hatte ihre Zeit mit den Haflingern verbracht, die ernste Haushälterin hatte im oder ums Haus herumgefuhrwerkt. Alles wie immer. Nichts hatte auf eine Besucherin hingedeutet, weder in dieser Zeit noch in den Tagen oder Wochen danach. Theoretisch war es möglich, dass Marlene Bernard die Post einer Bekannten entgegengenommen hatten, die für längere Zeit verreist war. Dann wäre es aber eine Bekannte mit ungewöhnlich spärlichem Postverkehr gewesen. Denkbar wäre weiter, dass nur die Post eines bestimmten Absenders nach Andeer nachgeschickt wurde. Dagegen sprach allerdings, dass die Couverts unterschiedlich gestaltet gewesen waren. Eines hatte ausgesehen wie ein Geschäftsbrief, ein anderes wie eine private Sendung.

Er schalt sich einen Esel. Die Tote hatte Roos van Rensburg geheissen, das war herumerzählt worden, nicht Liese Haller. Die Mieter vom Haus Rosales waren fortgegangen, ja, aber Leute zogen nun einmal um. Das bedeutete gar nichts, ein Zusammenhang war an den Haaren herbeigezogen.

Oder doch nicht? Bisher fehlte der Polizei offenbar der entscheidende Hinweis, was die tote Frau nach Andeer geführt hatte. Wenn es nun die Post war, die sie für Liese Haller hatte abholen wollen? Die Idee war verwegen, aber deshalb nicht schlechter als jede andere. Oder als gar keine.

Mechanisch füllte Beni einen Briefkasten nach dem anderen, tief in Gedanken versunken. Erst als er bemerkte, dass er flüchtig gearbeitet hatte und nochmals umkehren musste, fluchte er leise. Er musste sich besser konzentrieren.

Er versuchte es redlich, aber ohne Erfolg. Bis seine Zustelltour endlich beendet war, war längst Mittag. Die Freude seiner Nana würde sich in Grenzen halten, wenn er zu spät zum Mittagessen erschien, dachte Beni. Freuen würde sie sich fraglos über seine Gedanken zu Liese Haller, schliesslich war sie nicht unbeteiligt an deren Zustandekommen. Leider durfte er ihr nichts darüber erzählen: Postgeheimnis. Zum ersten Mal in seinem Berufsleben bedauerte er es, schweigen zu müssen. Seine Nana würde es nicht nur bedauern. Sie würde alles daransetzen, dass er sich in diesem Fall über das Schweigegebot hinwegsetzte, wenn sie seine Gedanken ahnen würde. Er nahm sich vor, sich daheim nichts anmerken zu lassen.

Annetta ahnte weder Benis Gedankengänge noch befasste sie sich geistig überhaupt mit der Toten im Hinterrhein oder mit den Begleitumständen des Ereignisses. Ihre Rolle im Seniorentheater füllte sie gegenwärtig aus.

Sie grüsste ein paar Touristen, die sie auf dem Heimweg vom Volg kreuzte. Italiener, stellte sie fest. Sie winkte dem Förster zu, der auf der anderen Strassenseite vorbeiging und ebenfalls die Hand zum Gruss hob. Sie packte eine leere Plastiktüte, die der Wind durch die Strasse trieb, und steckte sie in ihre Einkaufstasche. Sie trat in den Hauseingang und blieb abrupt stehen. Auf der untersten Treppenstufe stand ein grosses Glas Honig. Echter Bündner Bienenhonig. Auf dem

Etikett war der Name des Produzenten aufgeführt, und das war ihr Sohn.

Niemand in ihrem Bekanntenkreis würde es wagen, ihr ausgerechnet Honig von den Bienen ihres Sohnes zu schenken, die Provokation wäre allzu gross. Auch, dass ihr jemand das Glas zukommen liess, ohne vom Zerwürfnis zu wissen, war ausgeschlossen. Alle kannten die Situation. Somit liess der Honig einen einzigen Schluss zu: Ihr Sohn hatte ihn selbst in den Hauseingang gestellt.

Was für ein Sprung über seinen eigenen Schatten! Annetta konnte es kaum fassen. Wie in Zeitlupe griff sie nach dem Glas. Darunter lag ein Zettel, ein vom Rand der Zeitung ausgerissenes Stück Papier. Tatsächlich: «Gruss S.», stand da.

Das war nun nicht gerade eine kommunikative Höchstleistung, fand Annetta zunächst. Doch dann korrigierte sie sich widerwillig. In diesen sechs Buchstaben steckte weit mehr als das, was geschrieben stand. Das Unausgesprochene, das die Geste in sich barg, war gewichtig. Die Antwort auf ihr Friedensangebot. Der Grund zur Hoffnung, dass sich ihr Verhältnis in Benis Interesse normalisieren könnte. Die Bereitschaft, ihren langjährigen Streit beizulegen.

Annetta blies die Backen auf und liess die Luft pfeifend entweichen. Überrascht stellte sie fest, dass ihr Herz gegen ihre Rippen pochte, als wäre sie auf dem Weg hinauf zur Ruine Cagliatscha. Noch konnte sie sich nicht einfach nur freuen, zu verwirrend war diese Entwicklung. Aber ein Gefühl der Erleichterung, noch zart wie der Flügelschlag eines Schmetterlings, breitete sich in ihr aus.

17

November 2019

Maledetto! Schon wieder hatte er in seiner Werkstatt die Kurve nicht erwischt und sich den Oberschenkel am Schreibtisch aus Andeer gestossen. Das Ungetüm versperrte zu viel Platz, manchmal bereute er, dass er es mitgenommen hatte. Aber dann strich er über die Tintenflecke auf der Oberfläche, die speckigen Ecken, die zarten Ornamente auf den Schubladen, und er freute sich wieder über die Anschaffung.

Der Antikschreiner hatte viel zu tun. Der Nebel, der zu dieser Jahreszeit immer häufiger vom Comersee her ins Tal zog, die sinkenden Temperaturen und die kürzeren Tage ermahnten die Leute offenbar, sich auf den Winter vorzubereiten. Manche wollten dies und das instand gestellt haben, andere verbrachten mehr Zeit im Haus und entdeckten neue Bedürfnisse. Das war gut so. Es förderte seinen Ruf als verlässlicher und begabter Handwerker, was sich direkt auf seinem Bankkonto niederschlug. Nach den ersten, zäh verlaufenen Jahren als Selbstständiger stieg der Saldo nun kontinuierlich an, und es sah ganz danach aus, als würde dies anhalten.

Er öffnete eine der kleinen Schubladen in der Mitte des Schreibtischs. Wieder bewunderte er die Qualität der vor bald hundertfünfzig Jahren ausgeführten Arbeit. Er spürte kaum einen Widerstand. Hinter einer der Türen auf der linken Seite befanden sich weitere Fächer, sogar weitere Schubladen, kleine bis winzige. Wofür man sie wohl genutzt hatte? Briefmarken, vielleicht. Eines der Innenfächer war abschliessbar, bestimmt hatte man dort Wertsachen gelagert.

Oder auch Papiere, Wechsel. Was wusste er schon, was damals wichtig und wertvoll gewesen war.

Energisch schloss er die Tür. Wenn er sich jetzt mit dem Schreibtisch befasste, würde er nicht mehr damit aufhören können, das war ihm klar. Zunächst hatte er aber dringendere Aufträge zu erledigen, die alle bis Weihnachten ausgeführt sein mussten. Den Schreibtisch hob er sich für das neue Jahr auf.

Vielleicht würden sie sich endlich eine Ferienreise leisten können. Frühling in Marokko, zum Beispiel. Oder in Israel. Oder Kalifornien! Alles wunderbare Ziele, und zum ersten Mal war der Gedanke nicht nur eine Träumerei, sondern eine realisierbare Idee. Ausserdem waren die Wirtschaftsaussichten positiv, nichts kündigte einen Einbruch an. Alle Anzeichen für 2020 standen gut. Er freute sich auf das neue Jahr.

Wieder nahte Mitternacht, während Lindiwe konzentriert am Bildschirm in ihrem Zimmer sass. Sie wusste, dass sie am nächsten Tag unter Schlafmangel leiden würde, aber es war ihr egal. Keine zehn Nashörner hätten sie vom Bildschirm weggebracht.

Süss sahen sie aus, die beiden Buben auf dem Foto. Sie waren vielleicht dreijährig, mit riesigen schwarzen Augen, krausen Haaren und dunkler Haut. Mit vier kompletten Reihen Milchzähne strahlten sie um die Wette. Auf einem anderen Bild waren sie grösser, sie trugen Schuluniformen und schrieben fleissig in ihre Hefte. Das nächste zeigte sie, wieder etwas älter, vor einem stattlichen Gebäude in irgendeiner Stadt. Lindiwe schaute genauer hin, es war kein Ort, den sie kannte. Schliesslich entdeckte sie eine Flagge auf dem Dach. Sie ahnte, zu welchem Land sie gehörte, fragte aber Wikipedia, um sicher zu sein. Österreich, wie vermutet. Das

Gebäude war vielleicht die Botschaft in Südafrika. Wie Roos zu den Bildern gekommen war, wusste sie nicht mit Sicherheit. Sie nahm an, dass sie sie irgendwo in den sozialen Medien gefunden hatte, wo die Mutter der Zwillinge vermutlich aktiv war.

Sie streckte sich und lachte leise vor sich hin. Die Buben mussten jetzt etwa zwölf Jahre alt sein. Die Gene ihres europäischen Vaters hatten sich nur beschränkt durchgesetzt. Ihre Haut war zwar etwas heller als Lindiwes, aber immer noch wunderschön tiefbraun. Sie hoffte, dass das südafrikanische Erbgut auch bei den Charaktereigenschaften siegreich hervorgegangen war, denn der Vater war ein einfältiger Ochse. Das stellte sie bei einer kurzen Internetrecherche unschwer fest. Trotzdem – oder vielleicht auch deswegen, das konnte sie nicht beurteilen – war er in der Politik weit aufgestiegen. Im Zeitalter des in ihren Augen verrücktesten amerikanischen Präsidenten aller Zeiten schien das bald ein Erfolgskriterium zu sein. Jedenfalls plusterte sich der Österreicher mit zahlreichen Aussagen auf, die ihn als Populisten auszeichneten. Am rabiatesten liess er sich verlauten, wenn es um die Flüchtlinge aus Asien und Afrika ging, die in Gummibooten über das Meer nach Europa kamen. Seine hanebüchenen Äusserungen zum Thema waren sogar über Österreich hinaus von der Presse aufgenommen worden.

Sie erhob sich und streckte sich ausgiebig. Gab es für einen solchen Mann Schlimmeres, als der Vater dunkelhäutiger Zwillinge zu sein? Ja, das gab es: Nämlich als Vater dunkelhäutiger Zwillinge in den Medien herumgereicht zu werden.

Lindiwe grinste zum Fenster hinaus. Mit einem Glas Orangensaft prostete sie den Sternen zu, zwischen denen irgendwo Roos' Seele herumirren mochte. Danke, Roos, dachte sie. Dieses Erbe würde sie nur zu gerne verwalten.

Tom kam zu Fuss und ohne Hunde von der Burgruine Cagliatscha hinab nach Andeer. Er überlegte, ob das schon jemals vorgekommen war. Wahrscheinlich nicht. Aber an diesem Abend wollte er ungesehen ins Dorf gelangen.

Genau genommen wollte er nicht ins Dorf, sondern zum Haus Rosales etwas ausserhalb. Zum Glück waren die Tage kürzer geworden, er musste nicht lange warten, um im Dunkeln dorthin gelangen zu können. Allzu spät wollte er nicht erscheinen. Er konnte nur hoffen, dass Blanka ihm öffnen würde. Sie kannte ihn zwar vom Sehen, aber nicht näher. Soweit er wusste, wohnte sie seit einiger Zeit allein im Haus, und bestimmt würde sie vorsichtig sein.

Unbemerkt gelangte er zur Eingangstür. Aus dem Haus drang kein Laut, was bei den dicken Mauern auch nicht zu erwarten war. Licht sah er keines, aber er wusste, dass die Wohnräume auf der anderen Seite des Hauses lagen. Er läutete.

Nichts passierte. Tom überlegte. Wahrscheinlich wollte die Haushälterin sehen, wer vor der Tür stand, bevor sie öffnete. Er läutete erneut, dann trat er auf den Vorplatz hinaus. Da das spärliche Mondlicht nicht ausreichte, ihn erkennen zu lassen, zündete er die Taschenlampe seines Mobiltelefons an und beleuchtete sein Gesicht.

Endlich regte sich etwas im Haus, im oberen Stock ging ein Licht an. Wenig später wurde die Haustür geöffnet, und Blanka musterte ihn schweigend.

«Kann ich hereinkommen?», fragte Tom.

Sie nickte und trat zur Seite.

Tom ging an ihr vorbei in den Gang, wo er seine Schuhe auszog. Der Steinfussboden war kalt. Dankbar nahm er die Hausschuhe an, die Blanka ihm reichte.

Noch immer sprach sie kein Wort. Sie führte ihn in die Küche und bedeutete ihm, Platz zu nehmen. «Kaffee?»

Tom nickte. Unbehaglich fragte er sich, wie sie seine Nachricht wohl aufnehmen würde. Er konnte ihre Reaktion nicht einschätzen. Am besten war wohl, direkt zur Sache zu kommen, entschied er, während er zuschaute, wie sie Zucker und Milch bereitstellte und die Kaffeemaschine in Betrieb setzte.

«Ich habe eine Nachricht erhalten», sagte er, als Blanka ihm gegenüber Platz genommen hatte.

Sie musterte ihn regungslos.

«Sie bittet dich, etwas zu erledigen.» Tom glaubte zu sehen, wie es in ihrem Kopf arbeitete. Sie musste sich fragen, wie es Marlene ging, wo sie sich aufhielt, warum sie verschwunden war, was sie im Sinn hatte. Aber sie stellte keine einzige Frage. Eine eigenartige Frau, diese Blanka, dachte er. Irgendwie respekteinflössend.

«Was soll ich tun?»

«In ihrem Schreibtisch gibt es ein verborgenes Fach, in dem sie einen Umschlag aufbewahrt. Du sollst ihn zu dir nehmen. Niemand darf ihn sehen.»

Blanka blinzelte erschrocken.

Tom bemerkte die Reaktion. Das war nicht, was er erwartet hatte. Wo lag das Problem?

«Das geht nicht», sagte Blanka schliesslich. «Der Schreibtisch wurde verkauft. Er ist weg.»

«Oh, verdammt», entfuhr es Tom. «Was ist mit dem Inhalt passiert?»

Stirnrunzelnd dachte sie nach. «Der Treuhänder hat die Fächer und Schubladen geleert und die Sachen mitgenommen.»

Nervös trommelte Tom mit den Fingern auf den Tisch. «Alles?»

«Ja.» Sie schaute auf. «Alles, was er gefunden hat, nahm er mit. Aber wenn der Umschlag in einem verborgenen Fach war, hat er ihn vielleicht nicht entdeckt.»

«Dann wäre er immer noch im Schreibtisch. Wer hat ihn gekauft?»

Blanka überlegte. «Es waren verschiedene Händler hier. Der Verkauf des Mobiliars wurde über den Treuhänder abgewickelt. Ich weiss nicht sicher, wer den Schreibtisch mitgenommen hat.»

«Du musst dich erinnern», drängte Tom, «es ist wichtig. Welcher Händler war es?»

Blanka faltete die Hände und starrte auf die Narbe an ihrem Handgelenk. «Ich weiss es nicht sicher», wiederholte sie. «An jenem Tag waren verschiedene Leute hier, mehrere Autos standen vor dem Haus. Vielleicht war es ein Antiquitätenhändler aus Italien, vielleicht aber auch einer aus Bern.»

Tom stöhnte. «Weisst du die Namen der beiden Firmen?»

Blanka schüttelte den Kopf. «Und wenn der Treuhänder den Umschlag gefunden hat?»

«Was hätte er wohl damit gemacht?»

Wieder versank sie in Gedanken. «Ich weiss es nicht», antwortete sie schliesslich. «Entweder hat er ihn behalten, um ihn Marlene auszuhändigen, sobald sie sich bei ihm meldet. Oder er hat ihn Massimiliano übergeben.»

Tom stöhnte auf. «Der Umschlag kann also beim Treuhänder, bei Massimiliano oder bei einem der Antiquitätenhändler sein», fasste er zusammen.

«Ja.»

«Hast du eine Idee, wie wir herausfinden können, wo er ist?», fragte er.

«Nein.»

Die Glücksgefühle, von denen manche begeisterten Läufer erzählen, blieben bei Beni aus. Der Grund, warum er an diesem Nachmittag zu einer Runde im Laufschritt aufgebrochen war, lag am Durcheinander in seinem Kopf. Er musste Ordnung schaffen. Das hätte er längst getan, wenn er mit jemandem über die Sache hätte sprechen können. Aber er musste dieses Problem ganz alleine bewältigen, was für ihn sowohl ungewohnt als auch alles andere als einfach war.

An zwei der Briefe für Liese Haller konnte er sich genau erinnern. Einer war in einem weissen C5-Couvert verpackt, die gedruckte Adresse aufgeklebt gewesen. Auf den ersten Blick hätte es ein Geschäftsbrief sein können, doch einiges sprach dagegen: kein Absender, ein unbedrucktes Couvert, mehrere Briefmarken. Waren es deutsche gewesen? Oder österreichische? Er wusste nur noch, dass er aus einem Nachbarland gekommen war. Das galt auch für den zweiten Brief, der in einem gelben, länglichen Umschlag gesteckt hatte und von Hand beschriftet gewesen war, ebenfalls ohne Absender. Das musste im August gewesen sein. Er hatte sich in den letzten Tagen das Hirn zermartert, ob es weitere Post für Liese Haller gegeben hatte, und sich schliesslich erinnert, dass es insgesamt drei oder vier Couverts gewesen sein mussten. Wie die übrigen ausgesehen hatten, wusste er nicht mehr.

Dass jemand wegen diesen spärlichen Sendungen eine Nachsendung veranlasste, hatte ihn sofort gewundert, und ebenso, dass er in dieser Zeit keinen Besuch im Haus Rosales bemerkt hatte. Aber noch etwas war merkwürdig: Das Haus Rosales bekam nicht so viel Post. Da war die übliche Korrespondenz mit Banken, Versicherungen, Behörden und so weiter. Manchmal kamen Briefe aus Italien, die schwungvoll von Hand an Herrn Ferrero adressiert waren und privat aussahen. Aber die Frau erhielt eigentlich nie Post. Auch keine weiteren Briefe, die c/o an sie adressiert waren.

Beni grüsste zwei Frauen, die den spätherbstlichen Sonnenschein für einen Spaziergang nutzten. Bei der nächsten Wegverzweigung bog er ab. Der kurze Anstieg liess ihn nach Atem ringen, bevor es locker leicht abwärts weiterging.

Diese ganze Postsache hätte ihn kaum weiter zum Nachdenken gebracht, wenn nicht noch mehr bemerkenswert gewesen wäre. Nämlich zuerst einmal, dass die Herrschaften im Haus Rosales wenig später weggezogen waren. Auch das mochte ein Zufall sein. Aber sie hatten Andeer ungefähr zur gleichen Zeit verlassen, als im Rhein die tote Frau gefunden worden war, die niemand kannte und von der man immer noch nicht wusste, was sie im Dorf zu tun gehabt hatte.

Ja, auch das konnte ein Zufall sein. Aber all diese Zufälle zusammengenommen schienen Beni zu viel des Guten zu sein. Was es damit auf sich haben könnte, erschloss sich ihm allerdings beim besten Willen nicht. Er hatte das Gewirr in seinem Kopf zwar etwas geordnet, aber das war auch schon alles. Er wusste genauso wenig wie zuvor.

Marlene betrachtete das Telefon in ihrer Hand und hatte grosse Lust, es an die Wand zu schmeissen. Was Tom soeben erzählt hatte, war vernichtend.

Sie liess sich auf das Sofa sinken. Allmählich beruhigte sie sich. Das war beileibe nicht die erste Herausforderung, die sie in ihrem Leben zu meistern hatte. Der Kummer um die Trennung von Massimiliano hatte sie wochenlang in die Knie gezwungen, aber von dieser Situation würde sie sich nicht unterkriegen lassen. Sie gedachte zu handeln.

Der verfluchte Umschlag war nicht mehr in Andeer, Blanka konnte ihn nicht für sie sicherstellen. Es war ihr klar, dass sie ihn längst hätte verschwinden lassen sollen, aber das hatte sie nicht übers Herz gebracht. In den letzten Jahren in Andeer hatte sie ihn nie mehr geöffnet. Sie hatte ihn nicht vergessen, wie könnte sie, nur war ihr seine Existenz nicht mehr so präsent gewesen wie zu Beginn ihres neuen Lebensabschnitts. Das war der Grund, weshalb sie bei ihrer überstürzten Abreise nicht daran gedacht hatte, ihn mitzunehmen.

Tom hatte ihr erzählt, dass sich der Umschlag an vier Orten befinden könnte. Sie dachte nach und kam zum Schluss, dass er recht hatte. Er musste beim Treuhänder, bei Massimiliano oder bei einem der beiden Antiquitätenhändler sein.

Angenommen, das Couvert befand sich beim Treuhänder. Was würde er damit machen? Es war verschlossen, und Treuhänder zeichnen sich durch Diskretion aus. Sie zweifelte, dass er den Umschlag geöffnet hätte. Er wusste, dass er aus ihrem Schreibtisch stammte, auch wenn ihr Name nicht darauf stand. Würde er ihn Massimiliano ausgehändigt haben? Ein Treuhänder lebte davon, korrekt zu sein. Massimiliano hatte rechtlich keinen Anspruch auf etwas, das ihr gehörte, er müsste ihn folglich zurückbehalten. Allerdings war sie unauffindbar, und der Mietvertrag des Hauses lautete auf Massimiliano allein. Es war also genauso gut möglich, dass aus der rechtlichen Argumentation der Schluss folgerte, es sei zulässig, den gesamten Inhalt des Schreibtischs Massimiliano zu übergeben. Beide Möglichkeiten waren für sie schlecht. An den Treuhänder konnte sie sich nicht persönlich wenden, und jemand anderem an ihrer Stelle würde er ihre Unterlagen nicht aushändigen.

Sollte hingegen Massimiliano den Umschlag bekommen und geöffnet haben, war ihr jede Möglichkeit verwehrt, in sein Leben zurückzukehren. Es bestand zwar die winzige Hoffnung, dass er ihn bekommen, aber nicht geöffnet hatte.

Nur, wie sollte sie das feststellen? Um in Erfahrung zu bringen, ob er den Inhalt der Unterlagen kannte oder nicht, müsste sie jemanden aus seinem Umfeld ansprechen, und das war undenkbar.

Blieben die beiden Antiquitätenhändler. Blanka wusste nur noch, woher sie gekommen waren, aber nicht mehr, wie die Firmen hiessen. Marlene vermutete, dass es nicht allzu viele einschlägige Adressen gab. Mit ein wenig Internetrecherche konnte sie bestimmt einige finden, die in Frage kamen, und vielleicht würde sich Blanka erinnern, wenn sie die Namen hörte. Mit dem Finden des richtigen Händlers war ihr Problem allerdings nicht gelöst. Dann müsste sie ihn noch dazu bringen, ihr den Umschlag zu übergeben, ohne ihn geöffnet zu haben. Wobei das vielleicht längst passiert war. Dann konnte sie nur noch darauf hoffen, dass der Finder nicht verstand, welchen Zündstoff er in den Händen hielt.

Sie erhob sich vom Sofa und trat an die Balkontür. Es war kalt draussen, die Tage waren kurz geworden. In Andeer würde sie jetzt zum Reiten eine warme Jacke brauchen. Die Haflinger würden ihr Winterfell bekommen, ihr Atem würde vor den Nüstern kleine Wolken bilden.

Nie zuvor hatte sie Heimweh verspürt. Jetzt erfüllte sie die Sehnsucht nach dem Leben, das sie in Andeer geführt hatte, schmerzlich.

18

November 2019

Am Stammtisch wurde tunlichst vermieden, Annetta auf die Zankerei mit ihrem Sohn anzusprechen. Sie rührte in ihrem Kaffee Fertig und machte einen gut gelaunten Eindruck.

«Wo ist Beni?», fragte einer.

«Daheim», antwortete Annetta. «Er war gestern im Ausgang, es scheint heftig zu und her gegangen zu sein.»

«Alka Seltzer und Salzstängeli?» Das Mitgefühl in der Runde war gross.

«Alka Seltzer und sonst nichts», berichtete Annetta. Sie musterte Tom prüfend. Mit dem Burschen stimmt etwas nicht, dachte sie. Er machte einen abwesenden Eindruck und sah müde aus. «Hast du auch einen Kater?», fragte sie ihn.

Tom schreckte auf. «Ich? Nein.»

«Wieder einmal ein derber Ausgang würde dir nicht schaden», fand einer. «Immer nur Hunde ist doch nicht genug für einen jungen Mann.»

Der junge Mann zuckte mit den Schultern und schwieg.

«Immerhin hat er uns und die Hunde», widersprach jemand. «Du hast nur uns.»

«Ist alles in Ordnung mit den Hunden?», fragte Annetta weiter.

«Ja.»

Sie beschloss, ihn in Ruhe zu lassen, und wandte sich unverfänglichen Themen zu. Insgeheim dachte sie weiter über seine Verfassung nach. Tom war einer der Menschen, die in sich ruhen. Er lebte sein Leben in seinem eigenen Rhythmus, ohne sich von seiner Umgebung beeinflussen zu lassen. Aber jetzt schien ihn etwas zu belasten, und zwar, wurde ihr allmählich klar, schon seit einiger Zeit. Sie musste der Sache auf den Grund gehen, entschied sie. Als sich die Runde allmählich auflöste, verliess sie deshalb das Lokal zusammen mit Tom. «Nimmst du mich mit? Ich möchte einen Spaziergang zurück ins Dorf machen.»

Er nickte und schloss sein Auto auf. Er ahnte, was kommen würde. Was ist los? Hast du Ärger? Brauchst du Hilfe?

Annetta steckte den Sicherheitsgurt in den Verschluss und schwieg. Sie liessen das Dorf hinter sich, ohne dass sie etwas sagte. Selbst, als er neben seinem Haus bei der Ruine Cagliatscha parkierte, sagte sie noch nichts. Erst als er den Motor abstellte, sprach sie. «Tom.»

«Ja, Annetta?»

«Du scheinst ein Problem mit dir herumzutragen, und das lässt mich nicht kalt. Was ist los?» Sie schaute zur Frontscheibe hinaus.

Tom rührte sich nicht.

«Hättest du Kummer wegen deiner Hunde, würdest du darüber reden. Hättest du Ärger mit jemandem, wahrscheinlich auch. Ich fürchte, es geht um etwas Schlimmeres.» Jetzt drehte sie sich zu ihm. «Tom, was belastet dich?»

Er wandte das Gesicht ab.

«Bekommst du Probleme mit der Polizei? Vielleicht wegen der Hunde?»

«Nein, bestimmt nicht!», sagte er unwirsch.

«Machst du dir Sorgen um jemanden in deiner Familie?» Sie kannte seine Familienverhältnisse nicht, wusste nur, dass er selten zu Besuchen ins Unterland fuhr oder jemand zu ihm kam. Ausser einer Schwester hatte ihn wohl noch nie jemand aufgesucht, und auch das war einige Zeit her.

«Was für eine Familie?», fragte er bitter. «Meiner Schwester geht es gut, und die übrigen ...»

Annetta dachte nach. Wahrscheinlich war es nicht förderlich, ihm mit ihrer Fragerei auf den Wecker zu gehen, erkannte sie. Sie versuchte es anders. «Du musst eines wissen, Tom.» Sie schaute ihn aufmerksam an. «Ich will, dass du wieder zufrieden und ausgeglichen bist wie früher. Was auch immer dich belastet: Ich bin da, wenn du mich brauchst.»

Tom schwieg. Seine Finger trommelten auf das Steuerrad.

Annetta stieg aus. «Danke fürs Mitnehmen», sagte sie, dann stiess sie die Tür zu.

«Danke», murmelte Tom, obwohl sie das nicht mehr hören konnte.

Die Stimmung auf dem Polizeiposten war knapp über dem Nullpunkt. Für das minimale Plus sorgten einzig die Reste eines Geburtstagskuchens, den jemand auf den Posten mitgebracht hatte. Buess hatte die Platte ins Sitzungszimmer getragen, wo sich zuerst alle gleichzeitig auf die Reste gestürzt hatten und nun alle mit den Fingerspitzen die Brosamen aufsammelten.

«Müssen wir uns wirklich mit einer Niederlage abfinden?» Buess strich sich wieder durch seinen bereits wirren roten Schopf.

«So streng brauchst du es nicht zu formulieren», meinte Meta. «Sag lieber, wir sistieren die Arbeit an diesem Fall, bis neue Erkenntnisse dazu vorliegen.»

«Sprich doch nicht wie die -kova», wies Buess sie zurecht. «Ich bin nicht die Presse. Mit mir kannst du Klartext reden.»

Camenisch schnappte ihm den letzten Kuchenrest vor der Nase weg. «Den Klartext kann ich dir liefern: Wir haben keine Ahnung, was in Andeer passiert ist.»

«Jetzt übertreib nicht», warf Meta ein.

Er schaute sie kopfschüttelnd an. «Wir haben in der letzten Woche noch einmal Hinz und Kunz befragt. Wir haben noch einmal mit Giudicetti aus dem Misox gesprochen. Wir haben noch einmal der Kriminalpolizei auf den Zahn gefühlt. Wir haben noch einmal alles zusammen besprochen. Resultat: nichts.»

«Fast nichts», korrigierte Buess.

«Nichts.» Camenisch schaute ihn prüfend an. «Oder kommst du jetzt tatsächlich wieder mit den Leuten aus dem Haus mit dem Hochofen?»

«Sie sind zur selben Zeit weggezogen, wie die Frau im Rhein ums Leben kam. Darauf hat uns der Briefträger zu Beginn hingewiesen, und es stimmt.»

Der Jüngere liess sich theatralisch im Stuhl zurückfallen. «Verdammt, Walter, du bist schlimmer als der Köter meiner Freundin! Der kann sich auch in etwas verbeissen, aber wenn er sieht, dass es aussichtslos ist, gibt er es wieder her. Das würdest du niemals tun!»

«Es ist die einzige Auffälligkeit, die wir haben.»

«Nein, es waren drei», widersprach Camenisch und zählte auf: «Die Leute im Haus Rosales zogen aus. Im Steinbruch verletzte sich ein Arbeiter und musste mit dem Helikopter ins Spital nach Thusis gebracht werden. Im Hofladen eines Bauern wurde die Kasse entwendet.»

«Lass den Quatsch.» Die Schärfe in Buess' Stimme liess

Meta aufhorchen. «Du bist zu intelligent für solchen Blödsinn. Denk konstruktiv mit.»

Camenisch verschlug es die Sprache, er wusste selbst nicht, ob der Grund in der Zurechtweisung oder im Lob zu suchen war.

Meta schmunzelte. Camenisch zum Schweigen zu bringen, war eine Meisterleistung, das wusste sie nur zu gut.

«Wir haben nochmals mit der Haushälterin im Haus Rosales gesprochen. Sie sagte wieder, sie kenne die Tote nicht.» Buess leckte die allerletzten Reste von seinem Zeigefinger. «Das mag sein. Aber ihre Herrschaften würden sie vielleicht kennen.»

«Die waren aber zu dieser Zeit bereits im Aufbruch begriffen, sie wollten Andeer verlassen», warf Meta ein.

«Und wenn sie Andeer verlassen haben, weil sie etwas mit der Toten zu tun haben?», fragte Buess.

Camenisch legte die Füsse auf den Tisch, was ihm Buess wider Erwarten durchgehen liess. «Die Frau ging zuerst weg, kurz darauf der Mann. Die Haushälterin sagt nicht, was der Grund war.»

«Sie sagt überhaupt nichts», stöhnte Buess. «Jedes Wort muss man ihr aus der Nase ziehen, und dabei sieht sie aus wie ein Granitblock aus dem Steinbruch nebenan.»

«Doch», widersprach Meta, «sie sagt, Herr Ferrero halte sich in einem der Anwesen seiner Familie in Italien auf.»

«Wir sollten mit ihm reden können», meinte Camenisch.

«Wir machen eine Geschäftsreise nach Italien!», rief Buess. «Was haltet ihr davon? Das ist zwar nicht Südafrika, aber immerhin etwas.»

«Beklag dich nicht, du konntest für diesen Fall schon bis nach Mesocco reisen.» Meta öffnete eine Schublade ihres

Schreibtischs und kramte eine Packung iranisches Nougat hervor.

Buess staunte. «Was ist das?»

«Das ist extrem süsses und extrem gutes Zeug», erklärte Camenisch und griff zu. «Es klebt zuerst an den Händen, dann an den Zähnen, später an der Magenwand und zuletzt am Darmausgang.»

Buess musterte die goldverzierte Schachtel mit dem Aufdruck in arabischer Schrift kritisch. Widerstrebend klaubte er einen der einzeln in Plastik verpackten Würfel heraus. Als er den Inhalt aus der Folie schälen wollte, klebte er sich an seinen Fingern fest, und mit jeder Bewegung wurde es schlimmer. Ihm blieb nichts anderes übrig, als das Nougat vom Plastik zu lecken und danach jeden Finger einzeln in den Mund zu stecken.

«Das war nicht gerade kunstvoll», spottete Camenisch.

«Schon gar nicht souverän», doppelte Meta nach.

«Eher war es peinlich.»

«Um nicht zu sagen kläglich.»

«Mesocco ist keine schlechte Idee», sagte Buess ungerührt. «Giudicetti hat bestimmt gute Kontakte in Italien. Möglicherweise könnte er auf informellem Weg erreichen, dass die Kollegen in Italien nachfragen.»

«Wo in Italien lebt der Typ überhaupt?», fragte Camenisch.

Meta öffnete eine andere Schublade und beförderte einen Notizblock zutage. «Auf einem ehemaligen Bauerngut zwischen Assisi und der Adria, einsam gelegen und pompös ausgebaut von der Familie Ferrero. *Fattoria Teresa* nennen sie es.»

«Bestimmt haben sie dort ausgezeichneten Wein», vermutete Buess.

«Und weniger klebrige *Dolci*», ergänzte Camenisch und fragte Meta: «Wo hast du die überhaupt her?»

Meta seufzte. «Mein Mann hat sie im kurdischen Laden in Chur gekauft.» Sie erzählte nicht, wie sie sich geärgert hatte, dass er solche Dinger besorgt hatte, um sie als Gastgeschenk zu einem Abendessen mitzubringen. Als sie geschimpft hatte, das sei unzumutbar für die Gastgeber, hatte er eine zweite Schachtel hervorgezogen. Diese habe er darüber hinaus extra für sie gekauft, hatte er erklärt, obschon er wissen musste, dass sie das klebrige Zeug nicht mochte. «Die Idee ist gar nicht so schlecht. Walter, fragst du Giudicetti, ob er dort einen Kontakt hat?»

Buess nickte.

«Aber wasch die Hände, bevor du den Telefonhörer berührst.» Die Bemerkung konnte sich Camenisch nicht verkneifen.

Anhand von Roos' Unterlagen herauszufinden, wo die Mutter mit den Zwillingen sich aufhielt, war für Lindiwe ein Leichtes gewesen. Die Frau hatte am Telefon zunächst ablehnend reagiert, schliesslich aber zu einem Treffen in Kapstadt, wo sie wohnte, eingewilligt. Lindiwe hatte zwei Tage frei genommen und sich darauf gefreut, wieder einmal einen Ausflug in die Stadt zu machen. Ihr Onkel hatte sie zum Flughafen nach George gebracht, von wo aus der Flug eine Stunde dauerte.

Sie hatte sich keine Gedanken gemacht, wie sie der Fremden gegenübertreten wollte. Vielmehr war sie überzeugt gewesen, dass sich das von selbst ergeben würde, und genauso war es geschehen. Nomusa war eine schöne Frau, und sie strahlte eine heitere Zufriedenheit aus. Lindiwe hatte sie als schwer zu erschüttern eingeschätzt und sich entschieden, nicht lange um den heissen Brei herumzureden.

«Nein, die Frau kenne ich nicht», antwortete Nomusa, als Lindiwe sie nach Roos van Rensburg aus Mossel Bay fragte. Auch ein Foto sagte ihr nichts.

Das hatte Lindiwe vermutet. «Roos wusste, wer der Vater deiner Zwillinge ist», sagte sie.

Nomusa musterte sie stirnrunzelnd. «Was soll das heissen?»

«Ich nehme an, niemand kennt den Vater der beiden», sagte Lindiwe. Als die andere nickte, fuhr sie fort: «Roos wusste es aber.»

«Das ist nicht möglich», widersprach Nomusa. «Der Vater ist ein weisser Seemann, der sich aus dem Staub gemacht hat.»

«Das mag das sein, was du allen erzählst», sagte Lindiwe. «Aber er ist kein Seemann. Er ist Politiker in Europa.»

«Woher willst du das wissen?»

«Von Roos.»

«Warum sollte sie dir das erzählt haben?» Nomusa runzelte die Stirn.

«Sie hat es mir nicht erzählt. Sie ist tot. Ich habe in ihrem Nachlass Unterlagen dazu gefunden.»

Nomusa war zunehmend verwirrt. «Ich verstehe nichts mehr.»

«Roos hat Fotos von euch gemacht», sagte Lindiwe.

Ihr Gegenüber blickte sie an, als hätte der Blitz zwischen ihnen eingeschlagen. «Was … Sie hat … Was?», stammelte sie.

«Sie hat damals in einer Pension in Kapstadt gearbeitet», erzählte Lindiwe. «Du und der Mann, ihr habt offenbar manchmal dort übernachtet. Sie schnüffelte herum und fand heraus, wer er ist, und sie sah, dass du schwanger warst.»

Der Blick Nomusas verlor sich in der Ferne. «Er kam während mehr als einem Jahr immer wieder nach Südafrika. Wir haben uns heimlich getroffen, in kleinen Gasthäusern in Kapstadt oder in Pensionen auf dem Land.» Sie lächelte versonnen. «Es war eine gute Zeit. Abenteuer, Spass, Leidenschaft.»

«Warum habt ihr euch heimlich getroffen?», fragte Lindiwe.

«Er war in seinem Heimatland in einer verantwortungsvollen Position. Eine Geliebte zu haben, konnte er sich nicht erlauben. Da er ein Prominenter ist, bestand die Gefahr, dass ihn jemand erkannte, ein Tourist aus seinem Land etwa. Deshalb trafen wir uns heimlich an Orten, wo man ihn nicht vermutet hätte.»

«Und als du schwanger wurdest, ist er verschwunden?»

Sie zuckte die Achseln. «Ja», antwortete sie und schaute Lindiwe in die Augen. «Das ist nichts Neues. Viele machen das so, nicht wahr?» Sie lächelte und fuhr fort: «Immerhin hat er etwas Geld hier gelassen. Und später hat er noch ein paarmal Geld geschickt.»

«Warum hat er damit aufgehört?»

«Keine Ahnung.» Nomusa lachte. «Weil er eine andere Frau hatte? Weil ich einen anderen Mann hatte? Alles kommt zu seiner Zeit, und die Zeiten ändern sich.»

«Warum hast du ihn nicht kontaktiert?», fragte Lindiwe neugierig.

«Wenn er nicht mehr zahlte, musste etwas passiert sein, sodass er nicht mehr zahlen konnte», erklärte Nomusa. «Somit hatte es keinen Sinn nachzufragen.»

Lindiwe ersparte sich den Hinweis, dass ein bisschen weniger Vertrauen immer noch mehr als genug gewesen wäre.

«Aber es sind seine Söhne.» Nomusa dachte nach. «Er hätte nicht aufhören dürfen, für sie zu sorgen, wenn er dazu in der Lage war.»

«Ja», bestätigte Lindiwe.

Beide Frauen schwiegen, die eine in Gedanken versunken, die andere abwartend. Als Nomusa aufblickte, hatte sie wieder ein Lächeln in den Augen. «Jetzt ist es zu spät, sich Gedanken darüber zu machen. Zu viele Jahre sind vergangen.»

«Oh, ich denke schon, dass es sich lohnt, sich Gedanken zu machen.» Lindiwe zog den Satz in die Länge. Als die andere sie neugierig anschaute, fuhr sie fort: «Die Zwillinge kommen in höhere Schulen, bald in die Ausbildung. Das kostet.»

Nomusa nickte.

«Ich hätte eine Idee …»

Tom sass im Churer Fürstenwald auf einer Bank. Es war kalt, es war feucht, es war später Nachmittag und es machte ihm keinen Spass. Aber es war ein ungestörter Ort in der Öffentlichkeit, und diesen hatte er gebraucht, um Marlene mit dem Telefon anzurufen, das sie ihm geschickt hatte.

Er hatte ihr wenig Erfreuliches zu berichten gehabt: Blanka hatte versucht, die Namen der beiden Antiquitätenhändler herauszufinden, die an jenem Tag in Andeer zugegen gewesen waren, aber leider ohne Erfolg. Deshalb führte kein Weg daran vorbei, die Firmen anzurufen, die in Frage kamen. Marlene hatte sofort mit der Suche nach möglichen Adressen begonnen, und diese trafen nun per SMS bei Tom ein. Er telefonierte nicht gern, aber er kam nicht darum herum.

Immer wieder erzählte er die gleiche Geschichte: Er suche einen Schreibtisch, er habe eine Vorstellung von Grösse, Ausstattung und Alter. Marlene hatte ihm durchgegeben, was er sagen solle, und er folgte ihrer Anweisung.

Als seine Finger steifgefroren waren, die Hunde unruhig wurden und der Feierabend in den Werkstätten näher rückte, gaben sie auf. Marlene schrieb, er solle nach Hause gehen. Sie suche noch etwas weiter im Netz und würde es ihm mitteilen, wenn sie etwas fände.

Tom erhob sich erleichtert, die beiden Hunde taten es ihm gleich. Alles deutete darauf hin, dass der Schreibtisch nach Italien gelangt war. Das machte das Vorhaben, ihn zu finden, schwieriger. Er ahnte, dass das mühsame Telefonieren noch nicht vorbei war.

Die zarte Andeutung von Tatkraft, die Massimiliano verspürt hatte, war verschwunden. Die feuchte Kälte, die der November ins Haus brachte, hatte sie vertrieben, oder die Nebelschwaden über den Wiesen und Feldern hatten sie mitgenommen. Zuerst war die Melancholie in ihm aufgestiegen, die gut zur Stimmung draussen passte, aber diese Harmonie hielt nicht an. Die Bilder in seinem Kopf waren immer dunkler geworden, sein Herz schwerer. Als seine Eltern ankündigten, sie freuten sich, den Dezember mit ihm in der *Fattoria Teresa* zu verbringen, hatte ihm die Energie zum Widerspruch gefehlt. Noch klammerte er sich an den Vorsatz, bald aufzubrechen, spätestens nach ein paar Tagen zusammen mit seiner Familie. Aber insgeheim wusste er, dass er dazu kaum in der Lage sein würde. Wohin hätte er auch gehen sollen? Niedergeschlagen und antriebslos war es illusorisch zu glauben, dass er ein Ziel haben und dieses verfolgen könnte.

Er zwang sich, jeden Tag aufzustehen und einen gewissen Tagesablauf einzuhalten. Er ass immer zur gleichen Zeit, obschon er kaum Hunger verspürte und es ihm egal war, was das Personal ihm vorsetzte. Am Nachmittag rang er sich zu einem Spaziergang durch, sog die Stimmungen in sich auf, die Sonne, Herbst und Dunst, Hügel und Felder boten. Wieder zu Hause malte er wie besessen. Gegenständliche und abstrakte Aquarelle, Tuschezeichnungen oder Bleistiftskizzen, auch detailgetreue, mit Farbstiften kolorierte Bilder. Er arbeitete bis zur Erschöpfung, bis er ins Bett fiel und in traumlosem Schlaf Vergessen fand.

Als ihm die Hausangestellte an diesem Vormittag meldete, die Polizei sei da und wolle ihn sprechen, folgte er ihr unwillig. Er vermutete irgendeine Routineumfrage in der Nachbarschaft, was auch immer passiert sein mochte. Aber das Anliegen der beiden Polizisten war ein anderes. Mit einem Mal war er hellwach.

«Marlene Bernard ist ihre Lebenspartnerin, ist das richtig?»

«Warum wollen Sie das wissen?», fragte Massimiliano.

«Wir haben ein paar Fragen an Sie beide. Die Frau, die uns geöffnet hat, sagte allerdings, Frau Bernard sei nicht hier.»

«Das ist richtig», bestätigte er. «Sie müssen Ihre Fragen mir stellen.»

«Wo ist ihre Partnerin?»

Ohne es zu wollen, fertigte Massimiliano in Gedanken ein Porträt des Polizisten an. Die gerade Nase, das eckige Kinn, die hohen Wangenknochen, die grossen dunklen Augen unter den sanft geschwungenen Augenbrauen. Ein schönes Gesicht, fand er. Der Kollege war kleiner und leicht übergewichtig, die fleischigen Wangen wabbelten, weil er Kaugummi kaute. Tusche oder Bleistift passten nicht zu ihm, für die weniger scharfen Konturen hätte er die Aquarelltechnik gewählt. «Warum wollen Sie das wissen?»

«Bitte beantworten Sie meine Frage.»

Massimiliano zuckte die Achseln. «Marlene ist verreist.»

«Wie können wir sie erreichen?»

Er schwieg.

«Herr Ferrero?» Der Polizist runzelte die Stirn. «Wo ist Frau Bernard?»

Seine Gedanken rasten. Was auch immer der Grund für die Fragen war, er durfte keinen Anlass zu Misstrauen geben. Er würde Marlene schützen. Jederzeit. Für immer. Die Erkenntnis, dass er sie noch genauso liebte wie am Tag, bevor sie verschwand, durchfuhr ihn wie ein Dolchstoss. Er bedeutete den Polizisten, sich zu setzen, und nahm ebenfalls Platz. «Marlene und ich haben uns getrennt. Vielleicht vorübergehend, vielleicht aber auch für immer. Wir sind übereingekommen, ein halbes Jahr lang keinen Kontakt zueinander zu haben.»

«Wann haben Sie sich getrennt?»

«Im September, als wir noch in der Schweiz lebten. Im nächsten März wird sie sich bei mir melden.» Wenn es nur so wäre, dachte Massimiliano verzweifelt.

«Aber Sie müssen doch wissen, wo sie steckt», beharrte der Polizist. «Was ist, wenn es Fragen gibt zu ihrem gemeinsamen Leben? Finanzielle Verpflichtungen, Steuern, Versicherungen, gemeinsamer Besitz?»

«Es gibt keine Fragen», antwortete Massimiliano. «Nichts, was ich nicht allein klären kann oder was sich nicht so lange aufschieben lässt.»

«Sie behaupten allen Ernstes, Ihre Frau …»

«Sie ist nicht meine Frau.»

«… Ihre Partnerin oder Ex-Partnerin sei gegangen, womöglich mit einem Bündel auf dem Rücken, habe fröhlich gewinkt und gesagt: *Ciao, Massimiliano, a presto!* Wir sehen uns in einem halben Jahr!»

Wenn es nur so wäre, wiederholte Massimiliano in Gedanken. «Sie verstehen nicht. Wir haben uns auseinandergelebt»

– was für eine Floskel! – «und sind übereingekommen, für eine gewisse Zeit den Kontakt abzubrechen.» Er hob bedauernd die Hände. «Vielleicht lösen andere Paare ihre Probleme auf andere Weise. Wir versuchen es auf diese.»

«Was heisst, Sie haben sich auseinandergelebt?»

Massimiliano brauchte seine ganze Energie, um eine Antwort zu formulieren. Jedes einzelne Wort kam ihm vor wie ein abscheulicher Verrat. «Wir haben fünfzehn Jahre in einem kleinen Dorf in den Schweizer Alpen zusammen verbracht. Zu Beginn fühlten wir uns im Paradies, aber wir befanden uns auf Erden, die Realität holte uns ein. Lange waren wir glücklich damit, auf dem Land zu leben, fernab von Hektik und Lärm. Doch irgendwann schien es uns doch etwas zu abgeschieden, zu fern von den lebendigen Zentren.» Er hielt inne und korrigierte sich. «Mir machte es weniger zu schaffen, ich hatte meine Arbeit als Bildhauer und war zufrieden inmitten von Felsen. Aber in Marlene machte sich Unruhe breit, Sehnsucht, Unzufriedenheit. Erst schleichend, dann immer stärker.» Er schluckte, konnte nicht weitersprechen.

«Mir scheint, Sie haben sich nicht getrennt, sondern Ihre Frau hat Sie verlassen.»

Massimiliano zwinkerte die aufsteigenden Tränen weg. «Nächtelang haben wir geredet. Wir liebten uns doch, wollten einander nicht weh tun. Und trotzdem fanden wir keine Schiene, auf der wir beide unseren Weg gemeinsam weitergehen konnten. Überall waren Weichen, die uns in unterschiedliche Richtungen führten.» Er blickte zum Fenster hinaus zum Olivenbaum, der sich schwach im Dunst abzeichnete. «Jetzt befinden wir uns auf separaten Geleisen. Ohne Kontakt zueinander. In vier Monaten werden wir sehen, ob sich diese immer weiter voneinander entfernt haben oder ob sie wieder aufeinander zugehen.»

«Was erhoffen Sie sich?»

Was für eine sinnlose Frage, dachte er. «Ich liebe sie.»

«Sind Sie wütend, weil sie gegangen ist?»

Massimiliano schaute ihn ungläubig an. «Wütend?»

«Sahen Sie rot, als sie Ihnen ankündigte, Sie zu verlassen?» Der Polizist neigte den Kopf. «Das wäre nur zu verständlich. Man ist ja nicht aus Stein.»

«Ich war verzweifelt und unendlich traurig.» Er zögerte, bevor er weitersprach. «Das bin ich noch immer. Ich klammere mich an die Hoffnung, dass sie im März vor der Tür steht und sagt, dass sie mit mir zusammen fortgehen will.»

Der Polizist wartete, es kam ihm vor, als sei noch nicht alles gesagt. Er beobachtete, wie Massimiliano in sich zusammenzufallen schien.

«Diese Hoffnung allein lässt mich jeden Morgen aufstehen. Sie gibt mir die Kraft, um bis März durchzuhalten.» Das ist die erste Aussage, die Wort für Wort stimmt, ergänzte er in Gedanken. «Ich weiss nicht, ob ich weiterleben will, wenn sie sich in vier Monaten für immer verabschiedet.» Er schaute gequält in die Augen des Polizisten.

Dessen Kollege, der bis anhin schweigend zugehört hatte, hielt ihm plötzlich ein Foto unter die Nase. «Kennen Sie diese Frau?»

Massimiliano betrachtete das Bild. Da er Roos nur wenige Male und jeweils nur kurz gesehen hatte, erkannte er sie zunächst tatsächlich nicht. Er beschloss, dieses Unwissen beizubehalten, nachdem er realisiert hatte, wen er vor sich hatte. «Nein», antwortete er. «Sollte ich?»

«Sie hielt sich zuletzt in Andeer auf.»

Nachdenklich runzelte er die Stirn. «Möglich, dass ich sie dort gesehen habe, aber ich weiss es nicht mehr. Ich hatte kaum Kontakt zu den Leuten im Dorf.» Er hob bedauernd die

Schultern und hoffte, diese schauspielerische Leistung reiche aus.

«Und ihre Frau?»

«Das weiss ich nicht», antwortete Massimiliano. «Warum fragen Sie nach dieser Frau?»

«Sie ist tot.»

Er brauchte all seine Willenskraft, um lediglich fragend eine Augenbraue zu heben.

«Sie ertrank im Hinterrhein, kurz bevor Sie aus Andeer wegzogen.»

«Zu dieser Zeit drehten sich meine Gedanken einzig und allein um unsere Trennung», sagte Massimiliano traurig. «Tag und Nacht. Ohne Unterlass. Für etwas anderes gab es keinen Platz, weder in meinen Gedanken noch in meinen Gefühlen. Von einem Unglücksfall habe ich nichts mitbekommen.»

19

November 2019

«Benedetg, was treibt dich um?» Annetta musterte ihren Enkel streng, der sich bemühte, ein argloses Gesicht aufzusetzen.

«Was meinst du?», fragte Beni bemüht einfältig.

«Irgendetwas beschäftigt dich doch», sagte sie. «Was hast du für Sorgen?»

«Gar keine», beeilte sich Beni zu sagen. «Jetzt, wo du und Papa euch wieder verträgt, haben sich selbst meine letzten Sorgen in Luft aufgelöst.» Das war ein verzweifelter Versuch, Annetta von seinen Gedankengängen abzulenken. Selbst wenn sie Gift und Galle speien sollte, weil sie sich provoziert fühlte, war das besser, als dass sie ihm auf die Schliche kam, welche Gedanken in seinem Kopf kreisten.

«Es muss ja nichts Persönliches sein.» Annetta liess sich nicht beirren. «Machst du dir Sorgen um jemand anderen? Oder um etwas, das passiert ist?»

«Nein, wirklich nicht», beteuerte Beni. Er hätte genauso gut schweigen können, erkannte er, als Annetta seine Antwort überging.

«Sag mir, was los ist. Du bist nicht dazu geschaffen, deine Probleme mit dir herumzutragen, dann drücken sie dich in den Boden. Du musst sie erzählen, damit du dich leichter fühlst. Also, sprich», befahl sie.

Fieberhaft überlegte er, was er erfinden könnte, um sie zufriedenzustellen, aber seine Fantasie liess ihn im Stich.

«Denk dir bloss nicht irgendeine Geschichte aus. Damit

hast du mich noch nie täuschen können. Ist etwas auf der Arbeit passiert?»

«Nein, sicher nicht.» Diese Antwort fiel Beni leicht.

Das erkannte auch Annetta, deshalb wechselte sie die Angriffsrichtung.

«Hast du eine Frauengeschichte am Laufen?»

Beni grinste. «Naja … Am Laufen noch nicht direkt, aber es könnte etwas daraus werden.»

«Aha.» Seine Nana nickte weise. Deshalb also die häufigen Runden im lockeren Laufschritt, Beni wollte seine Körpermasse optimieren.

«Hat einer deiner Freunde Probleme?»

«Nein.»

Annetta war der Schatten nicht entgangen, der kurz über Benis Gesicht gezogen war. «Tom?», fragte sie.

Beni neigte den Kopf. «Irgendetwas macht ihm zu schaffen, ich weiss nicht was. Aber offenbar will er das allein austragen, da kann ich ihm auch nicht helfen.»

Das sah Annetta anders. Sie hatte nicht die Absicht, Tom sich selbst zu überlassen. Aber es war ihr klar, dass Beni sich dem Freund nicht aufdrängen würde, sondern wartete, bis dieser von sich aus zu ihm kam. Da sie nichts über ihr Gespräch mit Tom verlauten lassen wollte, liess sie das Thema auf sich beruhen. Diese Überlegungen führten sie in eine andere Richtung. «Hast du etwas erfahren, worüber du nicht sprechen kannst?»

«Nein, was sollte das denn sein?»

Annetta war das nervöse Blinzeln des Enkels nicht entgangen. «Hat dir einer deiner Freunde etwas anvertraut, das dich belastet? Hast du per Zufall etwas erfahren, das dir Sorgen macht?»

Beni schüttelte den Kopf. «Nein.»

«Oder hast du bei der Arbeit etwas festgestellt, das nicht in Ordnung ist, das du aber niemandem erzählen darfst?»

«Nein, und jetzt hör bitte auf zu fragen. Du siehst Gespenster.»

Annetta schwieg tatsächlich. Allerdings nur, weil sie eine Gefechtspause einlegen wollte nach einem kleinen Sieg. Benis Mienenspiel war genauso verräterisch wie zu Teenagerzeiten, als er ihr mit unschuldigem Blick das Blaue vom Himmel herunter gelogen und die Verstellung so übertrieben hatte, dass sie sofort wusste, was Sache war. Das Postgeheimnis war es also, was Beni zu schaffen machte. Nun hatte sie einen Ansatzpunkt für die nächste Runde.

Lindiwe war gut gelaunt aus Kapstadt zurückgekehrt, doch zu Hause hatte ihre Stimmung einen Dämpfer erhalten. Ihr Cousin, der vom Alter her eher ihr Neffe hätte sein können, hatte seine Stelle verloren. Sein Vorgesetzter in der kleinen Immobilienverwaltung, wo er seit zwei Jahren arbeitete, hatte einen Herzinfarkt erlitten. Da der sechzigste Geburtstag des Chefs bereits einige Jahre zurücklag, hatte er beschlossen, sein Geschäft aufzulösen und sich zur Ruhe zu setzen. Dadurch stand der Cousin unvermittelt ohne Anstellung da, und in dieser Situation war er wieder im Familienhaushalt eingezogen. Vorübergehend, hoffte er, und Lindiwe hoffte es auch.

Nach der Mittagspause suchte sie Piet auf, der im Schatten unter der Laube die Beeren verarbeitete, die er am Vormittag geerntet hatte. Das Gästehaus war fast ausgebucht, er hatte alle Hände voll zu tun. Nur schon täglich das üppige Frühstück bereitzuhalten, für das es geschätzt wurde und das stets eine reiche Auswahl an Früchten und Beeren aus dem eigenen Garten bot, bedeutete viel Arbeit. Ausserdem hatte es sich so ergeben, dass er immer häufiger auf Wunsch abends grillierte. Für sich selbst briet er ohnehin jeden Tag ein Stück Fleisch, das brauchte er, und irgendwie war es so gekommen, dass immer häufiger Gäste fragten, ob er für sie auch etwas zubereite. Das machte er gerne. Ein paar Kartoffeln mehr zu backen, ging im gleichen, und eine grössere Menge Salat zu rüsten ebenfalls. An vielen Tagen nahm das Abendessen inzwischen allerdings eine beachtliche Zeit in Anspruch. Das war Piet egal, denn die Speisenzubereitung machte ihm grossen Spass und zwar von der Planung über den Einkauf bis zum Kochen und Servieren. Darob blieben manche Arbeiten liegen, aber darüber machte er sich keine Gedanken. Das Verdrängen beherrschte er gut.

«Die Bewirtung gibt viel zu tun», stellte Lindiwe fest.

«Ja», bestätigte Piet lächelnd. «Sie macht viel Arbeit und viel Freude.»

«Auch ohne die Bewirtung gibt es viel zu tun», fuhr sie fort.

Piet hörte auf zu lächeln. Natürlich hatte sie recht.

«Alles zusammen ist zu viel für einen Mann.»

Jetzt lächelte er wieder. Sie hatte es auf den Punkt gebracht.

«Aber zu wenig für zwei Männer», stellte sie fest.

Er nickte zögernd. Worauf wollte sie hinaus?

«Das Geschäft läuft gut, jetzt könntest du dir einen Angestellten leisten.»

«Aha?»

Piet kam nicht dazu, sich zu fragen, ob er das wollte, denn sie fuhr fort: «Aber das kann sich rasch ändern, dann kannst du keinen ganzen Lohn mehr zahlen.»

«Aha.»

«Du brauchst jemanden, der nur kommt, wenn du Arbeit hast.»

«Ah, ja.» Piets Verwirrung wuchs.

«Ich wüsste jemanden, der das machen kann.» Lindiwe gab ihm Zeit, diese Aussage zu verarbeiten.

«Ah, ja?» Er runzelte die Stirn. «Das müsste jemand sein, dem es egal ist, zwischendurch nichts zu verdienen, der aber trotzdem zuverlässig ist und gut mit den Gästen zurechtkommt.»

«Der, den ich wüsste, kann das diesen Sommer machen.»

«Wer ist es denn?», fragte Piet und ahnte die Antwort bereits.

«Ein junger Mann, der durch unglückliche Umstände seine Stelle verloren hat.»

Piet fragte nicht, ob es ein Verwandter war. Das lag auf der Hand. «Dann soll er kommen. Du weisst am besten, ob wir ihn uns leisten können.»

«Der Aufwand ist tragbar. Er wird gerne kommen.»

Als sie innehielt, realisierte er, dass das Geschäft noch nicht erledigt war.

«Wo ist das Problem?», fragte er ungewohnt direkt.

«Er muss hier wohnen können.»

«Ah», meinte Piet verdattert. «Wo denn? Wir können ihm nicht eines der Gästezimmer geben.»

«Nein», bestätigte Lindiwe.

Piet schaute sie fragend an.

«Er müsste bei dir im Haus wohnen.»

Selbst ein Ah blieb ihm im Hals stecken.

«Das kleinste Zimmer genügt. Er ist ruhig und rücksichtsvoll.»

Warum eigentlich nicht?, überlegte Piet. Das Haus war für ihn allein in der Tat zu gross, und viel mehr als das Sofa und den Fernseher brauchte er ohnehin nicht. «Warum nicht?», fasste er seine Gedanken in Worte und nickte.

Der San-Bernardino-Tunnel führte nicht nur vom Rheinwald ins Misox und von den deutsch- und romanischsprachigen Tälern nach Italienischbünden, sondern auch unter der Wasserscheide hindurch auf die Alpensüdseite. Wie so oft war auch an diesem Tag das Wetter dies- und jenseits des Tunnels nicht dasselbe. Während sich im Rheinwald dunkle Wolken gestaut hatten, sonnte sich das Misox in einem strahlend schönen Spätherbsttag. Ein strenger Wind fegte die Blätter durch die Strassen von San Bernardino, als Walter Buess und Camenisch auf das Restaurant Brocco e Posta zugingen. Der jüngere Polizist hatte darauf bestanden, das Los entscheiden zu lassen, wer Buess bei seinem Ausflug in den Süden begleiten durfte, und Meta Schäfer hatte verloren. Frustriert hatte sie die beiden ziehen lassen, nicht ohne Camenisch bittere Rache zu schwören. Buess' Teilnahme war gesetzt gewesen, weil er den Polizisten Armando Giudicetti persönlich kannte.

Die Gaststube war nur spärlich besetzt, sie wählten einen Tisch in der Ecke, um sich ungestört unterhalten zu können. Kaum hatten sie ihren Kaffee bestellt, trat Giudicetti ein und gesellte sich zu ihnen.

Camenisch war froh, dass der Kollege sehr gut Deutsch sprach. Ungern hätte er sein Schulitalienisch hervorgekramt für die Unterhaltung. Er hasste es, wenn er mit dem Sprechen seinen Gedanken hinterherhinken musste, bei ihm waren Denken und Reden eins.

«Die Kollegen aus Assisi sind zur *Fattoria Teresa* gefahren», berichtete Giudicetti. «Mit einer *Fattoria*, einem Bauernhof, hat sie allerdings nicht mehr viel gemeinsam. Die Familie Ferrero hat die Gebäude ausgebaut, modernisiert und mit allem Komfort ausgestattet. Das Grundstück ist weitläufig, es umfasst Wiesen, Olivenbäume, einen Rebberg und was weiss ich was alles.»

«Ferrero heisst doch ein Süsswarenhersteller in Italien», warf Camenisch ein. «Sind es diese Ferreros?»

«Nein, mit den Erfindern des Nutella haben sie nichts zu tun. Aber es sind ebenfalls schwerreiche Unternehmer, und wie die anderen sind sie dabei sehr diskret. Sie protzen wenig und machen ihr Privatleben nicht öffentlich.»

«Ist der Bildhauer ein Sohn des Firmenchefs?», fragte Buess.

Camenisch stellte fest, dass Buess die Dimensionen des Familienunternehmens nicht begriffen hatte.

«Es gibt nicht einen Firmenpatron, dafür ist das Unternehmen viel zu gross», berichtigte Giudicetti. «Es ist ein Imperium, könnte man sagen, das vor über hundert Jahren gegründet worden ist. Heute lebt die ganze Sippschaft von den Erträgen, die es abwirft, und sie lassen es sich gut gehen.»

«Die leben aber nicht alle auf diesem Bauernhof, oder?», fragte Buess.

Camenisch verkniff sich ein Grinsen.

«Nein, natürlich nicht, auch wenn sie mühelos alle Platz hätten. Den grössten Teil des Jahres lebt überhaupt niemand der Familie auf dem Gut. Sie benützen es für Ferien oder manchmal auch für Firmenanlässe. Ganzjährig sorgt ein Tross von Angestellten dafür, dass alles bereit ist, wenn sie sich spontan zu einem Ausflug aufs Land entschliessen.»

Buess schluckte.

Endlich beginnt er zu begreifen, dachte Camenisch.

«Massimiliano Ferrero wohnt zurzeit dort», fuhr Giudicetti fort. «Aber es scheint, dass das ein vorübergehender Aufenthalt ist. Oder auch nicht.» Er trank seinen Kaffee aus und bedeutete dem Kellner, ihm einen zweiten zu bringen. Dann erzählte er, was die italienischen Polizisten ihm von ihrem Besuch berichtet hatten. «So, wie es aussieht, wird er den Winter in der *Fattoria Teresa* verbringen und auf Marlene Bernard warten, die ihn im März dort aufsuchen wird. Andererseits ist er Künstler, unabhängig und ohne Verpflichtungen. Es ist genauso gut möglich, dass er irgendwann seine Sachen packt und die Wartezeit an einem anderen Ort verbringt.»

«Die Tage bis zur Rückkehr seiner Frau kann er überall auf der Welt zählen», stimmte Camenisch zu. «Für die Zeit danach kann er nichts planen, weil alles davon abhängt, ob sie zu ihm zurückkommt oder nicht.» Er streckte die Beine unter dem Tisch aus. «Blöde Situation. Hat er die Nerven, vier Monate lang Däumchen zu drehen?»

Giudicetti schaute ihn irritiert an. «Das habe ich nicht verstanden.»

«Er muss vier Monate lang warten und kann nichts weiter tun, als die Tage zu zählen. Hält er das aus?»

«Er tut nicht nichts, er arbeitet wie besessen», antwortete Giudicetti. «Die italienischen Kollegen haben auch mit dem Personal in der *Fattoria* gesprochen. Er widme sich zwar nicht der Bildhauerei, aber er male und zeichne. Jeden Tag, bis zur Erschöpfung.»

Camenisch überlegte. «Die Italiener haben also den Eindruck, dass er leidet wie ein Hund, dass es ihm schlecht geht, dass er seiner Frau – pardon, seiner Freundin – nachtrauert.»

«Ja, genau», bestätigte Giudicetti.

«Und sie haben dir berichtet, dass er keinen Groll gegenüber seiner Frau zu empfinden scheint.» Buess bemerkte den unsicheren Blick des Kollegen und präzisierte: «Er scheint nicht wütend zu sein auf seine Frau.»

«Richtig.» Giudicetti nickte. Da der Kellner seinen Kaffee brachte, hielt er inne, bis er wieder ausser Hörweite war. «Sie beschreiben ihn als niedergeschlagen, traurig, fast schwermütig.»

«Glauben sie ihm, dass er keine Ahnung hat, wo sie steckt?», fragte Camenisch.

«Sie halten es für möglich», sagte Giudicetti. «Sie haben versucht, Näheres über die Frau herauszufinden, aber ohne Erfolg. Sie scheint vor etwa fünfzehn Jahren plötzlich dagewesen zu sein, niemand weiss, woher sie kam. Es wird gemunkelt, sie sei vorher mit einem reichen Osteuropäer liiert gewesen, habe diesen aber verlassen. Genaueres ist nicht bekannt, auch nicht, wie sie Massimiliano Ferrero kennenlernte.»

«Das kann auf irgendeinem Anlass der Reichen und Schönen gewesen sein», vermutete Camenisch. «In diesen Kreisen läuft man sich bestimmt immer wieder über den Weg.»

Giudicetti nickte.

«Es sieht also danach aus, dass die Frau so aus seinem Leben verschwunden ist, wie sie fünfzehn Jahre zuvor darin auftauchte», fasste Camenisch zusammen. «Sozusagen unbemerkt von der Aussenwelt.»

«Haben die italienischen Kollegen Ferrero danach gefragt, ob er oder seine Partnerin die tote Frau gekannt haben?», fragte Buess.

«Ja», antwortete Giudicetti. «Das scheint nicht der Fall zu sein, zumindest nicht bei ihm. Für seine Partnerin konnte er nicht sprechen.»

Camenisch spielte mit dem Zuckersäckchen herum, bis es zu Boden fiel. «Der verlassene Partner leidet Höllenqualen und hatte im September bestimmt mit seinem Gefühlsleben genug zu tun, ohne dass er auch noch eine fremde Frau von der Brücke stiess.»

Der Kollege nickte.

«Die einzige Verbindung ist, dass Ferrero und Bernard Andeer zur gleichen Zeit verliessen wie die Frau.» Er bückte sich nach dem Zucker. «Ferrero und Bernard lebend, van Rensburg tot.»

«Weiss die Kriminalpolizei inzwischen mehr über die Tote?», fragte Giudicetti.

«Nein», antwortete Buess. «Oder wir haben es nicht erfahren.»

Einmal mehr gingen sie alle Arten illegaler Geschäfte durch, die die Frau von Südafrika ins Misox und nach Andeer geführt haben könnten, aber auch diesmal brachte die Diskussion nichts.

«Möglich ist schon, dass sie mit einer der Briefkastenfirmen in unserem Tal zu tun hatte», meinte Giudicetti. Resigniert breitete er die Arme aus. «Was will man machen. Es sind so viele, und niemand weiss, was die alle tun.»

Endlich. Marlene drehte den Zettel in der Hand, auf dem sie sich die Angaben notiert hatte. Tom hatte herausgefunden, wo sich der Schreibtisch aus dem Haus Rosales befand, und ihr die Adresse des Antikschreiners aus Colico durchgegeben.

Sie entschied sich, diesen selbst aufzusuchen. Wie nicht anders zu erwarten, führte die Reise über Mailand, und gemäss Fahrplan dauerte sie mit den öffentlichen Verkehrsmitteln mehr als sechs Stunden. Wollte sie eine Übernachtung vermeiden, brauchte sie ein Auto, das würde den Zeitbedarf auf weniger als die Hälfte reduzieren. Sie entschloss sich, beim Garagisten im Dorf eines auszuleihen für einen Tag.

Wie sie dem Schreiner gegenübertreten wollte, wusste sie nicht. Planen liess sich der Besuch kaum, sie musste es auf sich zukommen lassen und auf ihr Glück vertrauen. Da sie genau wusste, wo sie zu suchen hatte, würde eine kurze Zeitspanne allein in der Werkstatt ausreichen. Bestimmt war es von Vorteil, wenn der Schreiner sich später nur vage an sie erinnern konnte, überlegte sie. Ihr Italienisch war zwar nicht völlig akzentfrei, aber so gut, dass er ihre Muttersprache nicht heraushören konnte. Schwieriger würde es sein, ihre schöne Gestalt unauffällig erscheinen zu lassen. Weite Kleider, flache Schuhe, eine Mütze. Etwas neidisch dachte sie an die asiatischen Touristinnen und Touristen, die sich beim geringsten Verdacht auf einen Schnupfen eine Gesichtsmaske überzogen und damit alle gleich aussahen. Diese Möglichkeit stand ihr nicht zur Verfügung, sie würde damit auffallen wie eine Nonne im Casino.

Sie riss sich zusammen. Anstatt sich mit albernen Gedankengängen zu befassen, sollte sie sich besser auf die bevorstehende Reise konzentrieren. Sie kam zum Schluss, dass eigentlich nicht viel schiefgehen konnte. Sollte sie der Händler nicht die nötigen paar Minuten mit dem Schreibtisch allein lassen, blieb ihr eigentlich nur übrig, ihn zu kaufen, aber das wollte sie nicht. Sie wollte weiterhin verschwunden bleiben und deshalb keine Spuren hinterlassen, was sie bei einem Kauf unweigerlich würde. Vor allem müsste sie den Schreibtisch irgendwo unterbringen oder ihn sofort wieder loswerden, und beides war schwierig. Wahrscheinlich wäre in diesem Fall die bessere Lösung, nachts in die Werkstatt einzubrechen und den versteckten Inhalt des Schreibtischs zu entwenden.

Ein weitaus grösseres Problem hatte sie allerdings, wenn der Händler das verborgene Fach bereits entdeckt hatte. Im besten Fall bestand die Möglichkeit, dass er die Unterlagen entsorgt hatte. Im zweitbesten Fall konnte er sie aufbewahrt haben, aber sie nützten ihm nichts, weil er die Sprache nicht verstand, in der sie verfasst waren. Erst wenn er einen Übersetzer bemüht hätte und den Inhalt kannte, sass sie in der Klemme. Aber daran mochte sie nicht denken. Sie musste hoffen.

Und sie musste sich um passende Kleidung und um ein Auto bemühen. Sie klemmte die Adresse des Antikschreiners unter einen Kerzenständer, griff nach ihrer Handtasche und machte sich auf den Weg ins Dorf.

Der Mann löste den Krawattenknopf ein wenig, aber es nützte nichts. Verärgert stellte er fest, dass es der Hemdkragen war, der so eng sass. Das Hemd spannte auch über dem Bauch, es fehlte nicht viel, und er würde den Gurt lockerer schnallen müssen. Kruzifix, es war aber auch ein Kreuz mit dieser endlosen Esserei. Ein Aperitif hier, ein Businesslunch da, eine Brotzeit dort und ein Stück Kuchen obendrein. Er befahl sich, sich zu mässigen. Leichtes Übergewicht stand längst nicht mehr für Genuss, Lebensfreude und fehlende Eitelkeit, sondern für mangelnde Disziplin, ungenügendes Gesundheitsbewusstsein und Risiko für die Krankenkasse. Wütend knirschte er mit den Zähnen. Die heutige Zeit war nicht in jeder Hinsicht die beste aller Zeiten.

Seine Sekretärin hatte ihm die Post ordentlich auf dem riesigen Schreibtisch aufgestapelt. Er griff zum ersten Couvert. Eine Einladung zu einem Aperitif, schon wieder. Das nächste enthielt den Bettelbrief eines Österreichervereins in Argentinien. Dann folgte die Anfrage für eine Rede am Neujahrsanlass eines Grossunternehmens, mit Abendessen. Dann eine Zeitschrift, die eine Homestory über ihn bringen wollte.

Den nächsten Umschlag hatte seine Sekretärin nicht geöffnet. Fing sie an, flüchtig zu arbeiten, oder was? Geschäftlich sah das knallgrüne Couvert mit der exotischen Briefmarke allerdings nicht aus. Als er es mit einem schnellen Schnitt öffnete, fiel ein Foto heraus.

Seine Augen weiteten sich. In Zeitlupentempo griff er nach dem Brief. *«Dear Daddy!»* Ach du lieber Gott. Die Röte breitete sich bis hinter die Ohren in seinem Gesicht aus und wollte nicht mehr weichen.

Hübsch waren sie ja, die beiden Buben. Wie sollte es auch anders sein bei diesen Eltern. Das Bild war gut gelungen, es passte bestimmt ideal in ihre südafrikanische Stube. Aber niemals in sein Familienalbum.

Sie seien gut in der Schule, schrieben sie. Freilich, das war Papas Erbe. Fleissig und anständig. Das bezweifelte er allerdings, wie sollte das denn möglich sein in ihrem Umfeld. Sie hätten viel über Österreich gelesen, stand da, sogar eine rot-weiss-rote Flagge hatten sie gemalt. Bald kämen sie in eine weiterführende Schule. Mit wachsendem Entsetzen las er weiter. Von höheren Auslagen berichteten die Teufelsbraten, sogar von Kosten und Nutzen. Und zum Schluss schrieben diese Ausgeburten der Hölle, er solle bitte die neuen Zahlungskonditionen beachten. Liese Haller sei nicht mehr mit dem Inkasso beauftragt, ab jetzt sei das Geld an das folgende Konto bei der Liechtensteinischen Landesbank zu überweisen.

Er schloss die Augen. Wenn ihn jetzt jemand sähe, wäre er geliefert. An der Wand rechts das aktuelle Plakat der FPÖ, links ein Poster, auf dem er und ein ehemaliger Vizekanzler sich die Hand gaben. Mittendrin er mit dem Foto seiner dunkelhäutigen Söhne.

Rasch riss er die Augen wieder auf. Niemand durfte von dieser Verbindung wissen, auf gar keinen Fall. Weder die Parteikollegen noch die politischen Gegner. Weder seine Frau noch die drei beinahe erwachsenen Kinder. Weder die

Presse noch die Kirche. Er wäre in jedem Fall ruiniert. Politisch. Gesellschaftlich. Moralisch. Finanziell.

Er konnte es nicht fassen. Als Nomusa schwanger geworden war, hatte er sich nicht mehr bei ihr blicken lassen. Zuerst hatte er ihr von sich aus hie und da ein wenig Geld geschickt. Dann waren plötzlich ihre Forderungen eingetroffen. Diskret, in einem neutralen Umschlag, hatte er die Beträge irgendwo in einen Briefkasten gesteckt, wo ihn niemand sah. Adressiert hatte er die Sendungen an Liese Haller, überzeugt, dass Nomusa hinter dem Pseudonym steckte. Jahrelang hatte er sich so ihr Schweigen erkauft. Dass sie nicht selbst in Erscheinung trat, war ihm nur recht gewesen. Warum nun dieser plötzliche Sinneswandel? War dieses Luder von allen guten Geistern verlassen? Bestimmt hatte sie einen neuen Liebhaber, der mehr aus ihm herausholen wollte, verdammte Scheisse, verfluchte.

Er wäre indes nicht so hoch aufgestiegen in der Politik, wenn er nicht über ein paar herausragende Fähigkeiten verfügen würde, dachte er selbstgefällig. Er konnte neue Situationen blitzartig einschätzen und sofort richtige Entscheidungen treffen. Deshalb erkannte er ohne jeden Zweifel, dass ihm nichts anderes übrigblieb, als wie gewünscht zu zahlen. Und zwar unter Einhaltung maximaler Diskretion. Die Zahlung musste so erfolgen, dass daraus niemals auf eine Verbindung zwischen ihm und der südafrikanischen Familie geschlossen werden konnte.

Er versorgte den Brief und das Foto wieder im Couvert und steckte es in seine Ledermappe, die er wie immer abschloss. Dann erklärte er seiner Sekretärin, er müsse unverhofft aufbrechen, und machte sich auf den Weg.

20

November 2019

Nach der Rückkehr aus Kapstadt ging Lindiwe wieder ihrer Arbeit im Gästehaus nach. Roos' Nachlass hatte sie nun soweit geordnet, dass sie deren Geschäfte weiterführen konnte. Die erfreuliche Begegnung mit Nomusa war der Auftakt dazu gewesen.

Die vergangenen Wochen mit den unzähligen Nächten vor dem Bildschirm forderten ihren Tribut. Jetzt würden ruhigere Zeiten einkehren, und sie brauchte etwas Erholung. Deshalb blieb sie nach der Mittagspause eine Weile im Liegestuhl auf der hinteren Veranda liegen.

Ausser dem österreichischen Politiker hatten noch zwei weitere Personen Bargeld an Liese Haller geschickt, welches Roos jeweils auf ihr Konto bei der Liechtensteinischen Landesbank eingezahlt hatte. Da war erstens ein Franzose, der seit Jahren im illegalen Trophäenhandel tätig war. Ihm hatte Roos offenbar jährlich ihr Schweigen in Rechnung gestellt, und er hatte immer brav bezahlt. Zweitens gab es einen Deutschen, der mit seinem Unternehmen Jagdreisen nach Südafrika verkaufte. Das war legal und offenbar lukrativ. Roos hatte aber entdeckt, dass er auch illegale Jagden vermittelte, bei denen seine gut betuchte Kundschaft viel Geld springen liess, um geschützte Tiere zu erlegen. Würde dieses Nebengeschäft bekannt, wäre er ruiniert, deshalb liess er es sich etwas kosten, dass seine Aktivitäten nicht aufgedeckt wurden. Auch seine Zahlungen waren in bar per Post zu Liese Haller gelangt.

Die Lösung des daraus folgenden Problems war eine enorme Herausforderung gewesen. Als Lindiwe sie nach nächtelanger Recherche und Knobelei gefunden hatte, war sie richtig stolz gewesen. Zuerst hatte sie in Erfahrung gebracht, wo sich Mesocco befand. Das war der Ort in Liese Hallers Adresse, dorthin hatte Roos die Kunden das Geld schicken lassen. Mesocco war nur einen Katzensprung von Andeer entfernt, vielleicht fünfzig Kilometer. Natürlich hätte Roos dort einen Briefkasten mieten und ihn mit Liese Haller beschriften können, aber einiges sprach dagegen. Erstens war Mesocco ein winziges Dorf; ein Briefkasten, der nur einmal jährlich geleert wurde, dürfte den Anwohnern auffallen. Zweitens wäre es für die drei Kunden ein Leichtes, zusammen mit dem Brief nach Mesocco zu reisen und nachzusehen, wer ihn in Empfang nahm. Lindiwe war überzeugt, dass der eine oder andere genau das gemacht hatte, oder er hatte vielleicht jemanden mit der Schnüffelei beauftragt. Roos konnte also das Risiko nicht eingehen, den Briefkasten persönlich zu leeren. Die Lösung, die Roos gefunden hatte, bot die Schweizerische Post an: Man konnte dort seine Post an eine andere Adresse umleiten lassen. Erteilte man den Auftrag dazu am Postschalter, musste man einen Ausweis vorlegen, damit alles seine Richtigkeit hatte. Es war aber auch möglich, die Umleitung im Internet zu erfassen, was ohne das Vorweisen von Papieren gelang. Genau so hatte es Roos gemacht, Lindiwe hatte in einem von Roos' Mailaccounts die Korrespondenz dazu gefunden. Roos hatte Liese Hallers Post an c/o Marlene Bernard in Andeer umleiten lassen. Das funktionierte allerdings nur so lange, wie die ursprüngliche Adresse existierte, und genau darin könnte der Grund liegen, weshalb Roos in Mesocco Halt gemacht hatte: Sie musste sich vergewissern, dass dort keine Veränderungen im Gang waren, die zur Folge hätten, dass die Post die ursprüngliche Adresse nicht mehr erkannte und deshalb die Umleitung ungültig wurde.

Wer Marlene Bernard war, wusste Lindiwe nicht. Entweder handelte es sich um eine Pensionswirtin, bei der Roos eine gewisse Zeit lang wohnte, oder es war eine Bekannte, bei der sie einige Tage Halt machte. Den Namen hatte Lindiwe so wenig gefunden wie jenen von Liese Haller. Jedenfalls folgerte Lindiwe aus den Fakten, dass Roos Liese Hallers Post am Tag ihrer Ermordung bei dieser Frau Bernard abgeholt hatte. Bestimmt wäre sie danach in das Fürstentum Liechtenstein gefahren, um das Geld direkt am Schalter der LLB, der Liechtensteinischen Landesbank, einzuzahlen. Dazu war es nicht mehr gekommen, und Lindiwe war zum Schluss gelangt, dass diese Zahlungen für das laufende Jahr verloren waren. Für das nächste Jahr würde sie mit den Kunden aus Frankreich und Deutschland eine andere Zahlungsmodalität vereinbaren, wie sie es mit dem Politiker aus Österreich bereits gemacht hatte. Damit konnte sie sich Zeit lassen.

Diese drei Personen waren aber nur die eine Hälfte von Roos' Kundenkreis. Drei weitere Personen hatten ihr Geld nicht in bar an Liese Haller geschickt, sondern an einer Schweizer Poststelle eine Bareinzahlung auf das Konto bei der Graubündner Kantonalbank gemacht. Weil dieses Konto für sie unbrauchbar war, musste sie auch diese Kunden dazu bringen, ihr Geld fortan auf das Konto bei der LLB zu überweisen, und auch hier drängte die Zeit nicht. Diese drei schien Roos für kleinere Fische gehalten zu haben, jedenfalls kamen sie billiger davon. Einer war ein Schweizer, der in Südafrika ein pompöses Haus errichtet hatte und etliche Leute mit dem Unterhalt und der Umgebungsarbeit beschäftigte. Nicht nur deren Hautfarbe war mehrheitlich schwarz, sondern auch ihre Anstellung. Da der Schweizer ein Prominenter und seine Position als Stiftungsratspräsident einer sozialen

Institution empfindlich war, durfte dieses Gebaren keinesfalls ans Licht gelangen, und Lindiwe war nur zu gerne bereit, ihm ihr Schweigen zuzusichern. Der zweite war ein Mann aus dem grenznahen Italien, der seit Jahren erfolgreich Diamanten aus Südafrika schmuggelte und Roos jährlich einen Betrag dafür überwies, dass diese Tätigkeit unentdeckt blieb. Auch diese Dienstleistung führte Lindiwe bereitwillig weiter, auch das sollte mit der Bekanntgabe des neuen Kontos vor dem nächsten Zahlungstermin erledigt sein.

Der letzte Fall in ihrer Kundenkartei war der einzige, bei dem ihr das Lachen im Hals stecken blieb. Vielmehr machte er sie wütend, und sie war fest entschlossen, diese Kundin gehörig bluten zu lassen. Roos hatte entdeckt, dass die Frau illegal ein Baby aus Südafrika adoptiert hatte. So, wie man einen Sack Kartoffeln kaufen konnte, hatte sie einen Säugling erstanden. Eine seriöse Vermittlung, mit welcher die Rechte des Kindes gewahrt worden wären, war ihr wohl zu kompliziert gewesen. Bestimmt rechtfertigte sie ihr Handeln damit, dass sie dem Kind eine gesicherte Zukunft bieten konnte, ein Aufwachsen in Liebe und Geborgenheit, und wahrscheinlich hielt sie ihre Tat sogar für selbstlos. Lindiwe hätte sie geschüttelt, wenn sie vor ihr gestanden wäre. Wusste diese Schweizerin wirklich nicht, was sie dem Kind antat, indem sie jegliche Verbindung zu seinen Wurzeln kappte? In einem ordentlichen Adoptionsverfahren wurde dem Kind seine Herkunft bekannt gegeben, und manch eines nutzte im Erwachsenenalter die Möglichkeit, an seinem Geburtsort auf Spurensuche zu gehen. Andere unterliessen die Nachforschung, aber sie lebten mit dem Wissen, woher sie kamen. Im Falle einer illegalen Adoption fehlte dieses Fundament, und ob das Kind einen genügend festen Stand für das weitere Leben würde erlangen können, war fraglich. Der ganze Vorgang war in Lindiwes Augen egoistisch, selbstherrlich, überheblich, menschenverachtend, kolonialistisch – sie hätte die Liste der Adjektive problemlos fortsetzen können. Sklavenhandel, Frauenhandel, jetzt auch noch Babyhandel, wann würde Afrika endlich seinen gleichberechtigten Platz in der Weltordnung erlangen? Diese selbstgerechte Mutter würde sie bestimmt nicht davonkommen lassen. Sie hatte noch ein paar Monate Zeit, sich einfallen zu lassen, wie sie die Daumenschrauben anziehen konnte.

Mit diesem treuen Kundenkreis war ein ansehnliches Grundeinkommen gesichert, entschied Lindiwe. Auf einen Ausbau des Geschäfts wollte sie verzichten. Durch ihre Arbeit im Gästehaus wäre sie wohl an der Quelle gewesen, um neue Kundschaft zu akquirieren, aber im Gegensatz zu Roos fehlte ihr das Talent, um hinter den Gästen herzuschnüffeln. Roos hatte offenbar schon vor vielen Jahren entdeckt, welches Potenzial in ihrer Arbeit im Hotelfach steckte. Sicher lagen die Anfänge ihrer Tätigkeit in der Zeit, bevor sie zu Piet zog, denn der Fall Nomusa hatte seinen Ursprung in einer Pension in Kapstadt. Ob sie noch in weiteren Beherbergungsbetrieben agiert hatte, würde Lindiwe wohl nie erfahren.

Ganz abgeschlossen war das Projekt Nachlass Roos indessen noch nicht. Als nächstes wollte sie der alten Agnes einen Besuch abstatten, der der Wellblechschuppen gehörte, den Roos für ihre Zwecke genutzt hatte. Aber das hatte noch Zeit. Sie entspannte sich und döste in den Nachmittag hinein.

Der Besuch der Polizei vor ein paar Tagen hatte Massimiliano aufgewühlt. Nachts hatte er sich stundenlang hin und her gewälzt, tagsüber war er kaum in der Lage gewesen, sich auf seine Arbeit zu konzentrieren. Die Frage, was in Andeer geschehen sein und zu Roos' Tod geführt haben mochte, hatte ihn umgetrieben und zu viel Platz in seinen Gedanken eingenommen. Schliesslich hatte er resigniert und sich im Internet auf die Suche nach Artikeln über die Vorfälle in Andeer gemacht. Das Resultat war dürftig ausgefallen. Auf den italienischsprachigen Kanälen waren die Berichte spärlich, und die deutschsprachigen verstand er schlecht. Mehr, als dass sie mit viel Geld in der Tasche ertrunken aufgefunden worden war, hatte er nicht erfahren können.

Nach einer weiteren unruhigen Nacht setzte er sich an diesem Morgen mit einem Espresso und dem Vorsatz, Ordnung in seine Gedanken zu bringen, in den wuchtigen Sessel in seinem Zimmer.

Roos war ertrunken, Marlene verschwunden. Dass zwischen diesen beiden Ereignissen ein Zusammenhang bestand, lag für ihn auf der Hand. Nicht aber für die Polizei, wie es schien: Offenbar war nicht entdeckt worden, dass Roos und Marlene sich gekannt hatten. Er hoffte inständig, die beiden Polizisten mit seiner Behauptung überzeugt zu haben, die Frau sei ihm fremd. Dann würde die Verbindung weiterhin unentdeckt bleiben.

Roos war an jenem Tag bei Marlene gewesen, daran konnte er sich erinnern. Der Besuch hatte nicht lange gedauert. Sie hatte das Haus bald wieder verlassen und sich allein auf den Weg zur Postautohaltestelle gemacht. Marlene war mit einem Glas Wein zu ihm in die Werkstatt gekommen und hatte sich über sein neustes Werk amüsiert. Da er noch kaum damit begonnen hatte, war beim besten Willen nicht zu erkennen gewesen, wohin es sich entwickeln sollte. Sie hatte ihn damit geneckt, es sehe aus wie die akkurat gestutzten Thujahecken, die in so vielen Schweizer Vorgärten wuchsen und die sie grässlich fand. Er hatte gelacht und ihr erklärt, eher werde er einen der ordentlichen Andeerer Gärten in Stein meisseln: Lauter rechteckige Beete und exakt parallel verlaufende Wege, Blumen und Gemüse strikt getrennt. Er hörte Marlenes Lachen, als stünde sie neben ihm.

Auf dem Weg vom Haus Rosales zur Brücke hatte Roos zwanzig- oder dreissigtausend Franken bei sich gehabt, die Pressemeldungen nannten keinen einheitlichen Betrag. Dass das Geld von Marlene stammte, glaubte er nicht. Sie hatte Roos vielleicht bei ihren Besuchen manchmal kleinere Beträge zugesteckt, aber bestimmt nicht eine solche Summe. Es musste aus einer anderen Quelle stammen. Offenbar hatte Roos in der Schweiz Geschäfte am Laufen gehabt. Marlene war daran bestimmt nicht beteiligt gewesen, das war völlig abwegig. Sie war schon reich gewesen, als er sie kennenlernte. An irgendwelchen Tätigkeiten, mit denen sie ihr Vermögen noch hätte vergrössern können, war sie so wenig interessiert gewesen wie er. Geld war bei ihnen kein Thema. Sie hatten es.

Dass Marlene Roos vorsätzlich etwas angetan hatte, schloss er aus. Der Grund dafür lag in Marlenes Persönlichkeit. Zwar war ihm klar, dass sie das Risiko nicht scheute und zu waghalsigen Taten fähig war, wenn es die Umstände erforderten. Fest stand aber auch, dass sie weder niederträchtig noch gefühlskalt war. Marlene war keine Mörderin. Sie war nicht verschwunden, weil sie Roos getötet hatte. Das war eine Tatsache, wie dass die Sonne im Osten aufging.

Marlene hatte Roos bereits gekannt, bevor sie in sein Leben getreten war. Roos war ein Teil der Jahre in Marlenes Leben, über die er weder etwas wusste noch etwas wissen musste. Bis anhin hatte es ihn nicht interessiert, was die beiden Frauen verbunden hatte, und daran brauchte sich nichts zu ändern. Es spielte keine Rolle.

Er spürte, dass er etwas freier atmete. Marlene hatte weder Geschäfte mit Roos gemacht noch hatte sie Roos getötet. Das war es, was zählte. Alles andere war unerheblich.

Buess kannte diesen Zustand. Er befand sich in Phase eins, nachdem seine Frau aufgebrochen war. Da sie ein Hilfsprojekt in Moldawien betreute, reiste sie ein- oder zweimal jährlich für einige Wochen nach Osteuropa. Den Anfang seines Strohwitwerdaseins genoss er immer. Es gefiel ihm, das Geschirr des Abendessens stehen zu lassen und den Abwasch aufzuschieben, was Sidonia nicht gerne sähe. Mit Freude liess er die Tür zum Zimmer weit offen, als er seine Handorgel auspackte, was sie nicht schätzte, weil sie lieber andere Musik hörte. Eine Packung Prussiens nahm er mit, wohl wissend, dass er eine Bröselsauerei anrichten würde, ohne damit Sidonias Missbilligung zu wecken. Und sollte er mit dem Orangina auf seinen Pullover kleckern, war das einerlei, denn er würde ihn selbst waschen und dabei ordentlich Weichspüler zugeben, ein Produkt, das Sidonia nicht ins Haus kam. Er war vogelfrei, brauchte keinerlei Rücksicht zu nehmen, musste sich nicht über die Marotten seiner Frau nerven und sich nicht eingestehen, selbst ebenso viele davon zu haben. Auch ihre strengen Ökoregeln setzte er jeweils schon auf dem Rückweg vom Flughafen ausser Kraft und kaufte mit Freude Früchte aus Südamerika, dreifach verpackte Biskuits und eben Weichspüler.

«Mackie Messer» schien ihm geeignet für das Einläuten des Feierabends, er platzierte die Noten auf dem Ständer und nahm das Instrument zur Hand. Der darauffolgende Wechsel zu Mancinis «Rosarotem Panther» lag nahe, und der «Kriminaltango» war ebenfalls gesetzt. Als er danach in seiner Notensammlung stöberte, drängte aber die Tote von Andeer so aufdringlich in sein Bewusstsein, dass er das Instrument wegstellte und sich den Prussiens zuwandte.

Er würde sich damit abfinden müssen, Roos van Rensburg in der Rubrik der ungelösten Fälle ablegen zu müssen. Diese Sammlung war überschaubar, das Tötungsdelikt würde darin das weitaus schwerste Verbrechen sein. Das war unbefriedigend, fand er, aber er konnte den Sachverhalt drehen und wenden, wie er wollte, er fand keinen Ansatzpunkt, wie er die Ermittlung hätte fortsetzen können. Zum tausendsten Mal ging er im Kopf die Fakten durch.

Die Frau hatte ungewöhnlich viel Geld bei sich getragen. Es gab keinen Hinweis, dass es aus Andeer, aus dem Misox oder überhaupt aus der Region stammte. Weitere Untersuchungen lagen in der Hand der Kriminalpolizei, sie überstiegen seine Möglichkeiten.

Sie wollte es offenbar auf der Graubündner Kantonalbank einzahlen, bei dieser führte sie ein Konto. Der Betrag war höher als in anderen Jahren, was vermutlich bedeutete, dass ihre Geschäfte besser gelaufen waren.

Dass das Paar, das im Haus Rosales gewohnt hatte, die Gegend zur gleichen Zeit verliess, hatte nichts zu bedeuten. Die beiden hatten sich auseinandergelebt, die Trennung hatte sich schleichend angekündigt.

Hätte die tote Frau in der Region, in Graubünden oder wenigstens in der Schweiz gelebt, wären ihm und seinen Kolleginnen und Kollegen weitere Möglichkeiten zur Verfügung gestanden. Sie hätten ihr Umfeld untersucht, ihre Verwandten und Bekannten befragt, ihre Finanzen unter die Lupe genommen. Das wäre sogar im nahen Ausland möglich gewesen, die informellen Kontakte über die Grenze waren gut. Sie hätten sich ein Bild der Frau machen können. In Südafrika war es hingegen unmöglich. Auch das musste die Kriminalpolizei übernehmen, und die Chance, dass die Kolleginnen und Kollegen dort etwas aufdeckten, schätzte er gegen null.

Er könnte also seine Hände in Unschuld waschen und jene von Meta, Camenisch und der -kova noch dazu. Sie hatten getan, was sie konnten, alles Weitere lag nicht in ihrer Macht. Er könnte sich zurücklehnen, das letzte Prussien aus der Packung fischen, sich die Hände ablecken und weiterspielen.

Er fürchtete aber, dass dieser Misserfolg ihm noch lange zu schaffen machen würde. Himmelherrgott nochmal, es durfte einfach nicht wahr sein! Ein Tötungsdelikt musste aufgeklärt werden, sonst hing die Weltordnung schief. Er fühlte sich verantwortlich für das Scheitern, trotz aller Rechtfertigungen. Es passte nicht zusammen, in einer friedlichen Gegend zu leben, wo kaum Kapitalverbrechen begangen wurden, und wenn sich eines ereignete, schaffte man es nicht einmal, dieses aufzuklären. Wenn jemand getötet wurde, musste jemand anders ins Gefängnis, so war das.

Frustriert stellte er die Handorgel auf den Boden. Die leere Verpackung der Prussiens warf er in den Papierkorb, nicht ohne, wie Hänsel und Gretel, eine Spur auf dem Parkett zu hinterlassen.

Sidonia würde ihm jetzt sagen, es gebe keinen Grund, sich aufzuregen. Er habe gemacht, was er könne. «Wenn du noch etwas tun kannst, dann mach es. Wenn du nichts mehr tun kannst, dann ärgere dich nicht.» Er hörte sie, als stünde sie neben ihm. Er ärgerte sich trotzdem.

Auch Marlene ärgerte sich. Sie befand sich auf dem Rückweg nach Macugnaga, nachdem sie den Antikschreiner in Colico aufgesucht hatte. Sie ärgerte sich, weil ihr Besuch in dessen Werkstatt gründlich schief gegangen war.

Wie geplant hatte sie unförmige Kleider angezogen, die ihre Figur verbargen, dazu einen Schal und eine Mütze, unter der sie ihr Haar versteckte. Den Weg vom Auto zum Eingang hatte sie leicht gebückt und mit schlurfenden Schritten zurückgelegt. Die schlechte Haltung hatte sie beibehalten, als sie sich beim Schreiner nach dem Schreibtisch erkundigte.

Die Werkstatt war winzig, das hatte sie sofort irritiert. Sie hatte eine Art Halle erwartet, ausgestattet mit mächtigen Maschinen und reich gefüllt mit Möbeln, Holzvorräten und Utensilien. Stattdessen hatte sie einen kleinen Raum angetroffen, unordentlich und vollgestopft, in dem sie dem Schreiner näherkommen musste, als ihr lieb war.

Dann hatte sie ihm geschildert, sie suche einen Schreibtisch, wie er einen hier stehen habe, und beunruhigt festgestellt, dass er sie nicht zuvorkommend als potenzielle Kundin behandelte, sondern ihr misstrauisch gegenübertrat. Es war ihr auch im weiteren Verlauf des Gesprächs nicht gelungen, ihn zu überzeugen.

Es hätte genügt, wenn er den Raum für kurze Zeit verlassen hätte. Sie hatte das Gespräch so gelenkt, dass er Unterlagen hätte holen müssen, die sie im Haus vermutete, aber den Gefallen tat er ihr nicht. Sie konnte ihn weder dazu überreden, ihr Bilder von anderen Arbeiten zu zeigen, noch, ihr Muster von Hölzern vorzulegen. Er blieb stur im Raum stehen, und der Blick, mit dem er sie musterte, verhiess nichts Gutes. Schliesslich hatte sie auf einem Zettel die Mailadresse notiert, die sie für diesen Kontakt neu eingerichtet hatte. Es war ihr nichts anderes übriggeblieben, als unverrichteter Dinge den Heimweg anzutreten.

Der Handwerker kratzte sich am Kopf, als er ihr durch das staubige Fenster seiner Werkstatt nachblickte. Zufällig hatte er sie beobachtet, als sie auf den Hof gefahren war. Sie war geschmeidig aus dem Auto ausgestiegen, aber nachher schwerfällig und gebückt auf die Eingangstür zugegangen. Das hatte ihn stutzig gemacht. Folglich hatte er sich die Dame sehr genau angeschaut. In seinem Geiste hatte er ihre Hüllen fallenlassen und festgestellt, dass darunter eine grosse, schlanke Gestalt verborgen sein musste, noch dazu mit einem schönen Gesicht, soweit es hinter der Brille und über dem Schal erkennbar war. Die Verkleidung und die dezente Verstellung mit der schlechten Haltung waren nicht schlecht, aber er war Fachmann. Formen und Masse zu erkennen, war sein tägliches Brot. Er war überzeugt, dass mit dieser Frau etwas nicht stimmte.

Das warf unweigerlich die Frage auf, was der Grund für das Theater war. Sie sei interessiert an dem Schreibtisch, hatte sie gesagt. Ihren Akzent konnte er nicht zuordnen. Sie hatte sogar die richtigen Fragen gestellt, und er musste zugeben, dass sie sich nicht schlecht auskannte mit Antiquitäten. Trotzdem hatte er nicht den Eindruck gehabt, dass sie den Tisch wirklich kaufen wollte. Er hätte nicht benennen können, was es war, das ihn ausser der Verkleidung skeptisch werden liess. Vielleicht war es nur ein unbestimmtes Gefühl. Es reichte jedoch aus, um sie keine Sekunde aus den Augen zu lassen. Als er gesagt hatte, er habe sich noch nicht definitiv entscheiden können, ob er den Schreibtisch überhaupt verkaufen wolle, hatte sie kapituliert und sich bald verabschiedet.

Er steckte den Zettel mit der Mailadresse in die oberste Schublade des begehrten Möbelstücks. Nur zu gern hätte er sich jetzt mit dessen Restaurierung befasst, aber das konnte er sich nicht erlauben. Zuerst musste der wuchtige Bauernschrank fertig werden, dann waren da noch ein Esstisch und vier Stühle und ein paar kleinere Aufträge, die alle vor Weihnachten ausgeliefert sein mussten. Der Schreibtisch musste sich bis zu den Festtagen gedulden. Was dem Tisch bedeutend leichter fallen würde als ihm selbst.

«Tom hat sich verändert», stellte Annetta am Mittagstisch fest.

Beni zog es vor, seine Nase noch etwas tiefer über die Gerstensuppe zu senken und zu schweigen.

«Eine Zeitlang war er ein Nervenbündel, etwas schien ihm zu schaffen zu machen», fuhr sie fort. «Er ist immer noch nervös, aber er wirkt weniger bedrückt.»

Ihr Enkel äusserte ein zustimmendes Brummen.

«Weisst du etwas?», fragte sie.

«Nein.» Das konnte er mit gutem Gewissen sagen, weil es stimmte. Beni schaute auf und griff beherzt nach einer Scheibe Brot.

«Was läuft im Haus Rosales?», wechselte sie das Thema.

Rasch senkte er wieder den Kopf und murmelte etwas Unverständliches in die Suppe.

«Ist die Sauertöpfische noch da?»

«Ja», liess sich Beni laut und deutlich vernehmen. «Vielleicht nicht mehr lange», setzte er hinzu.

«Wie kommst du darauf?», fragte Annetta.

«Das Haus scheint geräumt zu sein», erzählte Beni. «Ich habe seit einiger Zeit keinen Möbeltransporter mehr gesehen, überhaupt keine Besucher. Ich vermute, sie ist am Putzen, aber das wird nicht mehr ewig dauern.» Er hatte seit ein paar Tagen den Eindruck, dass in der Frau eine Veränderung vorging, aber darüber schwieg er. Er hätte sowieso nicht genau sagen können, was anders war. Wirkte sie entschlossener? Weniger bedrückt?

Annetta stimmte ihm zu. «Danach wird sie wohl dem Bildhauer nach Italien folgen.»

Damit würde die einzige Person abreisen, die ausser ihm etwas über Liese Haller wusste, dachte Beni.

«Woran denkst du?», fragte seine Nana.

Verdammt, warum sah sie ihm an, wenn etwas in ihm vorging? Beni suchte nach einer Ausrede. «Wer wird wohl danach dort einziehen? Es wird nicht so einfach sein, das Haus zu vermieten.»

«Wer weiss», meinte Annetta. «Es gibt bestimmt einen anderen Handwerker oder Künstler, für den die Werkstatt geeignet ist.» Sie schob ihren leeren Teller zur Seite und wechselte das Thema. «Wenn du dich heute um das WC kümmerst, kannst du eine Verstopfung des Ablaufs gerade noch verhindern.»

Beni verdrehte die Augen und nickte.

«Und wenn du weiterhin so viel heisses Wasser für deine Körperpflege nutzen willst, brauchen wir einen grösseren Boiler.» Amüsiert stellte sie fest, dass Beni sich verlegen die Nase rieb. Hatte er wirklich geglaubt, dass sie die Veränderung an ihm nicht feststellen würde? «Ist es die hübsche Köchin aus dem Altersheim?»

Er lachte verblüfft. «Woher weisst du das?»

Sie grinste und schwieg.

Piet fand, Lindiwes Cousin mache sich gut im Gästehaus. Er sah, was zu tun war und erledigte es ohne viel Aufhebens. Dadurch hatte Piet mehr Freiraum, um sich um die Verpflegung zu kümmern, was ihm mehr und mehr Spass machte. Roos hatte ein distanziertes Verhältnis zu den Gästen gepflegt, dem er sich angepasst hatte. Nun entdeckte er neue Seiten an sich. Er war nicht nur ein guter Handwerker, sondern auch ein guter Wirt. Er konnte nicht nur jagen, sondern auch kochen. Verwundert stellte er fest, dass die Gäste seine

Gesellschaft schätzten, dass sie voller aufregender Eindrücke von ihren Ausflügen zurückkehrten und danach lechzten, ihm von ihren Erlebnissen zu erzählen und dabei ein herzhaftes Abendessen zu geniessen.

Ohne danach gesucht zu haben, hatte er mit der Bewirtung eine neue Einnahmequelle entdeckt. Lindiwe erledigte die Administration des Gästehauses, ihr junger Cousin war Mädchen für alles, und die Reinigungskraft vervollständigte das Team.

Roos begann in seiner Erinnerung zu verblassen. Manchmal überfiel ihn die Trauer unvermittelt mit einem schmerzhaften Stich, aber so schnell, wie sie sich bemerkbar machte, verschwand sie wieder. Die Pension lief gut, sein Personal war zuverlässig, sein Leben in Ordnung.

Sein Personal als solches zu bezeichnet, war freilich etwas gewagt. Wenn er ehrlich zu sich selbst gewesen wäre, hätte er zugeben müssen, dass Lindiwe den Karren zog und sein Anteil am Erfolg der Pension bedeutend kleiner war als ihrer. Allein, solche Gedanken machte sich Piet nicht, und Lindiwe hütete sich, ihm das auf die Nase zu binden. Sie hatte ohnehin andere Pläne.

Kürzlich hatte sie Agnes besucht. Aus einem sonderbaren Gefühl der Dankbarkeit wollte sie sie kennenlernen und ihr ihre Kontaktdaten überlassen für alle Fälle. Die Dame hatte sich indessen als einiges jünger entpuppt, als sie vermutet hatte. Sie benötigte ein wenig Pflege aufgrund einer schweren Verletzung, die sie sich bei einem Autounfall zugezogen hatte, war aber geistig fit und interessiert an ihrer Umgebung. Die beiden Frauen hatten sich auf Anhieb verstanden, und Lindiwe konnte sich nur zu gut vorstellen, dass sich Agnes einsam oder zumindest gelangweilt fühlte, seit sie in einer kleinen Wohnung lebte und nicht mehr arbeitete. Lindiwe fand es sowieso unnatürlich, allein in vier Wänden zu hausen, dazu war der Mensch bestimmt nicht erschaffen. Agnes würde mehr Gesellschaft guttun, war sie überzeugt.

Am Tag nach dem Besuch hatte sie sich, ohne es zu wollen, gedanklich immer wieder mit der neuen Bekannten befasst. Allmählich hatte eine Idee Gestalt angenommen, die nun so ausgereift war, dass sie sie Piet unterbreiten wollte. Als er sie in ihrem Büro aufsuchte, sah sie die Gelegenheit dazu gekommen. Nachdem sie die geschäftlichen Angelegenheiten geklärt hatten, setzte sie ihre Strategie um.

«Der Betrieb läuft gut», begann sie.

Piet nickte selbstzufrieden.

«Bis Ende Saison dürften wir einen ordentlichen Gewinn machen. Genug, um über den Winter davon leben zu können», fuhr sie fort. «Es wird allerdings langweiliger, wenn keine Gäste hier sind.»

Piet nickte langsamer. «Ja. Schade, eigentlich.» Warum hatte er das bisher nie bedauert?

«Wir sollten trotzdem Gäste haben.»

«Hm», brummte er. «Wie stellst du dir das vor? Im Winter herrscht tote Hose, mehr als ein paar vereinzelte Reisende wollen dann nicht hier übernachten.»

«Es gibt andere Gäste als Touristen.»

Piet kratzte sich am Kopf. Gab es das?

«Dauergäste. Wenn jemand den ganzen Winter hier lebt und für sein Zimmer bezahlt, haben wir ständig Einnahmen.»

«Wer sollte den ganzen Winter hier wohnen wollen?», fragte er.

«Ich wüsste jemanden», sagte Lindiwe.

Nun steckte Piet die Hände in die Hosentaschen. Worauf wollte sie hinaus?

Sie erläuterte ihm ihre Idee, ein Zimmer an Agnes zu vermieten, die Frau, der Roos zur Hand gegangen war. Das bisschen Betreuung und Pflege, das die alte Dame benötige, könnten sie beide erbringen und es Agnes in Rechnung stellen.

«Warum nicht?», meinte Piet nach einigem Überlegen.

«Weil etwas dagegen spricht», sagte sie.

Piet runzelte die Stirn. «Was?»

«Wenn sie den Winter über hier lebt, wird sie im Frühling nicht mehr ausziehen wollen.»

Er nickte. «Ja, das wird wohl so sein.»

«Aber im Sommer können wir sie nicht beherbergen, weil wir die Zimmer dann zum Saisontarif an die Feriengäste vermieten.»

Er wartete. Es hätte ihn gewundert, wenn sie keine Lösung bereit gehabt hätte, und er wurde nicht enttäuscht.

«Sie müsste im Sommer in deinem Haus wohnen.»

«In meinem Haus?», fragte er verdattert. «Ich soll in meinem Haus eine alte Frau aufnehmen?»

«Ja.»

Er wälzte den Gedanken hin und her. «Naja, im oberen Stock hat es wirklich noch zwei leere Zimmer. Sogar drei, dein Cousin wird dann wahrscheinlich nicht mehr hier wohnen.»

Als wahrscheinlich hätte es Lindiwe nicht bezeichnet, dass der junge Mann die Arbeit in der Pension bald aufgeben würde. Vielmehr ging sie davon aus, dass er bis auf Weiteres zum Haushalt gehörte, doch darauf wollte sie Piet lieber nicht hinweisen. «Sie kann nicht gut Treppensteigen.»

«Hm. Dann wird es schwierig.» Warum hatte sie es dann überhaupt erwähnt?, fragte er sich.

«Sie müsste dein Zimmer bekommen.»

«Meines?», rief er verblüfft. «Aber …» Weiter kam er nicht, es verschlug ihm die Sprache.

«Du könntest in das grosse Zimmer oben umziehen.»

Stirnrunzelnd dachte er nach. Warum eigentlich nicht? Das Zimmer war grösser, das Bad daneben war komfortabler als die Dusche unten, und an das Treppensteigen, das er bislang vermieden hatte, würde er sich wohl gewöhnen. «Warum nicht?»

21

November 2019

Marlene lag im Bett und hatte keine Lust aufzustehen. Seit sie ein paar Tage zuvor aus Colico zurückgekehrt war, hatte sie einiges an Energie eingebüsst. Sie wusste nicht, wie weiter, nachdem der Besuch beim Antikschreiner schiefgelaufen war. Es führte kein Weg daran vorbei, ihre Situation gründlich zu überdenken, aber sich dazu aufzuraffen, fiel ihr schwer.

Draussen war es immer noch dämmrig. Nicht, weil es noch früh gewesen wäre, sondern weil die Sonne in dieser Jahreszeit Mühe bekundete, sich über die Berge zu erheben. Ihr kleiner Sitzplatz im Freien war im November so öde wie nutzlos, und für vier, fünf Monate würde sich daran nichts ändern.

Das Erwachen der Natur im kommenden Frühjahr wollte sie allerdings nicht hier erleben. Mit einem Mal wurde ihr klar, dass sie das Tal, den Ort, die kleine Wohnung satt hatte. Ebenso diesen ungewissen Zustand, in dem sie sich seit mehr als zwei Monaten befand. Er musste ein Ende haben.

Sie verschränkte die Hände hinter dem Kopf und blickte zur Decke. Das glückliche Leben in Andeer war vorbei. Für immer. Dieser Gedanke schmerzte nach wie vor. Die Erinnerungen taten weh, sie konnte noch nicht mit Freude an die fünfzehn Jahre im Schams zurückdenken. Aber sie konnte ihre Zukunft in die Hand nehmen, damit sie wieder glückliche Jahre vor sich hatte.

In den vergangenen Wochen hatte sie lange darüber nachgedacht, was sie zu ihrem Glück brauchte. Geld, zum Beispiel. Davon hatte sie genug. Einen Wohnort in den Bergen. Davon gab es genug. Spätestens an dieser Stelle drängte sich sein Gesicht vor ihr inneres Auge. Massimiliano. Ohne ihn machten alle Gedanken über die Zukunft keinen Sinn.

Wenn Massimiliano die Unterlagen aus dem Schreibtisch in die Hände bekommen hatte, dann würde er sie kaum mit offenen Armen empfangen. Weiter war es denkbar oder sogar wahrscheinlich, dass sie ihn mit ihrem Verschwinden zu sehr verletzt hatte und er sie nicht mehr ertragen konnte. Damit musste sie rechnen. Aber vielleicht konnte auch er sich eine Zukunft ohne sie nicht vorstellen, genau wie sie nicht ohne ihn.

Mit einem Mal wurde es heller in ihrem Zimmer. Die Sonnenstrahlen hatten den Weg ins Tal gefunden. Sie beobachtete den Schatten, den der Fensterrahmen auf die Bettdecke warf. Während er langsam über den gestreiften Überzug zog, plante sie ihre nächsten Schritte.

Inzwischen waren die Märsche im Dunkeln zum Haus Rosales für Tom zur Gewohnheit geworden. Er brauchte Blanka nicht mehr mithilfe des Lichts seines Telefons zu überzeugen, ihn einzulassen. Sie öffnete ihm bereitwillig.

An diesem Abend sah er eine Veränderung in ihrem Gesicht. Nur schon die Tatsache, überhaupt etwas in ihrem Gesicht zu sehen, fand er bemerkenswert. Er glaubte sogar, ein Leuchten in ihren Augen zu erkennen.

Er setzte sich an den Tisch, und wie immer machte sie schweigend Kaffee.

«Schläfst du jetzt hier unten?», fragte Tom, weil ihm auf dem Sofa im Entrée eine Bettdecke aufgefallen war.

«Ja», antwortete Blanka.

«Warum?»

«Weil ich oben alles geputzt habe.» Sie setzte sich mit den beiden Tassen an den Tisch.

«Nähert sich deine Zeit hier dem Ende?» War das ein Ausdruck von Freude in ihrem Gesicht? Das war nicht möglich, entschied er, er musste sich geirrt haben.

«Ja.» Blanka sass kerzengerade am Tisch, den Blick auf die Tasse gerichtet. «Wenn alles gut geht, bin ich in einer Woche nicht mehr hier.»

Vermutlich war es doch Freude gewesen, dachte Tom. «Fährst du zu ihr?»

Sie zuckte die Achseln. «Sie wird mir die Reiseunterlagen mailen. Mehr weiss ich nicht.» Seit einiger Zeit kontaktierten sich Marlene und Blanka, das war Tom bekannt, und zwar vorsichtig und nur, wenn es sich nicht vermeiden liess. Blanka hatte dafür eine neue Mailadresse eingerichtet, und Tom hatte sie Marlene telefonisch durchgegeben.

Tom musterte sie lange. «Du vertraust ihr sehr.»

«Ja.»

«Ich habe den Eindruck, du würdest für sie durchs Feuer gehen.»

«Ja.»

Er fragte nicht, warum das so war. Sie würde ihm keine Antwort geben. Marlene hatte ihm einmal leichthin erzählt, sie habe der Freundin einst in Osteuropa einen Gefallen getan. Er vermutete, dass das stark untertrieben war. Aus Marlenes Andeutungen und Blankas Verhalten schloss er, dass Blanka irgendwie in der Klemme gewesen war, als sie sich kennengelernt hatten. Marlene dürfte ihr aus dem Schlamassel geholfen haben. So, wie er sie einschätzte, war ihr Beitrag zu Blankas Rettung wohl hochriskant gewesen. Womöglich hatte entweder Blankas Situation oder Marlenes Hilfeleistung oder beides nicht dem Gesetz entsprochen. Die ungewöhnliche Freundschaft der beiden und Blankas bedingungslose Treue liessen sich nur so erklären.

«Was wirst du machen?», fragte Blanka.

Tom lehnte sich zurück und verschränkte die Arme. «Tun, als ob nichts gewesen wäre?», fragte er. «Warten? Hoffen?»

«Das ist schwierig.» Jetzt war ihr Gesicht wieder verschlossen wie üblich.

«Ja.» Er schaute zur Decke. «Ich weiss nicht, ob ich das schaffe.»

«Du musst.»

Tom schnaubte. «Ich muss es versuchen.»

«Du musst es schaffen», widersprach Blanka bestimmt. «Für dich. Für sie.»

Für Beni war jetzt offensichtlich, dass sich Blanka verändert hatte. War sie ihm in den letzten Wochen vom Kummer gebeugt erschienen, bewegte sie sich nun wieder leichtfüssiger. Zwar zeigte sich wie üblich kein Lächeln in ihrem Gesicht, als er ihr die Post reichte, aber immerhin nickte sie ihm zu. Man hätte es fast freundlich nennen können.

Er fuhr weiter zum Steinbearbeitungsbetrieb auf der anderen Seite des Rheins. Er lag unmittelbar bei der Brücke, bei der die Frau ums Leben gekommen war. Was war an jenem Tag hier passiert?, fragte er sich zum tausendsten Mal. Wie liessen sich die einzelnen Fakten zu einem Ganzen verbinden?

Nachdem er den Firmenbriefkasten gefüllt hatte, stieg er wieder ins Auto und steuerte Bärenburg an. Unterwegs dachte er weiter nach. Die fremde Frau, die ungewöhnlich viel Bargeld bei sich hatte, wurde tot im Rhein gefunden. Zur gleichen Zeit zogen die Bewohner des Hauses Rosales aus Andeer weg. Kurz vorher hatte er dort einige Briefe an Liese Haller zugestellt.

Er hielt am Dorfeingang und füllte die ersten Briefkästen, fuhr weiter, füllte die nächsten, läutete an einer Tür, um ein Paket abzugeben, und plauderte ein paar Worte über einen Gartenzaun. Als er das Dorf hinter sich liess, nahm er den Faden wieder auf. Chronologisch war seine Aufzählung falsch, überlegte er. Zuerst waren die Briefe an Liese Haller, dann die Tote im Rhein, dann der Wegzug aus dem Haus Rosales. Darauf folgte die bedrückte Haltung der Haushälterin und nun die augenfällige Verbesserung ihrer Stimmung.

Plötzlich trat er auf die Bremse, als kurz vor dem nächsten Dorf eine Katze über die Strasse jagte, und schüttelte den Kopf über so viel Übermut. Bemerkenswert war, dass sich Toms Zustand parallel zu jenem der Haushälterin verhielt. Während ihr die Sorgen wie eine Last auf ihren Schultern immer mehr zu schaffen machten, war Tom ebenfalls unruhiger geworden. Jetzt, wo es der Frau sichtlich besser ging, schien auch Tom weniger bedrückt zu sein.

In Pignia verlangten wiederum die Pflichten als Logistiker Distribution seine ganze Aufmerksamkeit. Nach dem letzten Haus setzte er seine Denkarbeit fort. Was hatte Tom mit den Vorgängen im Haus Rosales zu tun? Wo konnte der Berührungspunkt zwischen Tom und den Bewohnern liegen?

Unvermittelt traf ihn die Erkenntnis. Es gab sehr wohl eine Verbindung. Tom und die Hausherrin hatten eine Gemeinsamkeit, und zwar die Liebe zu ihren Tieren. Während Tom seine beiden Hunde wichtiger waren als die knapp acht Milliarden Menschen auf der Erde, verbrachte Marlene Bernard weit mehr Zeit in Gesellschaft ihrer Pferde als zusammen mit Menschen. Tiere waren ein Türöffner, es war sehr gut möglich, dass die beiden über diese ins Gespräch gekommen waren. Tom hielt sich in jeder freien Minute mit seinen Hunden draussen auf, und der Weg von Andeer nach Cagliatscha dürfte vom Haus Rosales aus eine beliebte Reitstrecke gewesen sein. Im Gegensatz zu ihrem bildhauenden Mann oder Partner sprach die Frau gut Deutsch, das war ihm bekannt.

Die Leute in Clugin müssen sich ein wenig gedulden, bis sie Post bekommen, dachte Beni, und hielt am Strassenrand an. Zuerst musste er seine Überlegungen sortieren.

Wenn sich die Gemütsverfassung der Haushälterin und Toms parallel entwickelten, konnte das nur eines bedeuten: Die beiden standen in Kontakt miteinander. Wie war das möglich? Die Frau hatte weder früher noch jetzt Bekanntschaften im Dorf gepflegt. Er war sich sicher, dass Tom, genau wie er selbst, bis zum Wegzug der Herrschaften vom Haus Rosales kaum je mit ihr gesprochen hatte. Danach hatte sich das offenbar geändert. Warum?

Beni hielt es nicht mehr aus im Auto. Er stieg aus und liess seinen Blick in die Ferne schweifen, wo er unweigerlich von der Burgruine Cagliatscha angezogen wurde. Tom, wo bist du nur hineingeraten?, fragte er sich verzweifelt. Dann zwang er sich zur Ruhe. Er musste weiter nachdenken.

Tom und die Haushälterin hatten sich aus einem offenbar wichtigen Grund vor Kurzem miteinander in Verbindung gesetzt. Tom hatte darüber keinen Ton verlauten lassen. Das hätte er bestimmt, wenn nichts dabei gewesen wäre, schliesslich tauschten Beni und er öfters Neuigkeiten aus dem Dorf aus. Der Kontakt zwischen Tom und der Haushälterin lief aber im Verborgenen ab. Die beiden hatten einen einzigen gemeinsamen Nenner: Marlene Bernard. War sie der Grund für die Verbindung?

Ja, beantwortete sich Beni die Frage, als ihm keine andere plausible Erklärung einfiel. Wenn aber Marlene der Anlass für die Heimlichkeit war, konnte ihr überstürztes Verschwinden nicht harmlos sein. Harmlos war es genau dann nicht, wenn es mit Roos' Tod zusammenhing.

Beni blieb die Luft weg, als ihm die Tragweite seiner Überlegungen klar wurde. Mit weichen Knien setzte er sich wieder ins Auto. Seine Folgerungen konnten nur eines bedeuten: Tom und die Haushälterin wussten, was am Rhein passiert war und wie Marlene Bernard in die Vorfälle verwickelt war.

Er blies die Wangen auf und liess die Luft langsam entweichen.

Nach der morgendlichen Tasse Kaffee, die ihm die Angestellte wie immer pünktlich gebracht hatte, raffte sich Massimiliano auf und machte sich an die Arbeit. Er versuchte mit aller Kraft, seinen stets gleichen Tagesablauf einzuhalten. Das verlangte ihm zwar einiges ab, aber er wusste, dass er im freien Fall in die Dunkelheit stürzen würde, wenn er diese Struktur aufgab. Seit einiger Zeit widmete er sich mit Bleistiftskizzen und Kohlezeichnungen der Weiterentwicklung seines Könnens, der Schärfung seines Blicks, der Wirkung von Licht und Schatten, der Herausarbeitung sanfter Übergänge und starker Kontraste. Zum kreativen Schaffen war er nicht fähig, aber mit dieser eher handwerklichen Tätigkeit konnte er sich beschäftigen.

Irgendwo musste ein Lehrbuch sein über das wissenschaftliche Zeichnen. Er hatte es einst in einem Antiquariat in Schaffhausen gefunden, als er mit Marlene einige Tage in der Ostschweiz verbrachte. Wieder schlich sich Marlene in seine Gedanken, wieder schmerzte die Erinnerung an eine glückliche Zeit. Er verdrängte sie mit aller Kraft und stöberte in den Koffern und Kisten, die er aus Andeer mitgenommen und grösstenteils noch immer nicht ausgepackt hatte. Er fand Sachen, die er nicht sehen wollte und die er rasch zurücklegte. Gerahmte Fotos gemeinsamer Unternehmungen, kleine Bilder, die er für sie gemalt hatte, und Bücher, die sie zusammen gekauft hatten. Vielleicht hatte er das Buch in Andeer zurückgelassen?, überlegte er. Dann wäre es vermutlich in der Schachtel, die ihm der Treuhänder vor einigen Wochen geschickt und deren Inhalt er immer noch nicht durchgesehen hatte.

Er zog die Schachtel aus dem unordentlichen Stapel. Darin lagen einige Schnellhefter mit Unterlagen, die dem Fachmann offenbar wichtig erschienen waren, Massimiliano jedoch bedeutungslos vorkamen. Kaufverträge für Autos und solche für Pferde. Die Anstellungsunterlagen des Stallknechts. Policen diverser Versicherungen und deren Auflösung. Was sollte er damit?, fragte er sich und legte alles achtlos beiseite. Dann stiess er auf eine kleinere Schachtel, die mit einem Fragezeichen versehen war. Er griff nochmals zum Brief des Treuhänders, den er damals nur überflogen hatte. Darin seien persönliche Sachen enthalten, hiess es dort, die nicht eindeutig ihm oder Frau Bernard hätten zugeordnet werden können.

Massimilianos Herz schlug schneller, als er das Klebband durchtrennte. Ein ungutes Gefühl machte sich in ihm breit. Er ahnte, dass der Inhalt unerfreulich sein würde.

Missmutig kickte Camenisch einen Stein vor sich her, als er mit dem Köter unterwegs war, und sann einmal mehr darüber nach, dass die Tote in Andeer womöglich als ungelöster Fall in seine persönliche Statistik eingehen würde. Er war noch keine dreissig Jahre alt. Wenn es linear so weiterging, würde er bis zu seiner Pensionierung fünf ungelöste Tötungsdelikte auf dem Buckel haben, was ihn ungeheuer ärgern würde.

Diese Gedanken waren völliger Blödsinn, das war ihm klar. Trotzdem war es eine Tatsache, dass er unzufrieden mit sich war.

Er warf dem übermütigen Hund wieder ein Stöckchen. Wenn er alle Überlegungen zu internationalen Verstrickungen, möglichen Verbrechen und Motiven beiseite liess, blieb eine einzige Tatsache zurück: Die Frau war mit ungewöhnlich viel Bargeld im Gepäck von der Brücke in Andeer in den Tod gestürzt. Alles weitere waren Vermutungen, wovon eine mit an Sicherheit grenzender Wahrscheinlichkeit, wie es so schön hiess, zutraf: Am Sturz in den Hinterrhein war jemand beteiligt gewesen, sie war nicht von allein über das Geländer gefallen.

Wieder verlangte der Köter seine Aufmerksamkeit, er warf den Stock mit aller Kraft in die Wiese. In der Ferne erkannte er einen Spaziergänger mit einem grossen, zotteligen Hund. Es würde noch eine Weile dauern, bis die beiden Vierbeiner ihr gewohntes Theater veranstalten und er mit dem Hundehalter das gewohnte Gelaber abhalten müsste.

Und wenn der Sturz von der Brücke gar nichts mit dem vielen Geld zu tun hätte? Ein verwegener Gedanke, natürlich, aber Zufälle kamen vor. Wenn es ein gewöhnlicher Entreissdiebstahl war? Jemand auf einem Motorrad war zufällig auf Roos van Rensburg gestossen, hatte sowohl die Gelegenheit als auch den Rucksack gepackt, nicht wissend, was sich darin befand. Frau van Rensburg hätte viel heftiger als erwartet reagieren können, vielleicht hatte sie den Rucksack festgehalten und nicht losgelassen, was den Dieb überrumpelt haben könnte. Es hätte ein Gerangel gegeben, eine Verkettung widriger Umstände, und die Frau wäre in den Fluss gestürzt. War das wieder völliger Blödsinn? Wahrscheinlich schon, musste er zugeben.

Nun hatte der Köter den anderen Hund entdeckt, die Begegnung musste ausgiebig gefeiert werden. Der Spaziergänger schaute gutmütig zu. Hund und Halter waren sich offensichtlich ähnlich. Ob das immer so war, wie manche behaupteten? Stirnrunzelnd betrachtete er den Köter und hoffte, dass er die Ausnahme der Regel war.

Vielleicht war die Frau über irgendetwas zu Tode erschrocken und von selbst in den Fluss gefallen?, überlegte er im Weitergehen. Ein Überschallknall eines der Militärflugzeuge, die manchmal über das Tal jagten? Waren diese früher an der Tagesordnung gewesen, kamen sie heute nur mehr selten vor, verursacht durch waghalsige oder unfähige Piloten, vermutete er. Das Geräusch konnte man ohne Weiteres für eine Bombenexplosion halten, und eine Person aus einem fremden Land konnte sich darüber gehörig erschrecken. Allerdings konnte er sich nicht vorstellen, wie sie deswegen über das Geländer gestürzt sein könnte. Eher würde sie wohl in die Knie gehen oder flach auf den Boden fallen.

Die nächste Spaziergängerin führte einen Schäfer aus. Ein schönes Tier, fand Camenisch. Die Verwandtschaft mit einem Wolf war offensichtlich. Die Ähnlichkeit des Schäferhunds mit dem Raubtier war gross, während sie beim Köter nicht mehr festzustellen war. Vielleicht hatte ein Wolf die Frau auf der Brücke erschreckt? Davon gab es einige im Schams, die Bauern klagten lautstark über deren Ausbreitung. Über einen Wolf hätte die Frau vielleicht wirklich in Panik geraten und irrational reagieren können, ein Sturz von der Brücke wäre in dieser Situation vorstellbar. Aber kam ein Wolf bis fast ans Dorf heran? In der Umgebung von Chur oder in der Surselva waren Wölfe mehrmals nahe an Siedlungen in Fotofallen getappt, allerdings eher im schneereichen Winter. Jetzt, im Herbst, fanden sie fern des bewohnten Gebiets reichlich zu fressen. Und niemals war ein Wolf einer Person so nah gekommen, dass sie über ein Geländer steigen musste, um ihm zu entkommen.

Wieder bückte er sich nach dem Stock des Köters. Buess und Schäfer würden ihn in ungewohnter Einigkeit für verrückt erklären, wenn er ihnen am nächsten Morgen seine Wolfstheorie unterbreiten würde. Mit vollem Recht, musste er zugeben, auch diese Idee war kompletter Blödsinn.

Es blieb ihm wohl tatsächlich nichts anderes übrig, als zu kapitulieren und den unbefriedigenden Fall aus seinen Gedanken zu verbannen. Er konnte nur hoffen, dass es wieder fast zehn Jahre dauern würde bis zum nächsten Misserfolg.

Nach der Pilzverarbeitung hatte Annetta eine Pause eingelegt. Benis Ansicht nach hatte sie die Zeit genutzt, um Energie zu sammeln und für die Vorweihnachtsaktivitäten gerüstet zu sein. In diesen steckte sie nun, obwohl der Advent noch nicht einmal begonnen hatte.

Mit leisem Unbehagen stellte er fest, dass sie nach dem Mittagessen Schüsseln, Becken und Unmengen von Beuteln mit Feigen, Nüssen, Weinbeeren und Dörrbirnen herantrug. Das sah nach Birnbrot aus. Er würde rasch genug verschwinden, um ihr nicht unversehens bei der Heidenarbeit zu helfen, ohne zu wissen, wie es dazu gekommen war.

Annetta machte jedoch keine Anstalten, ihn einspannen zu wollen. «Ich habe nachgedacht», verkündete sie, als sie einen Stuhl heranzog und sich messerbewehrt an den Tisch setzte.

Unheil naht, dachte Beni.

«Im September geschah Folgendes», fuhr sie fort: «Die Tote stürzte mit dem vielen Geld in den Rhein.»

Er unterliess es, sie darauf aufmerksam zu machen, dass sie dabei wohl noch am Leben gewesen war.

«Die Frau aus dem Haus Rosales verlässt Andeer. Der Mann reist kurz darauf ebenfalls ab. Die Tote wird gefunden.» Sie wedelte mit dem Messer in der Luft herum. «Soweit klar?»

Beni nickte und stand auf, um sich einen Kaffee zu machen. Es würde eine Weile dauern, bis er abhauen konnte, erkannte er.

«Jetzt wird es interessant», nahm sie den Faden wieder auf. «Das Haus wird geräumt. Tom geht es immer schlechter. Der Stallknecht reist ab, die Sauerampfer bleibt allein im Haus zurück.»

Da die Nana keinen Kommentar zu erwarten schien, sagte Beni nichts und setzte sich mit der vollen Tasse an den Tisch.

«Aber wirklich brisant wird es jetzt», sagte sie theatralisch und deutete mit dem Messer auf Beni.

Sie lebt ihre Rolle bereits im Alltag, dachte er, wie wird das weitergehen bis zur Aufführung?

«Der Haushälterin geht es seit einiger Zeit besser. Tom geht es seit einiger Zeit besser. Die Haushälterin verlässt Andeer. Was schliesst du daraus?»

Beni schwieg. Was er auch sagen würde, es wäre falsch.

«Dass es der Angestellten besser geht, lässt sich leicht erklären», erläuterte Annetta. «Sie wusste eine Zeitlang nicht, wie ihre Zukunft aussehen würde. Jetzt scheint Klarheit zu herrschen, sie bricht zu neuen Ufern auf. Stimmst du mir zu?»

Beni nickte pflichtschuldig.

«Möglicherweise sind aber die Ufer gar nicht so neu, sondern sie ist dem Künstler gefolgt und arbeitet wieder für ihn.»

«Der Bildhauer lebe in einem weitläufigen Anwesen seiner schwerreichen Familie, heisst es. Dort wird es bereits Personal in Hülle und Fülle geben.»

Annetta überlegte kurz. «Das spielt keine Rolle.»

Beni war nicht ganz einverstanden. Eine schwerreiche Familie zu haben, würde für ihn sehr wohl eine Rolle spielen. Er müsste nicht so viel Holz hacken und könnte länger warm duschen.

«Der Künstler und seine Partnerin sind beide weg. Entweder ist die Haushälterin einem von ihnen gefolgt, oder sie hat eine neue Anstellung gefunden. Mit ihrer Herkunft, ihrer Art und in ihrem Alter dürfte das allerdings nicht so einfach sein, und sie würde sich kaum freuen auf den neuen Lebensabschnitt. Das tut sie aber, deshalb tippe ich eher auf ersteres: Sie ist dem Künstler oder seiner Frau gefolgt.»

«Oder dem Pferdeknecht, der ist auch weg», warf Beni ein.

«Dem Pferdeknecht?», fragte Annetta verdattert. «Das wäre denkbar. Seine neuen Herrschaften hätten eine Haushälterin brauchen können, er könnte die Sauerampfer vorgeschlagen haben.»

«Oder der Pferdeknecht ist mit den Pferden zuerst zur Hausherrin gereist, die Haushälterin hat hier alles fertig gemacht und ist ihm jetzt gefolgt.»

«Nein, das kann nicht sein», widersprach die Nana. «Jetzt erinnere ich mich: Die Pferde wurden von einem österreichischen Pferdehof abgeholt, und der Abschied der beiden war für immer, sagt man.»

«Sagt wer?», fragte Beni.

«Zwei Frauen aus dem Dorf, die damals auf einem Spaziergang waren. Sie haben den bewegenden Moment beobachtet.» Sie erhob sich, um das Messer abzuwaschen, das vom Zerschneiden der Feigen klebrig geworden war. «Aber du lässt etwas Wesentliches ausser Acht», rief sie über ihre Schulter, um das Rauschen des Wasserstrahls zu übertönen.

Ich?, fragte sich Beni.

«Tom.» Sie setzte sich wieder. «Wir waren uns einig, dass Toms Gemütsverfassung zeitgleich mit jener der Haushälterin besser wurde.»

Das waren sie wirklich, geäussert hatte er das allerdings nicht.

«Folglich muss die Veränderung den gleichen Grund haben.» Sie schaute ihn triumphierend an. «Das bedeutet: Tom und die Haushälterin stehen miteinander in Kontakt. Sie wissen, was damals auf der Brücke vorgefallen ist.»

Gut überlegt, dachte Beni, der diese Schlüsse einige Tage zuvor ebenfalls gezogen hatte.

«Ich», jetzt zeigte die Nana mit dem Messer auf ihren Ausschnitt, «möchte das auch wissen. Ich werden Tom danach fragen.»

«Lass Tom in Frieden», rief Beni entsetzt.

«In Frieden?», fragte sie. «Er hat keine Ruhe mehr seit den Vorfällen. Vorher lebte er in Frieden, ja, aber seit drei Monaten ist das nicht mehr der Fall.»

Beni musste ihr insgeheim recht geben.

«Etwas scheint in Bewegung geraten zu sein. Für die Haushälterin hat sich offenbar alles zum Guten gewendet. Aber für Tom? Er ist und bleibt hier, und jetzt ist er allein.»

Mehr als ein lahmer Einwand fiel Beni nicht ein, deshalb schwieg er. Es könnte doch alles gut ausgegangen sein, hätte er sagen können, auch für Tom. Aber er hatte den starken Verdacht, dass das nicht stimmte. Tom würde mit seiner Rolle im Geschehen fertig werden müssen.

«Irgendetwas hat er mit dem Tod der Frau zu tun. Damit muss er fertig werden», sprach Annetta aus, was Beni dachte. «Ich weiss nicht, ob er das schafft. Ich habe ihm meine Unterstützung angeboten.»

«Will er das?», fragte Beni zweifelnd.

«Früher oder später wird er das wollen. Bleibt er sich selbst überlassen, werden die Ereignisse an seinen Kräften zehren. Tom ist nicht so stark, er schafft das nicht alleine.»

Beni nickte, soweit hatte seine Nana recht. «Mach, was du nicht lassen kannst», meinte er lapidar. Vielleicht würde sich Tom Annetta gegenüber tatsächlich öffnen, wer konnte das wissen.

«Was denkst du, was vor drei Monaten bei der Brücke passiert ist?», fragte sie ungewöhnlich ernst.

Beni überlegte, welchen Teil seiner Überlegungen er preisgeben konnte. Schweigen musste er über die Gründe, die zu den Vorfällen geführt hatten. Er wusste von den Briefen an Liese Haller und vermutete, dass diese für Roos van Rensburg bestimmt gewesen waren. Hätte Marlene Bernard der anderen Frau ausschliesslich ihren Briefkasten zur Verfügung gestellt, hätte deren Tod keine Folgen gehabt. Das Künstlerpaar würde weiterhin einträchtig in Andeer leben. Das war nicht der Fall, es musste zwischen Frau Bernard, der Toten und den Briefen einen Zusammenhang geben. Dass die beiden Frauen gemeinsam in irgendwelche unsauberen Geschäfte verwickelt waren, schloss er aus. Zum einen waren Marlene und der Künstler bereits sehr wohlhabend, sie brauchte nicht auf diese Weise zu Geld zu kommen, und zum anderen passte Tom nicht in dieses Bild. Es sah danach aus, als hätten sich Tom und Frau Bernard gemeinsam gegen Roos van Rensburg verbündet. Als einzigen Grund dafür konnte er sich vorstellen, dass Roos eine Art Bedrohung für Marlene war. Er hatte lange darüber nachgedacht und war zu einem Schluss gekommen, zu dem auch die Briefe passten: Roos van Rensburg hatte die Absender der Briefe sowie auch Marlene Bernard erpresst. Auch über Toms Rolle hatte er lange gegrübelt. Tom würde sich niemals als

Mörder verdingen, und genauso wenig würde er seine Hunde für ein Tötungsdelikt zur Verfügung stellen. Die Schlussfolgerung aus seinen Überlegungen konnte er der Nana mitteilen: «Was ich denke? Marlene Bernard wollte Roos van Rensburg einen gehörigen Schrecken einjagen, warum auch immer. Sie kannte Tom, weil sie ihn hin und wieder bei der Burgruine antraf, und sie wusste, was seine Hunde alles konnten. Sie dachten sich zusammen einen Streich aus, der dann aber katastrophal aus dem Ruder lief.»

Annetta hatte aufgehört zu schneiden. Regungslos sass sie mit erhobenem Messer am Tisch. Schliesslich nickte sie langsam.

Den Vorsatz halten zu können, sich dem Schreibtisch aus Andeer erst nach Weihnachten zuzuwenden, war illusorisch gewesen. Hatte er sich zuvor immerhin zugetraut, die nötige Willenskraft zum Aufschieben aufbringen zu können, kämpfte er nach dem Besuch der mysteriösen Dame auf verlorenem Posten. Er verschob sowohl die Arbeit an den vier Stühlen als auch die Nachricht an deren Besitzer, dass er sich ein paar Tage länger würde gedulden müssen, und wandte sich dem sperrigen Stück zu.

Er hatte eine Ahnung, was die Dame an dem Tisch so interessiert haben könnte. Trotzdem dauerte es fast eine Stunde, bis er den doppelten Boden in einer der zahlreichen Schubladen entdeckte. Er bewunderte das raffinierte System, von aussen war kein Verschluss, nichts von der verborgenen Mechanik zu entdecken. Das Fach hatte eine geringe Höhe, weshalb auf den ersten Blick nicht zu erkennen war, dass die Schublade tiefer sein müsste, als sie war. Aber da er ein begnadeter Handwerker war, wie er zu Recht dachte, fand er die Unstimmigkeit, das Fach und das Heft, das darin lag.

Ehrfürchtig betrachtete er den Umschlag. Das Heft war alt, aber bei Weitem nicht so alt wie das Möbelstück. Zwanzig, dreissig Jahre, schätzte er. Er schlug es vorsichtig auf. Es war handschriftlich beschrieben. Der Text war lang, das Heft fast voll, nur die hinteren Seiten waren leer. Geschrieben worden war er mit einem Kugelschreiber.

Als er zu lesen begann, erlebte er die erste Enttäuschung. Die Seiten waren in einer Sprache beschrieben, die er nicht auf Anhieb erkannte, also weder Italienisch noch Deutsch, Englisch oder Französisch. Vielleicht etwas Nordeuropäisches? Dann erinnerte er sich, dass die Herrin im Haus Rosales eine Holländerin gewesen war.

Der Computer im winzigen Büro, das an die Werkstatt anschloss, gehörte nicht zu seinen besten Freunden. Er spürte lieber warmes Holz unter den Fingern als eine kalte Tastatur. Trotzdem wusste er seinen Nutzen zu schätzen. Er schrieb einige Sätze des handschriftlichen Textes ab und suchte im Internet nach einer Möglichkeit, sie zu übersetzen. Die Resultate waren unbefriedigend. War der Text etwa nicht holländisch? Er machte weitere Versuche. Erst als er es mit Afrikaans probierte, hatte er Erfolg.

Der Verfasser oder die Verfasserin der Zeilen stammte aus Südafrika. Hatte der Schreibtisch bis jetzt seine Neugier als Handwerker geweckt, packte ihn nun die Abenteuerlust. Ein antiker Schreibtisch aus einem lokal geschichtsträchtigen Haus in Graubünden enthielt Aufzeichnungen aus Südafrika? Er musste herausfinden, was ihm hier in die Hände gefallen war.

Dazu brauchte er als erstes einen Übersetzer oder eine Übersetzerin. Südafrikaner kannte er keine, und für einen offiziellen Übersetzungsdienst wollte er kein Geld ausgeben. Afrikaans schien dem Niederländischen allerdings recht ähnlich zu sein, und Leute aus Holland kannte er sehr wohl. Für ein älteres Paar aus Amsterdam, das auf der anderen Seite des Comersees lebte, hatte er vor einiger Zeit ein paar Arbeiten ausgeführt. Ihnen würde er am Abend einen Besuch abstatten.

Im Frühsommer davor

Wieder war Marlene auf ihrem Ausritt zur Burgruine Cagliatscha gelangt, wo Tom mit seinen Hunden beschäftigt war. Sie stieg ab zu einem Schwatz, und bald sassen sie zusammen bei einer Tasse Kaffee auf seiner maroden Terrasse.

Marlenes heutiger Besuch war nicht ganz zufällig. Vielmehr hatte das letzte Mal, als sie bei der Burgruine gewesen war und Tom bei der Arbeit mit seinen Tieren beobachtet hatte, ein Gedanke Gestalt angenommen. Damals hatte sie staunend gesehen, wie der Schäferhund ein Pärchen Cervelats apportierte, ohne ihnen den geringsten Schaden zuzufügen. Nun sass sie neben Tom auf der Bank, und sie schilderte ihm ihre Idee.

Er schwieg lange, bevor er fragte: «Warum?»

«Warum?» Marlene war überrascht. «Ich möchte ihr einen Schreck einjagen, das habe ich doch gesagt.»

«Warum möchtest du ihr einen Schreck einjagen?»

Nun war es Marlene, die lange schwieg. Tom würde sich nicht damit abspeisen lassen, wenn sie ihm sagte, das ginge ihn nichts an oder es sei für ihn besser, es nicht zu wissen. Auch würde er sich kaum wie Massimiliano mit einer Elfenfabel zufriedengeben. Sie entschied, Tom einzuweihen, soweit es nötig war. «Sie weiss etwas über mich, mit dem sie mein Leben ruinieren kann. Sie spielt die Rolle der alten Bekannten und besucht mich jeden Sommer ein- oder zweimal. Dabei jammert sie mir den Buckel voll, wie wenig Geld sie zum Leben habe, was natürlich nicht stimmen kann, denn sie reist jedes Jahr für einige Wochen oder Monate von Südafrika nach Europa. Ich spiele das Spiel mit und stecke ihr einen Betrag zu. Damit erkaufe ich mir ihr Schweigen.»

Tom überlegte. «Sie erpresst dich.»

«Ja», bestätigte Marlene, «auch wenn sie das nie so nennen würde. Sie würde sagen, wir seien alte Freundinnen. Mit mir hätte es das Schicksal besser gemeint als mit ihr, und weil ich ein so grosses Herz hätte, würde ich ihr ab und zu etwas zustecken.»

«Was hast du getan, dass dich erpressbar macht?», fragte Tom.

Marlene atmete tief durch. «Ich bin reich. Das war nicht immer so, und ich habe mein Geld nicht durch Arbeit erworben.» Sie hielt inne. Was war ihre damalige Tätigkeit gewesen, wenn nicht Arbeit?, fragte sie sich.

«Wer ist dabei zu Schaden gekommen?», wollte Tom wissen.

«Ein reicher Mann.»

Wieder schwieg Tom lange. «Du hast das Geld also für etwas Illegales bekommen.»

«Ja.»

«Für was wärst du verurteilt worden, wenn du erwischt worden wärst?»

«Diebstahl.»

«Raub?»

«Nein, Tom», seufzte sie. «Ich kenne den Unterschied sehr wohl, und ich weiss, worauf du hinauswillst. Ich habe etwas Wertvolles entwendet, das war Diebstahl. Dabei habe ich niemanden unter Druck gesetzt oder genötigt und niemanden verletzt, weder psychisch noch physisch. Der Verlust wurde wohl erst entdeckt, als ich längst verschwunden war.»

«Hast du den Mann ruiniert?», insistierte Tom.

«Nein», gab sie Auskunft. «Selbst nach dem Diebstahl war er noch ein reicher Mann.»

Nachdenklich rührte Tom seinen Kaffee. Sie hatte jemandem etwas gestohlen, das sie reich machte. Er bezweifelte, dass es sich um Bargeld gehandelt hatte. Eher wohl um ein wertvolles Bild. Oder aber um Handelsware, deren Besitz ebenfalls illegal war. Drogen. Waffen. «Wird das, was du gestohlen hast, normal gehandelt?»

«Ja», bestätigte sie. Sie musste genauer werden, sonst würde er keine Ruhe geben. «Der reiche Mann hatte eine Sammlung. Ich verrate dir nicht, was er angeschafft hat. Es waren wertvolle Gegenstände, die er legal erworben hatte.»

«Hatten die Sachen für ihn eine persönliche Bedeutung?», fragte Tom.

«Irgendwie schon», gab sie zu. «Er hatte grosse Freude an ihnen, schaute sie immer wieder an. Er dachte gern daran, wie er sie aufgetrieben hatte.» Sie stützte die Ellbogen auf die Knie. «Er liebte es, sie anderen Leuten vorzuführen und damit anzugeben, wie er sie erstanden hatte. Er erzählte, wie schlau und reich er sei, was für ein guter Geschäftsmann, dass ihm niemand das Wasser reichen könne. Je nachdem, wer ihm zuhörte, unterliess er es nicht, darauf hinzuweisen, dass andere in ihrem Leben niemals so weit kommen würden wie er.»

Tom wusste nicht, ob das der Wahrheit entsprach. Sie schien mit ihren Gedanken in einer weit entfernten Vergangenheit zu weilen, und sie machte einen bewegten Eindruck. Erzählte sie aus ihrem Leben oder war alles erfunden? War sie eine gute Schauspielerin? Er konnte sich nicht entscheiden. Aber er mochte sie. Wahrscheinlich war er viel zu blauäugig, doch er nahm ihr ab, dass sie in ihrer Vergangenheit niemandem körperlichen oder seelischen Schaden zugefügt hatte. Jedenfalls nicht mehr, als das jeder Mensch anderen gegenüber machte, dachte er. Sie wollte mit ihm und seinen Hunden eine Frau erschrecken, die sie unter dem Deckmantel einer alten Bekanntschaft erpresste. Das war gemein, aber das Verhalten der Frau war ebenfalls nicht nett. Ein kleiner Schreck konnte nicht schaden. Ausserdem reizte ihn die Aufgabe, seinen Hunden das gewünschte Kunststück beizubringen. Dazu hatte er den ganzen Sommer Zeit, die Frau würde erst im September zurückkehren.

22

Dezember 2019

Dem älteren Paar aus Amsterdam hatte es offenbar Spass gemacht, sich in die Notizen aus dem Schreibtisch zu vertiefen. Die Frau hatte den Antikschreiner angerufen und ihm geheimnisvoll berichtet, was in den Unterlagen geschildert werde, sei überaus aufregend. Sie hatte ihn kurzerhand zum Abendessen eingeladen, der Bericht würde länger dauern. Die Frau hatte vor ihrem Umzug in den Süden Italienischkurse besucht und beherrschte die Sprache recht gut, während ihr Mann zwar ein wenig verstand, aber kaum ein paar Brocken sprechen konnte.

Nun sass der Antikschreiner bei den beiden Rentnern am Esstisch und versuchte, seine Skepsis beim Anblick des Abendessens zu verbergen. Er sah deftige Würste und einen Gemüseeintopf mit Kartoffeln. Zuvor sollte es Salat und frittierte Fleischbällchen geben. Er fragte sich, ob es wohl unanständig war, sich damit den Bauch vollzuschlagen, damit er weniger von der Hauptspeise essen musste.

Als sie zu dritt am Tisch sassen, begann die Frau zu erzählen, was in den Notizen stand. «Die Geschichte spielt vor fünfundzwanzig Jahren», begann sie. «Eine Frau hat sie aufgeschrieben. Der erste Satz lautet: ‹Hätte Adrenalin ein Gewicht, wäre ich gerade bleischwer.›» Dann erzählte sie, und zwar so fesselnd, dass der Schreiner fasziniert zuhörte und völlig vergass, was er ass. Es war ihm, als befände er sich zuunterst in Afrika und mittendrin im Geschehen.

Es war der 12. März 1994. Dieses Datum würde sie nie vergessen, was auch immer die Zukunft noch mit ihr vorhatte.

Bis hierher war alles gut gegangen. Locker ging sie auf die Kreuzung zu, nicht zu schnell. Die Sporttasche trug sie lässig über der Schulter. Darin befand sich ihr gesamter Besitz, den sie mitnahm in ihr neues Leben: ein paar Kleidungsstücke, ein Necessaire, ein Beutel mit Haarpflegemitteln, ein wenig Lesestoff, Schreibzeug, Nähzeug, einige wichtige Adressen und ein neuer Pass. Ab sofort hiess sie Antje.

Als sie die Fernstrasse erreicht hatte, stellte sie sich an den Strassenrand. Sie löste ihr glattes, weissblondes Haar und liess es offen bis zur Taille fallen. In ihr T-Shirt machte sie einen Knoten, so dass ein Stück braun gebrannte Haut über dem Hosenbund sichtbar wurde. Dann streckte sie den Daumen in die Luft.

Wie gewohnt dauerte es kaum ein paar Minuten, bis ein schwerer Lastwagen anhielt. Der Chauffeur, ein zwei Meter grosser Bure, beugte sich lachend aus dem Fenster und fragte sie nach ihrem Ziel. Rasch schätzte sie den jungen Mann ein und befand ihn für harmlos.

«Kapstadt!»

Er nickte strahlend, worauf sie in den riesigen Lastwagen kletterte. Sogleich setzte sich das Fahrzeug in Bewegung. Der Fahrer freute sich über die reizende Gesellschaft. Bald schwatzten sie fröhlich, während sie auf der kilometerweit schnurgerade verlaufenden Strasse dahindonnerten, oder sangen lauthals zu den Hits im Radio mit. Mit jedem Meter, den sie sich der Küste näherten, löste sich ihre Anspannung ein klein wenig.

«Was willst du in Kapstadt?», fragte der Chauffeur.

«Leben!»

Er lachte. «Dass du dort nicht sterben willst, nehme ich an.»

«Was willst du in Kapstadt?», fragte sie zurück.

«Mein Leben verdienen», antwortete er. «Heute abladen, morgen aufladen. Zurück nach Jo'burg. Abladen, aufladen, wieder nach Kapstadt, abladen, aufladen.»

Beinahe tausend Kilometer, aber nur wenige Kurven später näherten sie sich Kapstadt. Ihr altes Leben rückte immer weiter aus ihrem Bewusstsein, Antje wurde nach und nach wirklich. Gegen Mitternacht kletterte sie vor einer billigen Unterkunft aus dem Laster. Dass der Lastwagenchauffeur wissen würde, wo sie wohnte, nahm sie in Kauf. Am frühen Morgen wollte sie weiter. Bis die Suche nach ihr in Gang kommen würde, wäre sie längst weg. Ob ihr Fahrer je gefunden wurde, stand in den Sternen. Das Risiko war jedenfalls wesentlich kleiner, als nachts allein in Kapstadt unterwegs zu sein. Sie verbarg ihr Haar unter der Kapuze ihres Schlabberpullovers, das musste reichen, um dem verschlafenen Nachtportier nicht in Erinnerung zu bleiben.

Rasch bezog sie ihr Zimmer, verschloss die Tür und schob einen Stuhl unter die Falle. Ein Blick aus dem Fenster verriet ihr, dass ein leichtes Einsteigen nicht möglich war. Sie liess den Rollladen herunter und warf sich aufs Bett.

Noch immer befand sie sich im Ausnahmezustand. Obwohl die vergangenen vierundzwanzig Stunden in jeder Faser ihres Körpers steckten und ihr Bewusstsein erfüllten, kamen sie ihr unwirklich vor. Sie stellte sich vor, sie würde in eine Bar in der Nähe gehen und sich zu einem Mann setzen. Dieser wäre hocherfreut, wie alle anderen auch, zu denen sie sich je gesetzt hatte, und würde ein Gespräch beginnen.

«Hattest du einen schönen Tag heute?», könnte er fragen.

«Oh ja, danke, ich kann nicht klagen.»

«Was hast du unternommen?»

«Ich habe den Diamantenbaron ausgeraubt», könnte sie antworten.

Selbstverständlich würde der Mann schallend lachen und ihren Humor loben. Er hätte keine Ahnung, dass sie die Wahrheit sagte.

Das tat sie im Normalfall nicht. Lieber erfand sie einen Haufen Lügen. Manchmal war es nötig, manchmal praktisch, manchmal war es einfach Spass oder Gewohnheit. Dass sie an diesem besonderen Tag die Wahrheit sagen könnte und ihr niemand glauben würde, war die Umkehrung ihres gewohnten Lebens. Normalerweise log sie, und niemand zog ihre Aussagen in Zweifel.

Wurde sie nach ihrer Herkunft gefragt, log sie seit ihrer Schulzeit. Glaubwürdig erzählte sie von ihrer Mutter, die sie liebevoll betreute, und von ihrem Vater, der auf See umgekommen war, als sie noch kaum reden konnte. In Tat und Wahrheit wusste sie nicht, wer ihr Vater war. Sie vermutete, dass es auch ihre Mutter nie gewusst hatte oder aber, dass sich die Erinnerung im Alkohol verflüchtigt hatte. Die Mutter funktionierte gerade noch, um täglich zur Arbeit zu gehen. Sobald sie zu Hause war, beschäftigte sie sich ausschliesslich mit ihrer Sucht und überliess die Tochter sich selbst. Diese setzte von klein auf alles daran, den Schein zu wahren. Obwohl es selbstverständlich war, dass sich die Weissen gegenseitig halfen, obwohl man sich kannte und zusammenhielt, ahnte kaum jemand, was hinter der Haustür vor sich ging. Es gab wohl hie und da ein Gemunkel hinter vorgehaltener Hand, doch das legte sich jeweils rasch wieder. Das Ausmass des Desasters war niemandem bewusst. All die Jahre hatte sie es geschafft, die Fassade aufrecht zu erhalten, den Haushalt zu führen und für sich und ihre Mutter zu sorgen. Aber als Teenager hatte sie sich geschworen, ihre Vergangenheit so bald wie möglich hinter sich zu lassen, und dieses Ziel hatte sie beharrlich verfolgt. Jetzt war es soweit.

Schwungvoll erhob sie sich vom Bett. Viel Zeit blieb ihr nicht. Im Bad stellte sie sich vor den Spiegel. Sie war Antje, und Antje war nicht blond. Noch diese Nacht würde sie sich von ihrer Haarpracht trennen müssen. Sie atmete tief durch und griff entschlossen nach der Schere. Fünfundzwanzig Zentimeter mussten weg. Ohne es zu wollen, entwickelte sich die Trennung von ihren langen, glatten Strähnen zum Ritual. Sie trennte sich nicht nur von ihren Haaren, sie liess ihr bisheriges Leben endgültig hinter sich. Unumkehrbar.

Die erste Kammbreite, die sie abschnitt, widmete sie ihrer Mutter. Beherzt schloss sie die Schere, und gleichzeitig schloss sie in Gedanken die Tür zu Mutters Wohnung für immer. Der zweite Schnitt gehörte der Armut. Nie wieder würde sie zu jener sozialen Schicht gehören, die stets in Geldnot steckte. Mit dem dritten Schnitt verabschiedete sie sich von Südafrika, von dessen faszinierender Natur sie zwar wusste, die sie aber nie erlebt hatte. Schwerer fielen ihr die folgenden Schnitte, die sie den wenigen Leuten widmete, die ihr in diesem Land etwas bedeuteten. Ein alter Nachbar, der die Lüge hinter der Schilderung ihrer Familienidylle geahnt hatte und ihr ohne viele Worte die Zuversicht gegeben hatte, dass sie es schaffen konnte, ihr Leben zum Besseren zu wenden. Ihr Mitarbeiter im Restaurant, der sich mit ihr zusammen gegen die Zudringlichkeit und die Boshaftigkeit ihres Chefs gewehrt hatte und seinen Einsatz wie sie mit der Entlassung bezahlt hatte. Die Frau in der Textilfabrik, die neben ihr Schicht gearbeitet hatte und allen mit ihrer Zuversicht, ihrem Humor und unerschütterlichem Gottvertrauen die harte Arbeit erleichtert hatte.

Anschliessend griff sie nach den Lockenwicklern und dem Dauerwellenmittel, das sie bei einer Hotelfriseuse geklaut hatte, als sie ein paar Wochen im Zimmerservice ausgeholfen hatte. Sorgfältig wickelte sie ihre Haare auf und wandte das Mittel an, so gut sie konnte. Die Locken würden nicht nur ihr Aussehen verändern, sondern auch ein wenig die Schnittfehler verdecken, die sich beim eigenhändigen Haare schneiden kaum vermeiden liessen.

Während das Mittel unter der Trockenhaube einwirkte, nahm sie ihr Necessaire zur Hand. Sie hatte es vor einiger Zeit selbst genäht. Es bestand aus unregelmässig geformten Stücken verschiedener bunter Stoffe, die sie mit breiten Zickzacknähten verbunden hatte. Zur Zierde hatte sie allerlei Schnickschnack darauf angebracht: bunte Glasperlen, winzige Kettchen, Paillettenherzen. Dann griff sie zur Sporttasche und leerte den Inhalt auf das Bett. Sie atmete tief durch. Mit Schere und Nadel löste sie die Nähte einer Innentasche. Zum Vorschein kam ein gepolsterter Zwischenraum. Aus diesem klaubte sie nacheinander insgesamt elf Diamanten. Ihr Anteil am gelungenen Raub. Den grösseren Teil hatte der Chef für sich behalten, der das ganze Unterfangen geplant hatte. Er hatte ihr eine Vergangenheit als Tochter reicher holländischer Eltern verpasst, hatte ihr die Spielregeln der besseren Gesellschaft beigebracht und sie mit einer standesgemässen Garderobe ausgestattet. Wie sie es angehen musste, damit ihr der Baron mit Haut und Haaren verfiel, wusste sie selbst. Nach einigen Wochen hatte er seiner neuen Geliebten erstmals seine private Sammlung edler Steine gezeigt, die er im Tresor zu Hause aufbewahrte. Mit der Begeisterung eines kleinen Kindes hatte er ihr die Geschichten zu einzelnen Steinen erzählt, die von berühmten Frauen getragen, gestohlen und wieder gefunden, aussergewöhnlich geschliffen oder speziell gefasst worden waren. Die meisten stammten aus seiner eigenen Mine, andere Stücke hatte er dazugekauft, weil er ihrer Faszination erlegen war. Darunter waren seltene farbige Diamanten oder solche, die einst Königshäupter geziert hatten. Drei weitere Monate hatte es gedauert, bis er nachlässig genug handelte, um sie endlich den Zugang zum streng gesicherten Safe herausfinden zu lassen, und nochmals fünf Wochen, bis sie wusste, wie die Alarmanlage auszuschalten war. Dann endlich der Diebstahl, die Übergabe, das Verschwinden.

Letzteres war noch nicht vollendet. Mit einem extra starken Klebstoff befestigte sie winzige Fassungen an den Diamanten. Danach nähte sie die Steine sorgfältig zwischen den Tand und Glitzer auf ihrem Necessaire. Als sie endlich damit zufrieden war, wandte sie sich ihren Kleidern zu. Die teure Garderobe hatte sie im Haus des Diamantenbarons zurückgelassen. Auf einem Hippiemarkt hatte sie ein paar wenige Stücke angeschafft, die sie nun widerstrebend anzog. Das wallende Oberteil und die Schlotterhose verdeckten ihre Figur ausreichend. Ein Blick in den Spiegel bestätigte ihr, dass sie, selbst wenn sie die Trockenhaube nicht beachtete, ihrer Meinung nach schrecklich aussah. Dazu ein paar hässliche flache Riemchensandalen und jede Menge billiger Ketten und Ringe. Fertig.

Sie entfernte die Lockenwickler und machte ihre Dauerwelle fertig. Dann griff sie zur roten Haartönung, die ihre Wandlung zu einem Hippie vollenden würde. Als sie damit fertig war, graute der Morgen. Im Licht der ersten Sonnenstrahlen machte sich Antje auf den Weg zum Flughafen.

Die Holländerin lachte, als der Antikschreiner sie mit offenem Mund anstarrte. «Vergiss nicht zu essen, es wird ja alles kalt.»

Motorisch steckte er die Gabel in die Speise.

«Das ist das Tagebuch einer Diamantendiebin», sagte die Frau. «Sie musste ihr bisheriges Leben hinter sich lassen und völlig neu anfangen. Zu Beginn kannte sie niemanden, und über das Verbrechen hätte sie sowieso mit niemandem reden können. Aber irgendwie musste sie die Geschichte loswerden, deshalb schrieb sie alles in dieses Heft.» Sie deutete mit der Gabel auf die Unterlagen.

Wieder vergass der Antikschreiner zu essen. Hatte ihm kürzlich in der Werkstatt die Diamantendiebin gegenübergestanden? Das Alter könnte stimmen, rechnete er schnell, vor fünfundzwanzig Jahren musste sie jung gewesen sein. Dass jemand anders als sie selbst etwas über die Unterlagen wusste, war unwahrscheinlich.

«Ist sie damit davongekommen?», fragte er seine Gastgeberin.

«Beinahe», antwortete sie. «Der Diebstahl sei nie aufgeklärt worden, schreibt sie weiter hinten. Es gelang ihr, die Steine zu Geld zu machen, ihr Auftraggeber habe ihr die dazu nötigen Kontakte verschafft. Sie besass ein Vermögen und hatte eine glückliche Hand damit. Es wurde ständig grösser.»

Endlich erinnerte er sich wieder ans Essen. «Was ging schief?», fragte er und schaufelte die ungewohnten Speisen in sich hinein.

«Sie wurde beobachtet», antwortete die Frau. «Eine Angestellte in der Pension entdeckte ihre äusserliche Verwandlung und wurde argwöhnisch. Offenbar nutzte sie hie und da die Gelegenheit, sich für ihr Schweigen bezahlen zu lassen, wenn sie in der Pension etwas mitbekam, das im Verborgenen bleiben musste.» Begeistert setzte sie ihre Erzählung fort.

Die Angestellte in der Pension in Kapstadt verdiente etwa den branchenüblichen Durchschnitt. Ihrer Ansicht nach war es zu wenig. Sie bewohnte ein einfaches Zimmer im Dachstock, kaufte ihre Kleider beim Billiganbieter und sparte beim Essen, indem sie bei den Resten vom Frühstücksbüffet zulangte. Trotzdem konnte sie sich keine Extravaganzen leisten. Je länger sie dort arbeitete, desto ungerechter fand sie die Situation. Sie wollte nicht für die Gäste arbeiten, sondern wie diese in der Welt herumreisen und sich bedienen lassen.

Nachdem sie sich einige Monate lang bemitleidet hatte, war sie zum Schluss gelangt, dass sie diese Behandlung nicht verdiente und dass es nur recht war, ihre Situation zu ihrem Vorteil zu nutzen. Sie hatte begriffen, dass die unpersönliche, gesichtslose Unterkunft nicht nur durchschnittliche Kunden anzog, sondern auch solche, die auf Anonymität Wert legten. Sie hatte erkannt, dass es sich nicht selten lohnte, beim Putzen ein wenig im Gepäck der Kundschaft zu schnüffeln und sich anschliessend fürs Schweigen darüber, was der Inhalt verriet, bezahlen zu lassen. Dank dieser Aktivitäten konnte sie sich manche Anschaffungen leisten, die sie zwar genoss, die aber gleichzeitig die Lust auf mehr weckten.

An jenem Abend war sie in der Pension im Putzraum beschäftigt, als Antje mit ihrer Reisetasche den Gang entlangschritt. Sie verhielt sich ruhig und spähte durch den Türspalt.

Den Kapuzenpulli hatte Antje wegen der Hitze, die sich im Haus staute, abgestreift. Ohne es zu bemerken, präsentierte sie der Angestellten ihre weissblonde Haarpracht sowie freie Sicht auf ihre auffallend gute Figur.

Dass diese Frau in die Pension passte wie ein Pfau in einen Vogelkäfig, lag für die Beobachterin auf der Hand. Sie beschloss, in der Nacht mehr zu lauschen als zu schlafen, und wurde nicht enttäuscht. Als sie am frühen Morgen die ersten Geräusche hörte, schlich sie sich wieder in den Gang. Sie beobachtete, dass aus der modelmässigen Erscheinung vom Vorabend eine verhutzelte Hippietante geworden war, und gratulierte sich zu ihrer guten Nase. Dieser Wandel war bestimmt nicht ohne Grund erfolgt. Sie ging in ihr Zimmer zurück und gönnte sich eine gute Stunde Tiefschlaf, bevor ihr Arbeitstag begann.

Beim Putzen des Zimmers fand sie nichts Bedeutungsvolles. Im Abfalleimer lagen die Verpackungen diverser Haarpflegeprodukte, was keine Überraschung war. Ausserdem etwas Stoff und Faden, vermutlich hatte die Dame die Schlabberkleider erst noch flicken müssen. Kein Hinweis auf Herkunft oder Ziel, keine zusammengeknüllten Notizzettel, nichts.

Als der Portier kurz seinen Platz verliess, warf sie einen Blick auf das Gästebuch. Antje Sophie Marlene Bernard, niederländische Staatsangehörige, Anreise aus Port Elizabeth. Sie schrieb die Angaben ab und entfernte sich, ohne vom Portier bemerkt zu werden. Gut möglich, dass dieses Wissen einmal für etwas gut war, dachte sie, und steckte die Notiz in die Schachtel mit anderen nützlichen Informationen.

Hätte sie geahnt, welchen Wert ihr Wissen für den Diamantenbaron hatte, wäre ihr schon damals der ersehnte Aufstieg in vermögendere Gesellschaftsschichten gelungen. Allein, dieses Glück blieb ihr verwehrt. Weder erfuhr sie, dass nach der Dame gesucht wurde, noch, dass der Diamantenbaron hinter der Suche steckte. Der Zettel verschwand in der Schachtel und harrte dort der Dinge, die vielleicht noch kommen sollten.

«Hat sie das erfunden?», fragte der Schreiner. «Das konnte die Diamantendiebin doch alles gar nicht wissen, sie muss es sich zusammengereimt haben.»

«Teils, teils», sagte die Gastgeberin lächelnd. «Zum Zeitpunkt des Geschehens bekam sie natürlich nicht mit, dass sie beobachtet worden war. Sie hatte ins Gästebuch geschrieben, sie sei aus Port Elizabeth angereist, was nicht stimmte, denn sie kam aus Kimberley, wo sich die grössten Diamantenminen befinden. Aber die Hotelangestellte kannte nur den Eintrag im Register. Weiter war die Diebin zum Schluss gekommen, dass die Angestellte nichts von den Diamanten wissen konnte. Sie würde aus den Fadenresten schliessen, dass sie ihre Kleider geändert hatte, nicht, dass sie damit das Versteck der Steine geöffnet und diese am Necessaire befestigt haben könnte.»

Dem Schreiner schwirrte der Kopf. «Aber wie hat die Diebin erfahren, dass sie beobachtet worden war?»

«Davon wusste sie viele Jahre nichts», erklärte die Holländerin lachend. «Der Angestellten hat ihre Beobachtung anfänglich keinen Nutzen gebracht. Erst als sich das Internet durchsetzte, hatte sie eine Möglichkeit, nach dieser Antje aus dem Gästebuch zu suchen.»

«Wo hat sie sie gefunden?»

«Das weiss ich nicht genau», bedauerte die Gastgeberin. «Im Tagebuch steht, dass die Diebin am Tag, als sie die Pension verliess, von Südafrika abreiste und mit einigem Umsteigen auf die Cayman Islands gelangte. Sie vermutete, dass der Diamantenbaron nach ihr suchen würde, und vertraute darauf, dass er den Lastwagenfahrer entweder nicht entdecken, oder aber, dass dieser dichthalten würde. Auf den Caymans verkaufte sie die Diamanten und legte das Geld an. Sie schuf aus sich eine neue Person, eine schöne, reiche Frau. So reiste sie weiter nach Los Angeles und stürzte sich ins Partyleben der Metropole, wie sie schreibt. Vielleicht hat sie Spuren im Netz hinterlassen, wenn sie mit Berühmtheiten aus der Film- oder Musikbranche unterwegs war? Ich weiss es nicht.»

«Los Angeles?» Der Antikschreiner war ratlos. Das war gar weit entfernt von Andeer, er konnte keine Verbindung entdecken.

Die Holländerin zuckte die Achseln. «Sie wird nicht für immer dort geblieben sein, vermute ich. Vielleicht hat sie sich später in Europa niedergelassen?»

«So wird es gewesen sein.» Er nickte. Die Diebin musste sich im Haus Rosales aufgehalten und dort ihre Unterlagen im Schreibtisch versteckt haben. Er hatte mit Ausnahme der ernsten Haushälterin niemanden kennengelernt, und diese war in ihrem Leben bestimmt nie schön gewesen. Vielleicht jung, aber nicht einmal das stand mit Sicherheit fest.

Plötzlich durchfuhr es ihn wie ein Blitz. Das Porträt! Er erinnerte sich an das Bild der ungewöhnlich schönen Frau, das er in Andeer gesehen hatte. Sie war die Herrin im Haus Rosales gewesen. Sie hatte ihn vermutlich in seiner Werkstatt besucht. Sie musste die Diamantendiebin gewesen sein.

«Die Hotelangestellte wird die Diebin ausfindig gemacht haben und mit ihrem Wissen an sie herangetreten sein», vermutete die Gastgeberin. «Diese dürfte aus allen Wolken gefallen sein, als ihre Tat viele Jahre später ans Licht zu kommen drohte. Sie konnte sich nicht sicher sein, ob die Frau nur von ihrer falschen Identität wusste oder ob ihr der Diamantenraub bekannt war und damit auch die Rolle, die sie darin gespielt hatte.» Sie schmunzelte. «Die erste Begegnung dürfte ein Katz-und-Maus-Spiel gewesen sein, bestimmt mussten sich beide vortasten, ohne zu viel preiszugeben.»

Der Handwerker überlegte. «Das Tagebuch ist fünfundzwanzig Jahre alt. Der Diebstahl ist längst verjährt, sie war nicht mehr in Gefahr, für das Verbrechen verurteilt zu werden.»

«Sie hätte nicht ins Gefängnis gehen müssen, aber es stand vermutlich trotzdem viel für sie auf dem Spiel», entgegnete die Holländerin. «Darüber habe ich auch nachgedacht. Ich nehme an, sie führt inzwischen ein mehr oder weniger normales Leben, sie hat ein soziales Umfeld, vielleicht eine Familie, sicher einen Freundeskreis. Wenn jemand von ihrer Vergangenheit erfahren würde, könnte ihr gegenwärtiges Dasein auf dem Spiel gestanden haben, stelle ich mir vor.»

Er nickte und fragte: «Aber wie ging es danach weiter?»

«Das weiss ich nicht», bedauerte sie, «darüber steht nichts in den Unterlagen.»

Das war schade, überlegte der Schreiner, und es machte ihn neugierig. Im Gegensatz zu seiner Gastgeberin wusste er, dass der Tisch mit dem versteckten Tagebuch aus einer Hausräumung in Andeer stammte und dass eine Frau, wahrscheinlich die Diebin, an ebendiesem Tisch oder eher an seinem brisanten Inhalt sehr interessiert war. Sobald der Splügenpass nach der Wintersperre wieder geöffnet war, würde er nach Andeer reisen und sich umhören, nahm er sich vor. Er war allerdings nicht sicher, ob er es fertigbringen würde, so lange zu warten.

23

Dezember 2019

Piet entdeckte laufend Neues, das sich grillieren liess. Ausser den gängigen Steaks bereitete er inzwischen öfters Fische zu, und immer wieder fand ungewohntes Gemüse den Weg auf seine Feuerstelle. Es war kurz vor Weihnachten, bald würde die Pension bis auf den letzten Platz besetzt sein. Die alte Agnes erwies sich als angenehme Mitbewohnerin, sie steuerte zuweilen Kochtipps oder hübsche Tischdekorationen bei. Lindiwes Cousin war zum Glück immer noch da, und über die strengen Festtage hatte sie zudem eine Aushilfe organisiert. Eine Cousine? Nichte? Schwägerin? Er wusste es nicht mehr. Jedenfalls würde sie ab dem nächsten Wochenende vorübergehend ebenfalls in seinem Haus wohnen, und zwar in jenem Zimmer, das Lindiwe seit einiger Zeit für gelegentliche Übernachtungen nutzte und das sie nun vorübergehend mit der Cousine/Nichte/Schwägerin teilte. Die Erinnerung an Roos wurde schwächer, er dachte längst nicht mehr jeden Tag an sie. Das betriebsame Leben in seinem Haus machte ihm Freude. Dass er sich zudem dank Lindiwe keine Gedanken über die finanzielle Lage der Pension und auch nicht über seine eigene machen musste, machte sein Glück vollkommen. Sie hatte die Finanzen im Griff, und er hatte keine Geldsorgen, mehr wollte er nicht wissen.

Auch Lindiwe war zufrieden. Die eher kühle Atmosphäre der Pension war Vergangenheit, sie hatte sich zu einem farbigen, fröhlichen Betrieb gewandelt. Roos' Geist schien Mossel Bay verlassen zu haben. Sie wünschte ihrer ehemaligen Chefin, dass sie in einer anderen Dimension den himmlischen Frieden gefunden hatte. Allerdings, musste sie sich eingestehen, war es ein oberflächlicher Wunsch, der sich vielleicht aus Anstand oder ein wenig auch aus Dankbarkeit geformt hatte. Wenn sie ehrlich war, musste sie zugeben, dass Roos genauso gut als Kakerlake in Piets Holzvorrat weiterleben könnte. Es war ihr egal.

Alles andere als egal war ihr nach wie vor die Schweizerin mit dem illegalen schwarzen Adoptivkind. Die Schlange hatte noch keine Ahnung, dass sie im kommenden Jahr ihr blaues Wunder erleben würde. Wie sich dieses gestalten würde, wusste Lindiwe noch nicht. Aber sie würde dafür sorgen, dass es eintrat, das hatte sie sich feierlich geschworen.

Die Frau des Antikschreiners hörte ihm fasziniert zu, als er ihr vom Inhalt des Tagebuchs berichtete. Während er nebenher mit grossem Appetit den *primo* und den *secondo piatto* des vorzüglichen Abendessens verspeiste, vergass sie zu essen. Erst als er sich weigerte, weiterzusprechen, bevor sie ihren Teller geleert habe, widmete sie sich den Gerichten.

Bei Kaffee und *dolci* erzählte er ihr vom Besuch der mysteriösen Frau und von seiner Vermutung, dass sie die Diebin gewesen sei. Seine Frau hatte tausend Fragen, ihre Wangen glühten vor Aufregung. Oder vom Grappa?, dachte er amüsiert. Als er berichtete, sich im Frühling im Schams umhören zu wollen, meinte sie ungeduldig, es dauere noch ewig, bis der Splügenpass nach der Wintersperre wieder geöffnet sein würde. Dann beobachtete er, wie sie immer schweigsamer wurde, und fragte sich, was in ihrem Kopf vor sich ging.

Unvermittelt griff sie nach seiner Hand und fragte: «Kannst du die mysteriöse Frau kontaktieren?»

«Kontaktieren?», fragte er verdattert.

«Ja. Hast du eine Adresse, eine Telefonnummer?»

«Nein», meinte er bedauernd.

Sie verzog enttäuscht das Gesicht.

«Doch!», rief er plötzlich. «Sie hat ihre Mailadresse hiergelassen. Wo habe ich nur den Zettel hingelegt?»

«Bestimmt in eine der Schubladen», meine sie, «du wirst ihn finden. Schreib ihr, du hättest dich entschieden, du würdest ihr den Tisch verkaufen!»

Er schüttelte den Kopf. «Sie wollte nicht den Tisch kaufen, sondern an den Inhalt herankommen.»

«Dann schreib ihr, du verkaufst ihr das Tagebuch.»

«Das geht doch nicht», widersprach er. «So offensichtlich kann ich das nicht machen. Ich will auf keinen Fall irgendwo hineingezogen werden.»

«Ja, du hast recht», stimmte sie zu. «Es darf nicht passieren, dass hier plötzlich die Polizei oder, schlimmer noch, irgendwelche dubiosen Typen vor der Tür stehen.»

«Was, wenn die Frau nicht die Diebin selbst war, sondern eine andere, die der Diebin Böses will?»

«Spielt das eine Rolle?» Sie schüttelte den Kopf. «Nein. Das geht uns nichts an.»

Er führte die Rolle des Spielverderbers weiter. «Müssten wir nicht die Polizei informieren?»

«*Madonna mia,* sicher nicht», rief sie ungeduldig. «Der Diebstahl ist verjährt. Die Frau möchte das Notizbuch. Wir verkaufen es ihr. Das geht die Polizei nichts an.»

«Wenn der Preis zu hoch ist, könnte sie sich sehr wohl dafür interessieren», wandte er ein.

«Sie wird nichts davon erfahren.» Sie dachte stirnrunzelnd nach. «Wir müssen dafür sorgen, dass es keine Spuren zu uns gibt.»

Er füllte einmal mehr die beiden Grappagläser. «Hast du eine Idee?»

«Möglicherweise», meinte sie gedehnt.

Beni hatte sich an diesem Nachmittag in den Weihnachtsverkauf in Chur gestürzt. Allenthalben wurde gejammert über den Stress, den Kaufzwang, den Geschenkeirrsinn, und doch machten alle mit, schien es ihm. Im Gegensatz zur klönenden Mehrheit machte ihm der Trubel Spass, er liebte die Lichter in der Stadt, die Angebote, mit denen man ihn in die Läden locken wollte, die Düfte und den Kitsch.

Als er froh und erschöpft zum Abendessen heimkehrte, traf er eine nachdenkliche Nana Annetta an. Mit den feinen Sachen, die er aus der Stadt mitgebracht hatte, konnte er ihr ein Lächeln entlocken, mehr nicht.

«Was ist los?», fragte er, als sie sich an den Tisch setzten.

«Ich war heute bei Tom.»

«Was hat er gesagt?», wollte Beni wissen. «Oder darfst du mir nichts erzählen?»

«Doch, dir schon, aber sonst niemandem.» Annetta musterte abwesend die leckeren Speisen. «Deine Vermutung war vollkommen richtig. Eigentlich gibt es nicht mehr viel zu sagen.»

Beni wartete. Das war bestimmt noch nicht alles.

«Die Frau aus dem Haus Rosales machte öfters Ausritte zur Ruine Cagliatscha, so kam sie mit Tom ins Gespräch. Zunächst sprach sie eher im Scherz davon, ob er seine Hunde einsetzen könnte, um jemanden zu erschrecken, das würde ihr gerade recht kommen. Irgendwann wurde daraus Ernst.» Sie legte ein paar Marroni auf ihren Teller und begann sie zu schälen. «Warum sie der Frau eins auswischen wollte, verriet er mir nicht.»

Beni schwieg, er wollte Annetta seine Vermutung nicht verraten, dass Roos van Rensburg die Hausherrin Marlene Bernard erpresst hatte.

«Jedenfalls entwickelten sie zusammen einen Plan, zuerst aus Spass, dann bald nicht mehr», fuhr Annetta fort. «Marlene wusste, dass Frau van Rensburg Angst vor Hunden hatte. Sie nahm deshalb sogar den Weg über die Hängebrücke beim Steinverarbeitungsbetrieb zurück ins Dorf anstatt den kürzeren über die gedeckte Holzbrücke: Sie wollte dem Hund nicht begegnen, der im Herrschaftshaus bei der Holzbrücke lebt und die Passanten anbellt. Tom und Marlene berieten, wie man ihr mit seinen Hunden einen Schreck einjagen könnte. Dabei sollte niemand zu Schaden kommen, weder die Frau noch die Hunde. Letztere sollten einfach eine neue Aufgabe lernen. Tom fing Feuer, es machte ihm Spass, mit ihnen etwas Neues zu üben. Er brachte ihnen bei, eine Person einzukreisen und zu ihm zu führen. Seine Schäfer sind ja Hütehunde, die machen so etwas gerne. Es war nicht schwierig, sie zu lehren, auf den Befehl ‹Besuch kommt› auf diese Weise zu reagieren.»

«Wie sollte das funktionieren?», zweifelte Beni. «Die Person muss ja nur weitergehen. Wenn die Hunde nicht dazu abgerichtet sind, sie anzugreifen, werden sie ihr nichts tun.»

«Das ist richtig», bestätigte Annetta. «Tom hätte seine Hunde niemals für etwas anderes hergegeben. Aber zwei Schäferhunde sind beeindruckend, wenn sie zusammen im gestreckten Galopp auf dich zu rennen. Nicht alle sind so furchtlos wie du und ich.»

Beni grinste und griff nach einer Waffel mit Konfitüre.

«Tom übte allein mit den Hunden und manchmal zusammen mit Marlene. Seine beiden Tiere beherrschten die Aufgabe rasch. Er hat es mir vorgeführt.»

«Konnten sie dich erschrecken?», fragte Beni gespannt.

Annetta wiegte den Kopf. «Ich wusste ja, was kommt, und ich habe keine Angst vor Hunden. Tom wies mich an, ein Stück Richtung Burg zu gehen und dann zurückzukommen. Als ich umkehrte, war niemand zu sehen. Ich ging auf Toms Haus zu. Plötzlich schossen die beiden Hunde aus dem Nichts auf mich zu. Im ersten Moment bin ich wirklich erschrocken. Aber nur kurz, dann sah ich, dass sie mir freundlich gesinnt waren.»

«Tom hätte sie wohl auch jederzeit zurückrufen können», vermutete Beni.

«Natürlich», bestätigte Annetta.

«Was ist auf der Brücke schief gegangen?»

«Alles.» Die Nana stützte den Kopf auf und seufzte. «Tom sah die Frau kommen. Sonst war niemand in der Nähe. Sie nahm ihn nicht wahr, er stand mit den Hunden abseits, versteckt hinter dem Gebüsch. Sie ging auf die Brücke zu. In der einen Hand hielt sie den Rucksack, offenbar hatte sie gerade etwas darin gesucht. In der anderen hielt sie ihr Mobiltelefon. Als sie mitten auf der Brücke war, gab Tom den Hunden den Befehl, loszustürmen. Die beiden jagten auf die Frau zu. Sie erschrak zutiefst. Dann ging es offenbar sehr schnell.»

«Was passierte?», fragte Beni, als sie nicht weitersprach.

«Sie geriet in Panik. Dass die Hunde sich freuten, sie zu begrüssen und über die Brücke zu führen, erkannte sie nicht. Sie war beherrscht von Angst und Entsetzen.» Gedankenverloren ordnete Annetta die Marroni auf ihrem Teller zu einem Kreis. «Hast du die Hängebrücke vor Augen? Sie befand sich genau bei der Aufhängung. Sie griff mit der Hand nach dem Stahlseil und wich zurück, setzte sich halb auf den Handlauf. Jedenfalls hatte sie die Füsse nicht mehr am Boden. Das alles passierte im Bruchteil einer Sekunde. Dann geschahen zwei Dinge gleichzeitig.» Wieder geriet Annetta ins Stocken.

«Was geschah?»

«Tom sah, dass der Plan aus dem Ruder lief, und pfiff seine Hunde zurück. Aber es war zu spät. Denn als sie sich an der Aufhängung der Brücke festhalten wollte, fiel ihr das Telefon aus der Hand. Entgeistert wandte sie sich um und wollte danach greifen, was natürlich vergebens war, es landete im Wasser. Aber durch die Bewegung fiel ihr auch der Rucksack aus der Hand.»

«Der Rucksack mit den zwanzig- oder dreissigtausend Franken», warf Beni ein.

«Genau. Reflexartig wollte sie auch danach greifen.» Annetta hielt inne.

Beni klaubte ein paar Krümel auf dem Küchentisch zusammen. «Tom musste zusehen, wie sie das Gleichgewicht verlor und in den Fluss stürzte?»

«Ja.»

Nach und nach berichtete Annetta den Rest. Tom war losgerannt und hatte sich durch das Gebüsch am Ufer hinuntergekämpft ins Flussbett. Als er endlich bei der Frau angelangt war, war sie tot. Vermutlich war sie unglücklich gestürzt, hatte sich den Kopf angeschlagen und war bewusstlos oder mindestens zu benommen gewesen, um sich aus dem Wasser zu befreien. Zuerst wollte er den Notruf verständigen, aber dann hatte er nachgedacht und erkannt, dass er nicht nur sich selbst in Teufels Küche bringen würde, sondern auch Marlene und seine Hunde. Er rief anstelle der Notrufnummer bei Marlene an. Sie kamen überein, niemandem etwas zu verraten. Für Tom bestand die Möglichkeit, davonzukommen, ohne dass seine Rolle im Geschehen entdeckt würde. Und Marlene hatte genug Zeit, um zu verschwinden.

«Ich verstehe nur nicht, weshalb sie verschwand», kam Annetta zum Schluss. «Sie hätte doch auch hoffen können, dass sie davonkommt.»

«Wahrscheinlich hatte die Tote ihre Nummer in ihrem Telefon gespeichert», überlegte Beni. «Sobald die Polizei das Telefon gefunden hätte, wäre sie befragt worden. Es wäre vielleicht nicht verschwunden, wenn es kein Unwetter gegeben hätte. Ausserdem musste sie davon ausgehen, dass es in den Sachen der Toten weitere Spuren gab, die zu ihr führten.»

«Aber selbst wenn sie befragt worden wäre, hätte das noch nichts bedeutet», wandte Annetta ein. «Ihr eine Beteiligung an diesem Tod nachzuweisen, wäre unmöglich gewesen.»

«Das schon», gab ihr Beni recht. «Aber die Polizei hätte keinen Stein auf dem anderen gelassen, wenn sie den Zusammenhang entdeckt hätte. Sie hätten Marlene Bernard und den Bildhauer immer wieder befragt und alles über sie herauszufinden versucht.»

«Ja, und? Denkst du, das hätte den Künstler zu sehr gestresst?» Annetta schüttelte den Kopf. «Der Stress, als seine Partnerin verschwand, war bestimmt grösser.»

«Nein, es war nicht der Stress», sagte Beni. «Ich denke eher, dass die Polizei mit ihren Nachforschungen etwas über Marlene hätte herausfinden können, das auf keinen Fall ans Licht kommen durfte. Etwas, das ihr auch das Motiv gegeben hätte, Roos töten zu wollen.»

Annetta überlegte. «Du denkst, dass Roos etwas über Marlene gewusst hat, das geheim bleiben musste?»

Beni nickte.

«Dass sie sie womöglich damit erpresst hat?»

«Genau», bestätigte Beni. «Deshalb zog sie es vor zu verschwinden.»

Rechtzeitig vor dem Start der winterlichen Hochsaison, die zahlreiche Touristen nach Macugnaga führen würde, hatte Marlene ihre vorübergehende Bleibe verlassen. Weiter talauswärts, aber immer noch im Valle Anzasca, hatte sie in einem kleinen Ort abseits des Wintersporttrubels ein Ferienhaus gemietet. Inzwischen hatte sie ihren neuen Wohnort bei Sonnenschein, bei Sturmböen und bei starkem Schneefall erlebt, und sie hatte sich immer wohl gefühlt.

Auch Blanka fühlte sich wohl. In ihrem Fall lag das weniger an dem geschmackvoll eingerichteten Haus, an der weitläufigen Umgebung oder an der Aussicht taleinwärts zum Massiv des Monte Rosa, sondern einzig daran, dass sie wieder bei Marlene war.

Marlene belastete allerdings die immer noch ungewisse Zukunft. Sie hatte lange überlegt, wie sie am besten zu Massimiliano Kontakt aufnehmen sollte. Den Gedanken, selbst zur *Fattoria Teresa* zu reisen, wo er sich gemäss Blanka aufhielt, verwarf sie rasch wieder. Sie wusste nicht, ob das Tagebuch bei ihm oder beim Schreiner war. Sie wusste nicht, ob er sie mit offenen Armen empfangen würde oder sie zum Teufel schickte. Sie erkannte, dass sie ihm würde Zeit lassen müssen, sich für oder gegen sie zu entscheiden, nachdem sie Kontakt zu ihm aufgenommen hatte. Falls er beschloss, sie nie wieder sehen zu wollen, sollte er nichts über sie erfahren. Dann würde sie endgültig aus seinem Leben verschwinden.

Sie fürchtete allerdings, dass Massimiliano eine schwierige Zeit durchlebte. Der weihnächtliche Trubel war nichts für ihn, die kurzen Tage vor dem Jahreswechsel zogen ihn stets in die Tiefe. Sie hatte mit den Jahren gelernt, was ihm half, der Schwermut standzuhalten. Vor allem hatte sie Weihnachtsaktivitäten jeglicher Art vermieden. Dass er diesen nun ausgeliefert war, da bestimmt zahlreiche Mitglieder seiner Familie einige Tage oder Wochen auf dem Landsitz verbrachten, erfüllte sie mit Sorge. Die Zeit drängte.

Nach einigen unruhigen Nächten und ausgedehnten Spaziergängen im verschneiten Valle Anzasca wusste sie, wie sie ihn kontaktieren wollte, und hatte die Idee in die Tat umgesetzt. Jetzt konnte sie nur noch warten. Und hoffen.

Der Antikschreiner war todmüde. Die Arbeit am Esstisch und den vier Stühlen hatte er nicht länger aufschieben können, und am Nachmittag hatte er die Möbelstücke endlich ausgeliefert. Nach ein paar dringenden kleineren Arbeiten hatte er sich zu einem späten Abendessen hingesetzt.

Seiner Frau ging die Geschichte der Diamantendiebin offenbar nicht aus dem Kopf. «Ich denke, ich habe begriffen, warum es für die Diebin so wichtig ist, dass niemand von den damaligen Ereignissen erfährt», verkündete sie.

«Dimmi», forderte er mit vollem Mund.

«Zuerst dachte ich, es sei doch nicht so schlimm, wenn über ihre Vergangenheit gemunkelt wird. Ihre Freunde würden es vielleicht sogar aufregend finden, eine erfolgreiche Diamantendiebin persönlich zu kennen.»

Ihr Mann pflichtete ihr bei.

«Aber das stimmt nicht», widersprach sie. «Das mag für die Nachbarn zutreffen, aber sicher nicht für die näheren Angehörigen. Stell dir das vor: Sie hat eine Lebensgeschichte erzählt, die sich nun als Lüge herausstellt.»

Er neigte zögernd den Kopf. «Ist das eine Katastrophe?», fragte er. «Ihre Herkunft wird doch in der Familie nicht ständig ein Thema sein.»

«Natürlich nicht», stimmte sie zu. «Die erfundene Geschichte werden trotzdem alle kennen.» Sie sah, dass er immer noch zweifelte. «Nimm dich selbst als Beispiel: Du weisst, dass dein Vater als Kind beinahe im Comersee ertrank. Auch wenn nicht ständig darüber gesprochen wird, ist das in seinem Umfeld allen bekannt. Bei ihr dürfte es genauso sein: Ihr Lebenslauf ist in der Familie eine Gewissheit. Aber sie hat ihre Liebsten hintergangen! Einen solchen Vertrauensbruch würden nicht viele Beziehungen vertragen.»

«Ja, du hast recht.» Der Schreiner griff zum Weinglas. «Wie es mit der Diebin und der Hotelangestellten weitergegangen ist, ist mir allerdings ein Rätsel.»

«Auch das habe ich mir überlegt», sagte seine Frau. «Die holländische Übersetzerin vermutet, die Hotelangestellte habe die Diebin kontaktiert und durchblicken lassen, dass sie ihre Vergangenheit in Südafrika kenne. Ich sehe das auch so. Die Angestellte wusste zwar nichts vom Diebstahl, aber es reichte aus, den Aufenthalt der Diebin in Südafrika vor fünfundzwanzig Jahren ins Spiel zu bringen. Für die Diebin wusste sie damit schon zuviel. Wenn es die Angestellte geschickt anpackte, dürfte sich das Verhältnis der beiden Frauen zu einer Art Freundschaft entwickelt haben. Sie trafen sich, als wären sie alte Bekannte, stelle ich mir vor. Die Hotelangestellte klagte vielleicht, sie brauche dringend ein neues Handy, aber sie könne es sich nicht leisten, worauf ihr die Diebin eines schenkte.»

Der Schreiner schüttelte ungläubig den Kopf, musste aber schliesslich zugeben, dass es so gewesen sein könnte. Gerne hätte er weiter mit seiner Frau gewerweisst, aber das war nicht möglich. Sein Arbeitstag war noch nicht zu Ende.

Er ging ins Büro und setzte sich mit schmerzendem Rücken an den Computer. Konzentriert gab er den Text ein, die

Zungenspitze zwischen den Lippen folgte den Wörtern, die auf dem Bildschirm entstanden.

Spät in der Nacht kontrollierte er ein letztes Mal die Rechnung. Sie enthielt einige alltägliche Posten: Restaurationsarbeiten an Kleinmöbeln, Transportkosten, diverses Material. Die letzte Position war benannt als «Portospesen für Rücksendung persönlicher Unterlagen». Er nickte vor sich hin. Die Rechnung war unverfänglich und korrekt verfasst, er war damit zufrieden.

Schwieriger war das Mail, mit dem er sie verschicken wollte. Lange hatte er über dem Text gebrütet, auch diesen las er ein letztes Mal durch. *Gentile signora*, stand da, er sende ihr hier die Rechnung für die erledigten Arbeiten. Bei der Restaurierung des Möbelstücks habe er ein Notizheft gefunden, das offenbar von der Besitzerin vergessen worden sei. Falls sie es zurückhaben möchte, solle sie doch bitte zusätzlich zum Totalbetrag die in der Rechnung aufgeführten Portokosten bezahlen und ihm die Versandadresse angeben, dann werde er es umgehend zur Post bringen. Falls sie es nicht benötige, würde er es entsorgen.

Auch mit diesem Text war er zufrieden. Sie würde verstehen, was es mit der Rechnung auf sich hatte. Die Posten waren allesamt fingiert, er hatte keine Arbeiten für sie ausgeführt. Trotzdem würde sie ihm den ganzen Betrag überweisen. Indem er das Notizbuch erwähnte, machte er ihr klar, dass er über ihre Vergangenheit Bescheid wusste. Die Idee mit den Portospesen stammte von seiner Frau. Die Höhe der Portokosten war bedeutungslos. Sie aufzuführen, diente nur dazu, das Tagebuch zu erwähnen. Wenn sich die Frau sein Schweigen erkaufen wollte, und davon ging er aus, würde sie den Gesamtbetrag der Rechnung überweisen und ihm mitteilen, was er mit dem Notizbuch machen solle. Mit der Rechnung hatte sie nichts gegen ihn in der Hand. Er gab damit nichts preis und würde sich, sollte es notwendig werden, mit einer Verwechslung herausreden können.

Er schickte das Mail samt Anhang ab und rieb sich die brennenden Augen. Jetzt konnte er nur noch warten.

24

Dezember 2019

Beim Adventsapéro auf dem Polizeiposten in Thusis war auch die Staatsanwaltschaft zugegen. Meta Schäfer sprach dem Weisswein zu, hielt sich aber bei den Häppchen zurück. Die Schlemmereien über die Festtage würden üppig ausfallen, denn ihr Mann genoss es, tagelang in der Küche zu stehen und zahlreiche Verwandte und Freunde zu verköstigen. Das neue Jahr würde sich nicht ohne ein paar zusätzliche Kilos in Angriff nehmen lassen, das stand fest, deshalb mahnte sie sich beim Apéro zur Zurückhaltung. Svetlana -kova verhielt sich genau umgekehrt. Sie nippte zwar nur ein wenig an einem Glas Mineralwasser, hatte den Mund aber fast pausenlos gefüllt. Meta fragte sich etwas neidisch, wieso die Staatsanwältin trotzdem eine Kleidergrösse sechsunddreissig trug, während sie selbst in den Läden nur die Ständer mit Grösse L beachten konnte. Wahrscheinlich machte sie Sport, vermutete Meta, und der Neid verschwand so rasch, wie er gekommen war.

«Es war ein gutes Jahr», bemerkte die -kova zwischen zwei Bissen. «Wir haben einige schwierige Fälle abschliessen können.»

«Ja», bestätigte Meta. «Abgesehen von der Toten in Andeer lief es gut.»

«Belastet es dich, dass wir den Fall nicht lösen konnten?» Svetlana langte nach einem Spiesschen mit Fleischbällchen.

«Belasten? Nein.» Jedenfalls weniger als Buess und Camenisch, setzte sie in Gedanken hinzu. Die beiden haderten immer noch mit dem Misserfolg. «Ich denke, wir haben gemacht, was wir konnten. Für uns war weder ein Motiv noch ein Täter zu finden. Vielleicht kommt die Kriminalpolizei weiter.»

Svetlana neigte den Kopf und kaute weiter.

«Belastet es dich?», fragte Meta zurück.

Die Staatsanwältin schluckte. «Belasten würde ich es nicht nennen. Es stört mich, dass wir damit nicht weiterkommen, und der Fall drängt sich mir immer wieder ins Bewusstsein.»

«Warst du nicht auch an dieser Weiterbildung über Gesundheit?» Meta grinste. «Deine Work-Life-Balance ist nicht in Ordnung, wenn du nicht abschalten kannst. Dagegen musst du dringend etwas unternehmen.»

«Yoga, meinst du?» Jetzt sprach sie mit vollem Mund. «Oder eher Stricken? Tomaten züchten?»

«Alles ungeeignet», widersprach Meta. «Es muss etwas sein, das deinen Kopf anderweitig beschäftigt, damit du nicht an den Fall denkst.» Sie zählte auf: «Singen im Chor. Kreuzworträtsel lösen. Rallye fahren.»

«Mit alldem könnte ich die Gedanken eine Zeit lang verdrängen, aber sie wären trotzdem irgendwann wieder da», stellte Svetlana fest. «Was, wenn wir etwas übersehen haben? Wenn die Lösung in Andeer zu finden ist?»

«Das können wir nicht ausschliessen», sagte Meta. «Aber es ist müssig, darüber nachzudenken. Wir haben getan, was wir konnten. Mehr geht nicht. Es sei denn, wir erfahren etwas Neues, das uns weiterhilft.»

«Du bist so vernünftig», seufzte die -kova.

Meta schürzte die Lippen. «Das habe ich noch nicht oft zu hören bekommen.»

«Wenn es nicht Vernunft ist, ist es vielleicht Altersmilde.» Die Staatsanwältin angelte nach einer Cherrytomate mit Mozzarella und Pestosauce.

«Auch das haben mir noch nicht viele zu sagen gewagt», erwiderte Meta trocken.

Das ungute Gefühl, das Massimiliano beschlichen hatte, als er die Kiste durchwühlte, hatte ihn nicht getäuscht. Der Treuhänder hatte geschrieben, die Gegenstände in der Schachtel habe er nicht eindeutig ihm oder Frau Bernard zuordnen können, er sende sie ihm zur Prüfung.

Als er den Deckel öffnete, hatte ihn die Verzweiflung wie eine Flutwelle überrollt. Das erste, was ihn aus der Fassung gebracht hatte, war der Duft. Die Sachen rochen nach Marlene, als wäre sie im Raum und würde ihm über die Schulter schauen. Das zweite war ihre Schrift gewesen. Auf ein paar losen Blättern hatte sie von Hand Texte in Italienisch verfasst, sprachliche Spielereien. Es waren weder Kurzgeschichten noch Gedichte, sondern etwas dazwischen. Heitere Kürzestgeschichten, aufmerksame Beobachtungen von alltäglichen Vorfällen. Das dritte schliesslich war ein Foto gewesen: Er und sie vor der mächtigen Tür des Hauses Rosales.

Massimiliano hatte gespürt, wie die letzten Dämme brachen. Er geriet in einen Strudel aus Schwermut, Verzweiflung und unendlicher Trauer. Es gab Tage, an denen er sein Zimmer nicht verliess, und andere, an denen er nicht einmal aus dem Bett kam. Die fröhliche Gästeschar in der *Fattoria Teresa* vermied es, in seine Nähe zu kommen, und die Hausangestellten bewegten sich auf Zehenspitzen, wenn sie bei ihm zu tun hatten. Von alldem nahm er kaum Notiz.

An diesem Tag, es war bereits später Vormittag, näherte sich eine Aushilfe mit mulmigem Gefühl seiner Zimmertür. Sie war über die Festtage zusätzlich eingestellt worden, um dem erhöhten Arbeitsaufwand Herr zu werden. Ohnehin unsicher an ihrer neuen Stelle, war sie bereits frühmorgens auch noch angeschnauzt worden. Ihre Vorgesetzte hatte geschimpft, weil sie das Frühstückstablett irrtümlich vor dem Zimmer des jungen Mannes und seiner Freundin abgestellt hatte anstatt bei seinen Grosseltern. Sie fragte sich, wie ihr das hatte passieren können. Sie wusste doch, dass die beiden Jungverliebten kaum aus den Federn kamen und überhaupt nicht frühstückten. Und jetzt musste sie auch noch den Künstler bedienen, der ihrer Ansicht nach zweifellos psychisch krank war. Ängstlich klopfte sie an seine Zimmertür.

Massimiliano hörte das zögerliche Geräusch. Er war sich im Klaren, wie er auf die Angestellten wirkte. Sie mussten ihn für verrückt halten, und wahrscheinlich lagen sie damit sogar richtig, dachte er. Jedenfalls hatten sie ungern mit ihm zu tun. Lieber mieden sie sein Zimmer, besser noch den ganzen Gang, an dem es lag. Er murmelte, sie solle eintreten.

Die Aushilfe konnte beim besten Willen nicht verstehen, was er gesagt hatte, und fragte sich verzweifelt, was sie tun sollte. Hatte er sie weggeschickt? Dann dürfte sie keinesfalls eintreten. Hatte er sie jedoch hereingerufen und sie würde fortgehen, war das auch nicht gut. Was sollte sie bloss machen? Sie spürte einen Kloss im Hals und schluckte krampfhaft. Dann nahm sie allen Mut zusammen und klopfte erneut. Diesmal verstand sie, er forderte sie zum Eintreten auf. Sie öffnete leise die Tür und schlich auf Zehenspitzen zum kleinen runden Tisch auf halbem Weg zum Bett. «Ein Brief», flüsterte sie. «Soll ich ihn hier ablegen?»

Massimiliano machte ihr ein Zeichen, ihm den Brief ans Bett zu bringen. Sie trat näher und reichte ihm das Couvert. Wie sie danach eilig aus dem Zimmer schlich, bekam er nicht mehr mit. Wie gebannt starrte er auf das lila Papier. In der schwungvollen Schrift, die er nur zu gut kannte, war er an Massimiliano, *Fattoria Teresa*, adressiert.

Er hatte das Gefühl, neben sich zu stehen und sich selbst zuzuschauen, wie er den Umschlag langsam aufriss und den Inhalt hervorzog. Eine lila Karte. Darauf stand handschriftlich eine Adresse. Ein Ort, von dem er noch nie gehört hatte. Eine Ergänzung in Klammern: Valle Anzasca. In der Ecke unten rechts ein winziges Wesen, mit wenigen Strichen angedeutet. Eine Elfe.

Marlene war mit Blanka nach Domodossola gefahren. Das Warten auf Massimilianos Antwort war nervenaufreibend. Sie hielt es nicht aus, ohne sich abzulenken. Besser stürzten sie sich zu zweit ins vorweihnachtliche Getümmel der Stadt.

Erst am Abend kehrten sie mit dem Auto, das sie bei der örtlichen Garage ausgeliehen hatten, nach Hause zurück. Blanka verzog sich in ihr Zimmer, während sich Marlene behaglich auf das Sofa fläzte, sich erst durch die verschiedenen Fernsehkanäle zappte und dann auf ihrem Smartphone die Nachrichtenportale abfragte. Zuletzt schaute sie wie jeden Tag nach, ob für eine der zusätzlichen Mailadressen, die sie kaum nutzte, eine Meldung eingetroffen war.

Plötzlich hellwach setzte sie sich auf und starrte auf das Gerät. Sie las zuerst den Nachrichtentext, den der Antikschreiner verfasst hatte, und danach seine sorgfältig erstellte Rechnung.

Langsam legte sie den Kopf in den Nacken und atmete tief durch. Sie spürte, wie das Gewicht auf ihrer Brust leichter wurde und sich ein Lächeln in ihre Züge schlich. Massimiliano hatte ihre Notizen nicht gelesen. Massimiliano wusste nach wie vor nichts über das Leben, das sie geführt hatte, bevor sie sich kennenlernten. Massimiliano stand nicht vor der schwierigen Entscheidung, ob er mit einer Verbrecherin zusammenleben wollte oder nicht. Er musste sich nur darüber klar werden, ob er sie wieder in sein Leben lassen wollte. Ohne zu wissen, wer sie wirklich war. Sie konnte weiterhin nur warten und hoffen, aber sie war zuversichtlicher als zuvor.

Sie schrieb dem Garagisten eine Nachricht, sie wolle das Auto einen Tag länger mieten. Er antwortete mit einem nach oben gereckten Daumen. Sie würde dem Schreiner das Geld persönlich überbringen und sich die Unterlagen aushändigen lassen. Sie wollte sicher gehen, auch wenn sie ihn für vertrauenswürdig hielt. Vor allem aber wollte sie keine Spuren dieser Transaktion hinterlassen.

Massimilianos Schwester registrierte erfreut, dass er sich zum ersten Mal, seit sie mit ihrer Familie in der *Fattoria Teresa* eingetroffen war, die Haare gewaschen hatte. Ihr Mann staunte, als sein Schwager ihn zum ersten Mal wahrzunehmen schien und ihn sogar grüsste. Die ständige Hausangestellte beobachtete ungläubig, wie er entschlossenen Schrittes das Haus verliess.

Er brauchte frische Luft, um Klarheit in seine Gedanken zu bringen. Der lilafarbene Brief hatte ihm einen Energieschub verliehen. Marlene war in sein Leben zurückgekehrt. Sie bot ihm eine gemeinsame Zukunft an.

Die Feuchtigkeit in der Luft legte sich auf sein Gesicht und auf seine Locken. Das diffuse Sonnenlicht schaffte es nicht, den Nebel gänzlich zu vertreiben und liess ihn die Kälte umso deutlicher spüren. Er hatte das Gefühl, jeder einzelne Nerv wolle ihm zeigen, was er in den vergangenen Tagen und Wochen zu fühlen verpasst hatte.

Ohne ein einziges persönliches Wort hatte ihm Marlene mit ihrem Brief die Rahmenbedingungen ihres Zusammenlebens dargelegt. Sie war plötzlich aus seinem Leben verschwunden und ebenso unvermittelt wieder aufgetaucht. Mehr denn je war sie ein zauberhaftes Wesen, und zwar im wörtlichen Sinn. Vielleicht hatte sie drei Monate auf einem anderen Stern verbracht, in den Baumkronen eines Urwalds oder im Mittelpunkt der Erde. Sie würde ihm das und noch viel mehr erzählen, wenn er fragen würde, und ihm damit zu verstehen geben: Fragen liess sie nach wie vor nicht zu, auch über ihre jüngste Vergangenheit nicht.

Konnte er damit leben? Massimiliano brauchte sich die Frage nicht lange zu überlegen, natürlich konnte er das. Jahrzehnte ihres Lebens waren ihm völlig unbekannt, nun würden es noch drei Monate mehr sein. Spielte es eine Rolle? Nein. Es war ein Teil der Faszination, die Marlene auf ihn ausübte.

Keine Fragen zu ihrer Vergangenheit. Keine Fragen, woher ihr Vermögen stammte. Keine Fragen zu ihrer Familie. Das waren seit je ihre Bedingungen gewesen, und sie würden auch weiterhin gelten.

Er musste unverzüglich einen Flug buchen. Erst als er sich überlegte, was wohl der nächste Flughafen wäre, wurde ihm klar, dass er keine blasse Ahnung hatte, wo das Valle Anzasca zu finden war. Als erstes würde er wohl Google zurate ziehen müssen. Er war gespannt, wohin Marlene ihn führte. Für ihn war dort, wo sie war, das Paradies.

Niemand beachtete das hübsche Gesteck mit der grossen Kerze und dem silbernen Schmuck, das den Stammtisch im «Weissen Kreuz» zierte. Im Raum hatte sich eine behagliche Wärme ausgebreitet, die Fensterscheibe hielt Dunkelheit, Kälte und Schneeflocken fern.

Die junge Freundin des nicht mehr jungen Mannes hatte eine Illustrierte aufgeschlagen. «Wir stehen vor einem schwierigen Jahr», bemerkte sie seufzend.

«Wie kommst du darauf?», fragte Beni.

«2020 wird ein Jahr der grossen Umbrüche. Es wird einschneidende Veränderungen geben.» Sie deutete auf das Jahreshoroskop.

«Glaubst du den Quatsch?», warf einer der Gäste ein.

«Das ist kein Quatsch.» Ernst blickte die junge Frau auf. «Die Konstellation von Saturn und Pluto ist ausserordentlich. In der Vergangenheit kam es in diesem Fall zu Kriegen oder Revolutionen.»

«Aha.» Der andere schüttelte den Kopf. «Revolution in der Schweiz?»

«Eher Umbruch auf der Welt», berichtigte sie.

«Manche Entwicklung der letzten Jahrzehnte war nicht gut, und die Menschheit ist nicht in der Lage, aus eigener Kraft rechtzeitig Gegensteuer zu geben», warf ihr älterer Freund ein.

So ein schöner Satz, dachte sie.

«Die Sterne deuten darauf hin, dass ein Ereignis das Fass zum Überlaufen bringen könnte», fuhr er fort. «Es könnte eine Katastrophe eintreten, die uns zwingt, innezuhalten und uns über die Werte klar zu werden, die uns wichtig sind.»

«Glaubst du den Quatsch etwa auch?», fragte der andere Gast ungläubig.

«Wenn alle Astrologen dasselbe sagen, ist vielleicht etwas dran», meinte Tom.

«Eher erfindet einer etwas, und alle anderen erzählen danach dasselbe», sagte die andere Frau am Tisch.

«Genau, und alle formulieren es so vage, dass sie am Jahresende behaupten können, die Ereignisse genau vorhergesagt zu haben.»

«Keine seriöse Astrologin behauptet das», entgegnete die junge Freundin. «Sie sagen keine konkreten Ereignisse voraus, das ist nicht möglich. Aber sie reden von epochalen Veränderungen. Und zwar alle Astrologinnen und Astrologen rund um den Globus. In einem Jahr wird die Welt eine andere sein, sagen sie.»

Die Ereignisse im laufenden Jahr reichten ihm vollkommen, dachte Tom. Er hatte keinen Bedarf nach epochalen Veränderungen. Sein Blick traf sich mit Benis, in dessen Augen las er denselben Gedanken.

«Ich mache mir keine Sorgen», sagte einer. «Wenn alles drunter und drüber geht, fahre ich nach Italien in unser Ferienhaus und warte ab.»

«Hoffen wir, dass das noch möglich ist.» Der ältere Freund rührte in seinem Kaffee Luz.

Die andere Frau lachte. «Jetzt mach aber einen Punkt. Nach Italien kann man immer.»

Beni fand, die Zeit sei reif für etwas Positives. «Ich bin jedenfalls neugierig, was das neue Jahr bringt. Wir treffen uns sicher weiterhin jede Woche hier, Veränderungen hin oder her.»

«Wer weiss?»

Fremdsprachige Ausdrücke

Italienisch:

a presto	bis bald
basta per chiamarti uno stronzo	es reicht, um dich ein Arschloch zu nennen
dimmi	sag mir
Dio mio	mein Gott
dolci	Dessert
fattoria	Bauerngut
Gentile signora	Sehr geehrte Dame (Briefanrede)
Madonna mia	heilige Maria
maledetto	verflucht
per l'amor di Dio	um Gottes Willen
primo, secondo piatto	erster, zweiter Gang
un po'	ein wenig

Rätoromanisch (sutsilvan):

cucaloris	Dummköpfe
giavel	Teufel
giavelaint	zum Teufel
Lapi	Dummkopf
Tatta	Grossmutter
tgapatalpas	Dummkopf (wörtlich: Maulwurfsfänger)
sturnicel	Dummkopf, Narr

Englisch:

Dear Daddy	Lieber Papa

Schweizerdeutsch:

Nötli	Banknote (Verkleinerungsform)
Tüpflischisser	Kleinigkeitskrämer, Prinzipienreiter
Nana	Bündnerdialekt: Grossmutter

Dank

Meine Mutter Annelies Juon, meine Tochter Tina Nicca und meine Schwägerin Erica Nicca fanden als erprobte Erstleserinnen auch bei diesem Roman zahlreiche Unstimmigkeiten. Ich hoffe, sie fanden sogar alle.

Einmal mehr beantwortete mein Nachbar Martin Buchli, pensionierter Kantonspolizist, geduldig und fachkundig alle meine Fragen. Was ich über internationale Vermisstenfälle und die Überführung von Toten ins Ausland wissen wollte, erklärte mir Franz Moser, Staatsanwalt in Thusis. Alle Fehler in der Schilderung der Ermittlungsarbeit gehen auf meine Kappe.

Johannes Bernhart teilte sein grosses Wissen über Hunde gerne mit mir. Er und sein Border Collie Zibo – ein ausgebildeter Rettungshund, der ihn oft auf Einsätzen der Alpinen Rettung Schweiz begleitete – demonstrierten mir ihr Können.

Jannine Brijker vermittelte mir den Kontakt zu Ronnie Hoefnagel aus Urk (NL), der viele Jahre in Südafrika gelebt hatte. Sie übersetzte meine Fragen und seine Antworten und steuerte viel eigenes Wissen über die Sprache und das Land bei.

An einem vergnüglichen Abend erklärte mir eine Postangestellte alles, was ich wissen musste. Auch zu fortgeschrittener Stunde kam uns die aktuelle Berufsbezeichnung für den Briefträger Beni noch nicht flüssig über die Lippen.

Christine König lektorierte das Manuskript sorgfältig und bewahrte mich vor falsch angewandten Redensarten, meine Figuren vor inkonsequentem Verhalten und die Leserinnen und Leser vor zu weitschweifigen Ausführungen.

Herzlichen Dank euch allen.

Alle Personen und Ereignisse in diesem Roman entspringen meiner Fantasie.

Die beschriebenen Orte sind weitgehend real, auch wenn ich mir bei deren Schilderung ein paar Freiheiten erlaubt habe. Das Haus Rosales in Andeer gehört heute noch den Nachkommen des Marchese Ordogno de Rosales. Toms Haus in der Nähe der Burgruine Cagliatscha gibt es hingegen nicht.

Der Tod eines Zürcher Unternehmers im Engadin könnte ein banaler Unfall gewesen sein, doch auffällige Kratzspuren im Gesicht des Toten erwecken den Verdacht, er sei absichtlich verursacht worden. Inspektor Caminada führt die Ermittlung im eleganten Umfeld des Hotels Waldhaus in Sils Maria.

Duri Rungger · **Tod am Silsersee**
206 Seiten, Fr. 26.–, ISBN: 978-3-85830-219-9

Jan Krüger, die erste grosse Liebe von Moira van der Meer, wird erschossen aufgefunden. Alles deutet auf einen misslungenen Raubüberfall hin. Rechtsanwältin Moira van der Meer will das nicht glauben und beginnt auf eigene Faust zu ermitteln.

Eva Ashinze · **Tod in Winterthur**
256 Seiten, Fr. 26.–, ISBN: 978-3-85830-222-9

Liza Huber, Privatdetektivin aus Zürich, entdeckt bei einer Wanderung auf dem Klangweg im Toggenburg eine Leiche. Im Auftrag der Lebenspartnerin der ermordeten pensionierten Goldschmiedin beginnt Liza Huber, Nachforschungen anzustellen und stösst dabei auf einen Bio-Bauern, mit dem sie bald mehr als berufliche Interessen verbindet.

Regula Stadler · **Tod auf dem Klangweg**
176 Seiten, Fr. 26.–, ISBN: 978-3-85830-237-3

Rita Juon, 1966, in Thusis aufgewachsen, lebt in Masein in der Region Viamala im Kanton Graubünden. Nach der Matura bildete sie sich zur Softwareentwicklerin aus und war in Zürich, später in Graubünden, berufstätig. Sie ist verheiratet und Mutter von zwei Kindern.